피그말리온
아이들

피그말리온 아이들

구병모

장편소설

창비

차 례

흙에 절반쯤 파묻혀 휘어진 나무줄기에 걸터앉아 마(麻)는 숨을 몰아쉰다. 돌무더기에 넘어지고 부딪치는 동안 다리와 옆구리에 난 상처를 확인하며 호흡을 천천히 고르고, 각각의 자리에서 흐르는 피가 수 분 내로 멎지 않을 경우 닥칠 재난의 가짓수를 떠올려 보는데, 반팔 면 셔츠의 등에 밴 땀이 빠르게 식는 중이어서 출혈 외에 저체온도 염려되기 시작한다. 사방에 내려앉은 어둠의 밀도로 보아 저녁 7시는 되었을 것인데 붙잡히지 않으려면 이 산에서 밤을 새우는 수밖에 없다.

그러나 오늘 밤을 무사히 보낸다 치고, 내일은? 모레는? 원칙도 정해진 시간도 없이 학원 측에서 호출해야만 이튿날 육지에서 배가 오고 그 배의 규모와 안전성마저도 복불복에 달린 이 섬에서, 그것도 바닷바람을 속속들이 빨아 당기는 산속에서 며칠을 더 버틸 수 있을지 모른다. 하루 이상 생존이 가능하려면 아무리 초여름이라도 밤에는 산자락에 찾아들 냉기를 막아 줄 점퍼가 필요하고, 운 좋게 계곡을 찾아 물을 마시거나 정체불명의 나무 열매를 따 먹는다 해도 이 상처에 항생제 없이 얼마나 오래 견딜 수 있을까. 산속에 널브러진 돌들은 칼처럼 날카롭고 우툴두툴해서 길고 헐렁한 카고 바지를 입었는데도 다리가 상처투성이다.

이 홑겹 바지는 산속을 헤매는 동안 나뭇가지에 걸리거나 넘어져서 완전히 벗은 것보다야 나은 정도로 찢어지고, 니덜 지대를 헤쳐 오는 동안 운동화는 바닥이 다 닳아 떨어졌는데 그 틈새로 발이 돌부리에 수없이 부딪치고 긁혀 발톱이 빠지지 않은 게 다행이다. 여름이라고 아무 생각 없이 반바지에 샌들이나 슬리퍼를 끌고 왔더라면 큰일 날 뻔했다고 마는 피식 웃는다.

그러나 다음 순간 지금이라고 큰일이 아닐 이유는 무엇인가 싶으면서, 배 없이는 이 섬을 빠져나갈 수 없다는 데에 생각이 미친다. 긴장과 잇단 절망으로 차오른 들숨이 복부를 팽팽하게 압박한다.

먼젓번 이 섬을 다녀갔다던 사람들도 이런 상황에 놓여 항복하고 하산했을까. 그리고 강요된 침묵의 맹세를 지키며 저마다 잠적했을까. 잠적이면 차라리 낫고 지금 같아선 이 첩첩산중 어느 흙

속에 파묻혀 썩어 가고 있을 가능성도 배제할 수 없다. 마는 주머니에 손을 넣어 USB 메모리를 만지작거린다. 메모리를 넘겨준다 해도 무사히 육지로 돌아갈 수 있을지 확신이 없지만, 최악의 경우 협상 카드로 쓰기 위해 이것만은 안전하게 지켜야 한다.

그 최악의 경우는 생각보다 빨리 다가오는 모양으로, 마가 능선 위로 살짝 몸을 일으켜 낭떠러지 아래를 내려다보니 서치라이트 불빛 수십 개가 흔들리며 점점 다가오는 중이다. 교내 넓은 부지를 뒤지다 안 나오니 산으로 올라오려나 보다. 뭐라고 윽박지르는 주임 교사의 목소리가 들리는데, 교사 다섯 명에 학원생 서른 명 정도 규모다. 설상가상으로 개 짖는 소리도 난다. 학교에서 키우는 사냥개 두 마리 중 암컷 아이리시 세터는 플라, 수컷 포인터는 세보라는 이름인데, 그 개들은 숙소의 짐을 엉망진창으로 헤쳐서 마의 냄새를 맡았을 것이고 이제 바람에 실려 다니는 피 냄새를 따라올 것이다.

그때 누군가가 어깨를 건드리는 바람에 마는 있는 힘을 다해 몸을 뒤로 돌리며 흙과 나뭇잎 부스러기를 한 줌 집어 뿌렸으나, 안 그래도 바람에 뼈마디가 굳어 버려 움직임이 자유롭지 않은 부상자의 반격인 만큼 상대는 가볍게 피한다. 마는 다음으로 몸을 날려 상대를 넘어뜨릴 태세에 들어가지만 온몸에서 삐걱거리는 소리가 나며 육탄을 명중시키는 대신 두 발이 꼬여 볼품없이 그 자리에 넘어진다.

그때 상대가 서치라이트 불빛을 1단으로 줄이자 마는 그게 은휘라는 걸 알아차린다. 은휘는 무표정한 얼굴로 마를 바라보고 있어서 거기 적의나 일말의 망설임이 담겨 있는지 어떤지 알 수 없다. 산 아래 상황에만 신경 쓰다가 정작 등 뒤에 누군가가 다가와 있는 것도 몰랐다니! 그는 문득 자신의 주머니에 들어 있던 호출기가 생각난다. 자신의 위치는 붉은 점으로 모니터에 떠올랐을 것이다. 위치를 고스란히 노출시킨 채 어딜 도망가겠다고 날뛴 건지 모르겠다. 지금은 은휘도 자신을 찾기 위한 선발대로 올라왔으리라는 데 생각이 미치자, 그는 그대로 절벽 아래로 뛰어내리는 걸 진지하게 고민해 본다.

그러나 은휘는 서치라이트로 마의 위아래를 훑다가, 그가 다리 상처라도 묶어 볼까 하여 벗어 쥐고 있던 양말을 보고는 그걸 빼앗아 간다. 대신 자기가 입고 있던 작업복 스타일의 헐렁한 제복 점퍼 속에서 꼬깃꼬깃 뭉친 자루 같은 것을 꺼내더니 그걸 마에게 안기고는 돌아서서 달려간다. 무슨 영문인지 모르지만 어쨌든 모르는 척해 주는 걸로 보아 지금은 그 애 옷자락 말고는 붙들 게 없다. 그는 다급하게 은휘를 부른다.

"기다려!"

은휘가 이쪽을 돌아보지는 않은 채로 다만 계속 말해 보라는 듯 멈춰 서서 등을 돌려 대고 있다.

"챙겨 간 전리품들. 그중에 아마 네가 본 적 있거나 잘 아는 물

건이 있을 거다. 도와줘. 혹시 그게 어디 딴 데로 가지 않고 너한테
있다면 말이야.”

“……무슨 소린지 모르겠어요.”

은휘의 어깨가 한기 때문인지 조금 떨리는 듯하다.

“시간이 없어. 초기 화면 암호는 ‘리을(ㄹ)’이야. 인터넷도 자동
로그인 상태일 텐데 네가 다 열어 봐도 괜찮아. 그중 가장 마지막
수신자에게 도와 달라고, 메일을 좀 보내 줘. 부탁해. 물론 그게 네
손을 떠났다면 어쩔 수 없고.”

은휘는 대답하지 않고 날아가듯이 돌들 사이를 뛰어 모습을 감
춘다. 마는 정신없이 주워섬겼지만 저 애를 믿어도 되는지, 저 애
가 자신의 말뜻을 알아들었을지 확신이 서지 않는다. 그럼에도 지
금은 자신을 못 본 체하고 자리를 떠나는 것만으로, 믿을 수밖에
없다. 무엇보다도 이 언어도단의 섬에서 저 애만이 유일하게 사람
의 말이 통하는 인간 같다.

“이쪽은 아니에요!”

숲 사이로 개 짖는 소리가 다가온다.

“세보가 이것 때문에 착각하나 봐요. 이런 게 떨어져 있었어요.”

은휘는 세보의 코에 마의 양말을 들이대어 더 먼 데 있는 같은
종류의 냄새를 가리려고 한다.

“피 묻어서 벗어 버리고 갔나 봐요. 자, 맡아 봐, 세보. 네가 찾던

게 이거니?"

　피는 도망자의 의복이나 다른 어떤 소지품보다도 진한 냄새를 풍기고, 세보는 몇 걸음 더 나아가다가 헷갈리는지 같은 자리를 맴돌다 짖다 한다.

　인솔 교사는 세보의 고뇌와 혼란을 받아 줘 가면서 지체할 시간이 없다는 듯 시계를 한 번 들여다보더니 능선 아래쪽에 대고 소리친다.

　"더 늦어지면 위험하다. 지금부터 정확히 30분까지만 찾고 종소리 나는 즉시 모두 강당에 집합한다."

　그리고 교사는 방향을 돌려 세보를 잡아끈다.

　사람들이 멀어진 뒤 마는 안도의 한숨을 내쉬고 은휘가 떠맡기고 간 자루를 열어 본다. 웬 비닐 보따리인가 했는데 펼쳐 보니 1인용 첼트자크다. 이런 휴대용 천막이 있으면 걱정했던 것보다는 따뜻하게 숲에서 하룻밤을 보낼 수 있을 터다. 이유가 어쨌든 은휘는 자신을 도와주고 있으며, 이 은밀하고도 가냘픈 도움의 손길을 수포로 돌리지 않기 위해서라도 이렇게 넋 놓고 뻗어 있을 수는 없다 생각한 마는 기를 쓰고 몸을 일으켜서는 깊은 숲으로 다리를 질질 끌기 시작한다.

1장

"선배 뭐 해요? 가자니까."

조금 전 자신들을 내려놓고 떠난 배가 소실점이 되어 가는 뒷모습을 바라보던 마는 곽의 재촉을 듣고 고개를 돌렸다. 곽은 개인 짐에 촬영 장비까지 끌고서 아무리 좋게 봐줘도 여객선보다는 불법 새우잡이 용도로 짐작되는 작은 통통배를 타고 물살에 흔들리면서 왔기 때문에 낯빛이 금방이라도 발밑에 토악질을 할 것 같았다. 마는 트렁크를 끌고 곽의 뒤를 따르며 한숨 쉬었다.

청소년 교양 프로그램을 주로 만들어 온 프리랜서 피디인 마가 한 달 사이에 다큐멘터리 기획안 여섯 건을 작성하여 3개의 교육 전문 채널을 가진 방송사에 제출했는데, 그중 통과된 것이 하필 이 마지막 아이템이었다. 마로서는 가능하면 마지막까지 꺼내고 싶지 않은 카드였으나 타 외주 프로덕션과의 업체 선정 경쟁에서 우위를 점하려면 그간 아무도 손대지 못한 미지의 영역을 언급할 수밖에 없었다. 통과된다 하더라도 실행 가능성이 낮아 무모한 들이대기나 다름없는 깍두기였는데, 일이 이렇게 된 이상 무슨 일이 있더라도 취재 섭외에 성공해야 한다고 프로덕션 사장은 압박을 넣었다.

낙인도의 로젠탈 스쿨을 섭외 및 취재 하는 것이 이 기획 최대의 난관이자 그 자체가 목적이기도 했다. 지난 십육 년 동안 방송이나 신문을 막론하고 외부 취재를 일절 거절해 오기로 유명한 곳으로, 설립 의도, 교육 방침, 교육 과정, 재학생들의 면면, 졸업생들의 진로 현황 등이 모두 비공개로서, 어느 대형 방송사의 노련한 기자나 피디에 의해서도 뚫린 적 없는 요새였다. 광속의 정보력을 자랑하는 네티즌 수사대도 이곳에 대해 알아내지 못했고 다만 추리력을 발동하다 보니 몇몇 이야기에 살이 붙으면서 사실처럼 받아들여지곤 했는데, 학교 설립자가 교육에 뜻을 둔 독지가라는 설보다는 정신 나간 갑부일 거라는 데에 추측의 무게가 실렸다.

그도 그럴 것이 보통의 교육 기관이라면 신입생을 모집하는 데 신경을 써야 할 테고 그러려면 현란하거나 정서를 자극하는 이미지 광고까지는 아니더라도 최소한 홍보 팸플릿 한 장쯤 만드는 게 보통일 텐데, 정부의 지원 보조를 받지 않는(서류상으론 그렇게 되어 있다.) 학교가 학생을 유치하려는 조금의 노력도 없기 때문이었다. 학교법에 따르면 정규 교육 과정 이수를 인정하는 인가형 대안 학교에 속하는 곳인데 정부 지원을 받지 않는다는 것도 믿기 어려운 이야기였다. 취재를 위해 자료를 수집하면서 들은 바로는 성격이 유별난 그곳 교장이 나라에서 푼돈을 지원받으면서 커리큘럼 규제와 시설물 통제, 분기별 감사 등 공무원 사회에서 흔히 겪게 마련인 귀찮은 행정적 방해를 받고 싶지 않다고 한 모양이었다.

낙인도는 문제의 학교와 그 관계자들 말곤 아무것도 없다시피 한 섬이었다. 산림이나 어업에 종사하는 거주민이 극소수 있을 뿐이라고 하니 그렇다면 학생은 뭍에서 데려온다는 건데, 사회가 요구하는 평균치의 이상과 기대를 가진 학생이나 학부모가 '정식 중고등학교 인가' 외에는 그 정체가 알려진 바 없는 섬 학교에 진학은 둘째 치고 관심부터 가질 까닭이 없었다. 몇 년 전에는 그곳이 특수 부대원을 양성하는 인간 병기 학교라는 추측도 돌았고, 최근에는 이 학교가 애초 존재하지 않았거나 있었더라도 처음 몇 년간 실험적으로 유지되다 운영난에 부딪쳐 문을 닫았을 것이라는 설에 힘이 실려서, 이제는 사람들의 관심이 떨어지고 있었다. 그렇기에 마는 이 기획안을 가장 건성으로 작성하여 프레젠테이션 순서도 사람들의 집중력이 가장 떨어지는 끝에서 두 번째로 두었다가 뜻밖에 제작 부장의 관심을 받아 이 지경에 놓인 거였다.

처음에는 졸업생을 수소문하여 학교 분위기와 취재 가능성에 대해 검토하려고 했다. 낙인도에 가장 근접하여 그곳 자료를 관리하고 있는 도교육청에서 얻어 낸 자료에 졸업생 명부가 연도별로 등록된 것으로 보아 이 학교가 지금까지 운영되고 있음은 분명했는데, 도교육청 담당자는 개인 정보를 제공할 수 없다고 망설였으나, 마가 미리 준비해 간 대로 최근 육 개월간 있었던 교육청의 급여 수당 관련 비리를 하나 흘려 주자 파일을 열람하게 해 주었다. 그렇게 싸매고 있던 게 허탈할 정도로 해당 파일에는 제대로 된 정보라곤 들어 있지 않았으며 졸업생 명단과 주소지, 연락처가 전부였다.

파악된 이백여 명의 졸업생 가운데 거주지와 연락처가 바뀌지 않은 이십 명에게 접촉을 시도했는데, 전화를 받은 여섯 명은 졸업생에게 학교에 관한 비밀 유지의 의무가 있다며 대화 자체를 거부했고 집으로 찾아가도 문을 열어 주지 않았다. 마는 그중 몇 사람의 집 앞에서 며칠씩 잠복하고 기다렸다가 신고를 받고 출동한 지구대 순찰대원들에게 끌려가기도 했다.

어째서 십육 년간 운영되어 온 학교의 졸업생이 이백 명뿐인가, 학교 규모가 작고 소수 정예로만 운영하는 방침이라면 그곳을 정식 학교로 인정한 근거 자료는 어디 있는지, 실제 졸업생 수는 서류에 드러난 것보다 많은데 다 사망했거나 증발했거나 이민이라도 갔는가, 그렇더라도 이름은 올라 있어야 하는 것 아닌가—이런 사항들을 도교육청에 문의했으나, 관계자는 자신도 알 수 없는 일이며 정부 지원을 받지 않는 이상 그 학교가 낱낱까지 정보를 공개해야 할 의무도 없다고 대답했다. 그렇게 말한 관계자는 내막을 알 수 없다는 말이 발뺌이 아니라고 느껴질 만큼 마보다 한참 어린 데다 기록 관리를 담당하는 책임자가 아닌 아르바이트 학생이나 공익 요원에 가까워 보였다. 교육청에서 방송 관계자를 귀찮아하여 적당히 상대할 하급 관리 직원을 내세운 것으로 마는 판단했다.

"딱 봐도 저거네요. 섬이 쪼그마하니까 이런 거 하나는 금방 찾아 좋다."

앞서 가던 곽이 가리킨 곳에는 잘 정돈된 녹색 부지에 둘러싸여 각 모서리가 사방으로 퍼져 나가는 느낌의 현대풍 건축물이 서 있었다. 멀리 떨어진 데다 아침의 물안개 때문에 신기루처럼 보이기도 했지만, 마는 프랭크 로이드 라이트의 낙수장을 모작한 듯한 우아한 학원 건물을 보고 그동안 자신이 생각해 온 학원의 이미지(그는 '외딴섬, 고립'이라는 조건만으로 이 학원이 음침한 회색 톤의 교도소풍 건물일 줄 알았다.)가 얼마나 편협한 사고의 산물이었는지를 깨달았다.

이런 아름다운 건물과 주위를 둘러싼 녹음 및 바다 냄새 속에서 몇 년을 보낸다면 학업 성취도 향상은 말할 것도 없거니와 누구라도 궁극적인 자아실현이 가능할 것만 같았다. 사방으로 열린 듯하면서도 뭍과 차단되어 철저히 닫힌 공간을 이룬 것이 기묘한 감각을 불러일으켰다. 마는 로젠탈 스쿨과 그것이 자리한 배경을 멀찍이서 바라보고 초현실주의와 신선도 및 진경산수화가 혼합된 거대한 그림 같다고 느꼈다.

이런 곳이 어째서 지금까지 누구의 파인더에도 발굴되지 않은 것일까. 뭍에 널리고 깔린 사진 기자들이 그렇게 접촉 능력이 없지 않을 텐데, 얼마나 철저히 출입을 통제해 온 것인가. 마는 기획안과는 별개로 이런 곳을 구경할 수 있는 자신이 운 좋은 사람이라고 생각하기로 했다. 여기까지 올 수 있었던 것도 자신의 뛰어난 인맥 활용 공작 때문이라고 믿고 싶었지만, 사실은 그런 공을 들인 게 쑥스러울 만큼 결과적으로 섭외는 쉽게 이루어졌다.

도교육청 앞에서 물러난 마가 다음으로 접촉한 사람은 자신이 평소 별로 알은척하고 싶지 않고 상대방도 틀림없이 그럴 거라 짐작되는 박 선배였다.

박은 유력 중앙 일간지의 기자로 경제부 사 년, 문화부 삼 년을 거쳐 와서 사회부 경력은 삼 년 차에 지나지 않지만 타고난 처세술에다 고만고만한 서민 무리 사이에서는 비교적 엄친아 급의 출신 성분으로 권력자 몇몇과 괜찮은 관계를 유지하고 있었다. 석연치 않은 군 면제 이력에다 졸업할 때쯤에는 집안 누군가의 연줄인지 유력 중앙 일간지에 초고속으로 합격했기 때문에 후배와 동기들도 은근히 거리를 두는 인물이었다. 그 전까지는 천성이 음침하거나 사악하지 않고 오히려 해맑고 건전한 쪽이라 드러내 놓고 불편해할 수는 없었는데, 그 맑음이란 금숟가락 물고 태어난 자 특유의 여유에서 비롯된 것이어서 보통 사람들의 열등감을 자극하곤 했다. 이를테면 언론사 합격이 확정된 뒤 "요즘 웬만큼 노력하면 취업 재수 뭐 이런 거 없지 않나?"라고 대수롭지 않은 듯 말하는 식이었다.

본인은 겸손을 보인 거겠지만 다른 이에겐 혈압 오르는 종류의 인간이지. 마와 박은 꽤 오랫동안 언론 고시반 스터디를 함께했는데 이런 연유로 나중에는 피차 소원해졌다. 어떻게든 연줄을 잡아보려는 후배들의 태도 덕에 같은 과 사람들의 시선을 뒤늦게 깨달은 박도 겸연쩍은 태도로 거리를 두기 시작했으며, 졸업 후 형식적인 만남은 종종 있었으나 서로의 생각이 훤히 보이는 자리에 환멸을 느껴 나중에는 그마저도 나가지 않게 되었다. 박은 박대로 마에게 '이 녀석도 내게 뭔가 바라는 게 있겠지.' 하는 식이었고, 마는 박이 그렇게 생각하고 있다는 사실을 잘 아는 만큼 그것을 억울해하기보다 그 생각대로 언젠가는 반드시 선배를 이용해 주리라 이를 갈면서도 실천에 옮길 대담성도 없고 기회도 잡지 못한, 서로 피곤한 관계였다.

특별히 누구의 잘잘못을 따질 일이 아니라 그런 과정을 겪고 변색되는 게 인간관계의 본질이거나 때로는 전부이기도 하다는 것을, 마는 조금 더 세월이 지나고서 알았다. 나아가 사회인이 된다는 건—어떤 직업을 가지고 경제 활동을 하는 사회 구성원이 된다는 건 사람과 사람 사이에 놓인 삭막한 섬을 인정하는 데에서 출발한다는 걸 깨달아 온 시간이었다.

거기에 마가 다른 이들보다 특히 박과의 관계가 껄끄러워진 이유는 대학 시절답게 풋풋하기까지 하며 근거도 충분히 그럴듯했지만 지금 와서는 치졸해 보일 수밖에 없는 여자 문제였다. 과 내에서 흔히 있는 일로 마의 여자 친구가 박한테로 갈아탄 거였는데 하필이면 마는 휴학생이고 박은 일간지 입사가 확정된 꼭 그 무렵에 벌어진 일이었기에 마는 심사가 뒤틀릴 대로 뒤틀려 버렸다.

더구나 이 인간, 결혼은 결국 다른 사람과 했지, 집안에서 정해 주는 대로. 눈앞의 박을 바라보는 동안 마의 머릿속으로 온갖 생각이 스쳐 지나갔다. 이렇게 만난 것도 사 년 만의 일이었다. 박은 험난한 기자 생활을 이어 오는 동안 어둠의 루트에서 종종 있게 마련인 접대 방식에 익숙해진 듯 마가 룸 하나를 통째로 빌려 삼십 년산 양주를 부어 주는 정도에는 눈썹도 까딱하지 않더니, 마가 원룸을 전세에서 월세로 바꾸고 마련한 보증금 가운데 일부를 현찰로 꽂아 주자 학교 이사장과의 사이에 다리를 놓아 주겠다고 떨떠름하게 승낙했다. 이제 그들 사이에 남아 있는 건 흔적이나 시늉에 불과한 좋은 선후배 관계라기보다는 거래 관계에 가까웠고, 마는 이런 부탁을 박에게 하는 데 대한 거리낌이나 자존심의 촉수가 오히려 무디어졌다. 돈을 주고 정보를 산다는 사회 논리 앞에서는 동문이고 친구고 가릴 여유가 없었는데, 그게 비로소 사회에 흡수된 어른으로서의 분기점으로 느껴지기도 했다……. 그래도 졸업 후 이십 년쯤 지나서 뜬금없이 정수기 렌탈 카탈로그나 손해 보험 계약서를 들고 나타나는 것보다는 떳떳하잖아. 발효와 응고 과정을 거친 치즈만큼이나 생긴 건 볼품없어도 영양가 있고 산뜻한 관계.

박이 소개한 로젠탈 스쿨의 이사장 최는 대기업 계열사에 속한 교육 기업의 사장으로, 그 교육 기업만 해도 역사가 사십 년에 이르러서 마는 지팡이를 짚은 노구의 사장을 만나게 되리라 예상했지만 막상 마주친 상대는 많아야 오십이었다. 기업 총수의 몇째 부인에게서 나온 아들인지 몰라도 사장직과 이사장직을 함께 물려받은 지 얼마 되지 않았음을 마는 빠르게 눈치챘는데, 그 예상대로 최는 명함을 주며 이사장이 된 지 이 년째로 자신은 연중 서울에 머물고 학교 실무는 교장이 맡는다고 밝혔다.

그다음부터는 얘기가 싱겁게 흘러간 것이, 자신은 안 그래도 선대와는 달라 학교를 계속 베일에 싸인 채로 놔둘 생각이 아니었다는 거였다. 그러나 그전에 번번이 취재에 실패한 신문 방송 기자들 덕에 이 학원이 폐가나 유령선쯤으로 인식되어 최근엔 취재 섭외가 들어오지 않았기 때문에, 굳이 나서서 학원의 장점과 전망을 알리는 데 힘쓰는 것도 좀 없어 보이는 데다 어디까지나 자신의 본업

이 기업 운영에 있기 때문에 미처 신경을 못 썼을 뿐이라고 했다.

그 말을 듣는 순간 마는 허탈해졌고 이미 박의 수중으로 들어간 뇌물이 떠올랐으나 박이 아니었더라면 대체 누가 그곳의 이사장인지조차도 알 수 없었을 것이므로 본전 생각을 간신히 억누를 수 있었다. 거기에 박은 이사장과 처음 만나는 자리에 동석까지 해서 분위기를 조율해 주기도 했다. 한동안 소원했던 선배가 이만큼 했다는 건 결코 돈값을 하기 위해서만은 아닌 것 같았다……. 그래도 어쨌든 신경 써 줬던 후배라 이거지.

최는 학원의 교육 방식과 성과가 전파를 탐으로써 신입생을 많이 유치하거나 사회 각계의 후원을 얻는 데 목적이 있지 않다고 강조했다.

"우리 학원은 특수 목적으로 설립됐기 때문에 학생 수가 꼭 많아야 할 필요가 없습니다. 아, 그 특수 목적에 대해서는 저보다 교장 선생님께 가셔서 직접 듣는 게 이해가 빠르실 거고요. 저는 다만 형편이 그리 넉넉지도 않은 일개 기업이 사회 유지 발전을 위해 어떤 노력을 기울이는가, 사람들이 인식을 해 줬으면 좋겠거든요. 보통 사람들은 기업체에 부의 재분배를 요구하면서 기업이 사회봉사보다는 이윤을 창출하고 배를 불리는 데 관심이 많다고 편견을 갖곤 합니다. 하지만 절대 그렇지가 않다는 거, 이걸 밝히는 게 핵심입니다. 이 기회에 그동안 있었던 몇몇 말도 안 되는 소문에 대해서—실제로 존재하는 학교가 맞기는 맞느냐는 등 여러 말이 있었죠? 그 부분에 대해 저희도 좀 확실히 입장 표명을 하고 싶다는 거. 그런 차원에서 접근해 주셨으면 좋겠습니다.”

이런 사립 학교 탐방 프로그램의 경우는 자칫 기업 광고가 되는 일을 막기 위해 해당 학교의 장점과 한계를 동시에 짚어 명암을 부각시키는 법이었으나, 효과적 이미지 연출을 은근히 기대하는 이사장 앞에서 마가 그런 소신을 미리 밝힐 이유는 없었다.

헤어지기 전 이사장은 의미심장한 주문도 하나 추가했다.

“그 교장이 올해로 예순아홉입니다. 그런데 십육 년 동안 그 학교를 지켜 와서 그런지, 자기가 나보다 위라고 착각하곤 해요. 물론 실무나 권리 상당 부분 교장이 맡고 있긴 하지만 학교가 누구의 자산에서 나왔고 누구 소유인지를 명확히 깨달아야 하는데, 왜 그런 거 있잖습니까. 회사에서도 오랫동안 일하면서 쉰내 풍기는 중간 관리직 인간은 자기가 주인인 줄 착각하고 나태해지거나 아랫사람을 잘못 부리게 마련이니 제때 가지를 쳐 내야 하는 법이죠. 외따로 떨어진 데서 그만큼 애써 주는 사람이 또 없는 마당에 내가 뭐 그 양반을 자르고 싶다, 그런 뜻은 아니고요, 이번에 이리로 연락하고 가 보시면 좀 안 좋은 얼굴을 할지 모른다는 겁니다. 내 학교에 누굴 맘대로 들여보내느냐는 식으로 말이지요. 하지만 촬영이니 취재니 하는 허가 권리는 어디까지나 나한테 있다는 거 명심하시고, 이 기회에 누가 학교의 주인인지 나도 분명히 해 두고 싶습니다. 그러니 그 양반이 딱딱거리면서 불편하게 굴어도 알아서 조율하고 촬영 잘하시라는 말입니다.

사실은 저도 그 양반하고 좋은 관계라고 볼 수 없는데, 아니 뭐 섬에 틀어박혀 지내는 분하고 관계 형성이 될 턱도 없겠지만요, 학교에서 세 번쯤 집행 예산 인상을 요구한 적이 있었어요. 하지만 보시다시피 정부 지원이 없는 상태에서 순수한 열정으로 하는 일인데, 무한정 예산을 올릴 수는 없거든요. 더구나 인건비며 운영비 모두 이전의 예산이면 충분하다고 우리 총무부에서도 계산이 다 나왔고, 설상가상으로 우리 가장 중요한 원래 사업도 매출이 늘 제자리걸음이기니 오히려 히락했는데, 에산 인상이라니 팔자 늘어지는 소리였죠. 그런 일도 있고 해서 화기애애한 분위기는 아닙니다.

하여 갖고 가서 보여 주실 수 있는 소개장을 써 드리긴 하겠지만, 미안한 말씀 드리자면 나도 그 양반 대하기 껄끄러워서 따로 유선 연락을 넣어 드리진 못하겠습니다.”

그런 건 애당초 기대도 안 했다. 마는 나이 든 권력자나 실세자로 이루어진 무리 안에서 흔히 있을 법한 일이라 생각하며 쓴웃음을 짓고 넘어갔다.

그런데 이사장의 예측이 맞아떨어진 부분은 첫 통화 때 교장이 안 좋은 목소리로 짧게 불만을 털어놓으리라는 데까지만이었고, 그다음부터 마는 청년 못지않게 정정한 교장의 목소리와 틈을 주지 않는 진행에 자기도 모르게 말려들어 버렸다.

"이미 허가를 받으셨다는 말이죠. 학교 방침을 무시해도 유분수인 데다 이제 와서 무슨 의도인지 저로서는 이해가 가지 않는군요. 어쨌든 거기서 성사가 다 되었다는데 제가 반대한들 얘기가 달라지지는 않을 테니 이쪽도 쓸데없이 힘 빼지 않겠습니다. 단 이사장께서 말한 부분은 어디까지나 촬영 및 취재 허가뿐이니까 나머지는 제 지시에 따라 주셔야 합니다. 아시겠습니까? 그렇게 하실 수 없다면 이 일은 없던 걸로 할 테니 어디 한번 이사장님께 다시 매달려 보셔도 좋겠군요."

교장은 일개 피디인 마가 아무 때나 자유롭게 이사장을 만나 변동 사항에 대해 탄원하거나 새로운 사안을 부탁할 형편이 아님을 짐작하고 있었다. 마는 아니꼬움과 함께 어디 한번 해 보겠다는 거냐 하고 울컥하는 마음이 들었지만 지금은 취재 허가를 받은 것만으로도 감지덕지해야 할 때라고 생각했다.

"……좋습니다. 조건을 말씀해 주십시오. 최대한 맞춰 드리겠습니다."

박에게 꽂아 주고 남은 전세금이 얼마인지 머릿속으로 계산기를 두드리며 마는 현기증과 울화를 참느라 전화기를 간신히 붙들고 있었으나 예상과 달리 교장의 촬영 조건은 취재비를 비롯한 물질적인 것과 무관했다.

마와 곽이 흙먼지를 뒤집어쓴 채 양손에 트렁크를 털털 끌며 교장실에 들어섰을 때는 열예닐곱 살 정도 되는 아이 하나만이 안쪽 방으로 통하는 문 옆에 앉아 있었다. 올인원 형태의 자주색 작업복을 입은 그 아이는 정식 비서가 아니라 학생 가운데 한 명이 아르바이트를 하는 모양으로, 외부인의 출현에 놀라는 기색을 채 감추지 못하는 걸로 보아 사전에 어떤 전달 사항도 받지 못한 듯했다.

어디 골탕 좀 먹어 보라는 뜻인가. 아니면 나는 당신을 초청한 적 없고 환영하지 않으니 알아서 하라는 뜻인가. 어느 쪽이든 모욕을 주려는 의도는 분명했다. 그러나 마는 한때 교양국 피디로 구르는 동안, 시사국보다는 덜하지만 촬영을 원치 않는 사람들에게 받은 물세례만 해도 1톤은 될 거였다. 이 정도야 우아하고 상냥한 영접이었다.

"교장 선생님을 뵙고 싶습니다."

한 뭉치 서류철을 덮고 일어나면서 아이는 다음 행동을 어떻게 해야 할지 갈피를 못 잡고 헤매는 모습이었고, 그건 외부인에 대한 호기심이나 놀라움보다는 거의 두려움에 질린 것처럼 보여 마는 의아했다.

"아무렇게나 쳐들어온 게 아니라 사전에 이미 연락이 되고 합의를 본 건데 교장 선생님께서 깜박 잊으신 모양입니다."

마가 조끼에서 명함을 뽑아 건네자 비서는 비로소 안정을 찾고 명함에 적힌 이름을 들여다보았다.

"불러 드릴게요. 잠깐 거기……."

비서는 전화기를 든 채로 엉거주춤하게 서서 그들이 들어온 복도 쪽 문을 가리키며 사실은 '앉아 기다리세요.'라고 말하고 싶은 모양이었지만 아무리 둘러봐도 소파는커녕 여분의 접의자도 없었기 때문에 '서 계세요.'라는 말을 우물거리다 말아 버렸다. 마가 신경 쓰지 말고 교장이나 빨리 불러 달라는 뜻으로 손짓하며 고개를 끄덕이자 비서는 곧 책상에 얼굴을 처박고 전화기 버튼을 누르기 시작했다. 이토록 임기응변이라곤 없어 보이는 아이가 어떻게 비서 일을 하고 있는지 어이가 없었으나 마는 일단 꾹 참고 기다렸다.

"오셨군요."

안녕하십니까, 잘 오셨습니다, 제가 교장입니다—가 아니라 단순하고 심상하게 오셨군요,였는데 그 억양과 말투는 여기까지 어째 용케도 왔느냐 내지는 이제라도 늦지 않았으니 돌아갈 맘 없느냐는 뜻에 가깝게 들렸다.

전화를 받고도 한참 있다가 나타난 교장은 느긋하게 걸어 들어와서는 여유로우나 차가운 미소를 띠며 마에게 고개만 까딱하는 걸로 인사를 대신했다. 눈살을 찌푸리는 것보다는 최소한 나은 반응이라고 생각되어 마는 허리를 굽히며 손을 내밀었다. 그러나 마가 직전에 먼지와 땀투성이인 손을 바지에 슥슥 문질러 닦은 모습을 이미 본 교장은 내민 손을 슬그머니 무시하고 지나쳐서는 안쪽

방문을 열었다.

"이리 들어오시지요."

보통의 학교 교장실과 마찬가지로 두꺼운 유리가 덮인 마호가니 집무용 책상 앞으로 서로 마주 보게 놓인 갈색 가죽 소파와 응접탁자가 있었지만 교장은 비서에게 손님의 차를 내오라는 말도 없이 문을 닫은 뒤 소파를 놔두고 책상으로 가 앉았다. 덕분에 마와 곽은 안쪽 방에 들어가서도 소파에 앉지 못하고 오 분 뒤면 쓰러질 것 같은 몸을 끌어다가 교장의 직속 부하들처럼 책상 앞에 나란히 서서 이야기를 들어야 했는데 이 역시 학교를 취재하거나 공무원을 상대하다 보면 종종 겪었던 일이다.

"그래, 오시는 데 불편은 없었습니까."

"뱃길이 참으로 역동적이더군요."

새우잡이 어선을 타고 온 것을 꼬집는 대답이었으나 교장은 아랑곳하지 않고 바로 다음 이야기로 넘어갔다.

"약속은 지켜 주시는 거겠죠?"

"요청하신 대로 촬영 감독과 저, 둘만 달랑 왔습니다. 처음 그 말씀을 하셨을 적에는 정말 당황스러웠습니다. 아무리 방송을 쌈마이로 만들더라도 최대한 좋은 화면을 담기 위해 빛의 양과 반사각을 조절하는 촬영 보조들이 필요하고, 아무리 꾸밈없는 아이들의 얼굴을 담더라도 메이크업 아티스트가 있어야 자연스러운 클로즈업이 가능하고, 무엇보다 대본을 꾸밀 스크립터가 있어야 하는데,

대본은 제가 쓰게 생긴 데다가 촬영도 아마추어의 UCC처럼 하게 됐으니 말이지요. 하지만 이렇게 협조해 주신 뜻에 보답하기 위해, 화면이 좀 본새가 안 나더라도 콘텐츠로 시청자를 감동시키는 프로그램을 만들도록 최대한 노력하겠습니다.”

사실 드라마도 아닌 비주류 다큐멘터리에서 촬영 보조와 메이크업 아티스트란 허위에 가까운 과장이었고, 진행비와 시간은 늘 턱없이 모자란 데다 일정 조율이 어려운 탓에 프로그램에 따라서는 구성 작가가 동행하지 않는 경우도 흔했으며, 때로는 피디 혼자 6밀리 카메라를 들고 찍어서 편집까지 마치는 일이 적지 않았다. 그래서 어떤 학교에서는 학생들이, 방송 촬영 온다기에 잔뜩 기대했더니 당장이라도 각혈과 함께 쓰러질 것 같은 아저씨 혼자(마는 당시 지금보다 더 말랐고 나흘째 철야 상태였다.) 이것저것 지시를 내리는 모습을 보고 실망했다는 반응을 보이기도 했다. 피디가 혼자 카메라를 메고 가면 우리 학교를 얼마나 무시해서 이러느냐, 촬영 필요 없으니 나가라는 교직원들도 만났다. 그런 열악한 형편을 고려한다면 지금 이 섬에 두 사람이 동행했다는 건 경비도 일정도 비교적 넉넉한 편으로 촬영 환경이 괜찮다는 뜻이었다. 그러나 그런 정황 따위 교장이 알 리 없었다.

감사 인사와 불평을 적절히 섞어 말하는 마의 화법에서 의중을 알아차릴 만했으나 교장은 여전히 개의치 않았다.

“기대하겠습니다. 그런데 약속이 그것만은 아니었던 걸로 기억하는데요."

"물론입니다."

마가 주머니를 뒤지자 곽도 눈치를 살피다가 자기 휴대 전화를 꺼냈다. 교장은 두 사람이 책상에 올려놓은 휴대 전화에 손가락 하나 대고 싶은 맘이 없는 듯 곁눈질로 내려다보았다. 땀과 흙먼지투성이인 두 사람이 나간 다음에 핀셋으로 집어 지퍼락 비닐에 밀봉할 모양이었다.

"말씀드린 대로 이 전화는 귀가하시는 날 돌려드립니다. 외부와의 연락을 가능한 한 삼가 주시고 꼭 필요한 일이 있을 때는 교내의 유선 전화를 쓰십시오. 외부에서 전화를 받아야 할 일이 있으면 사전에 이곳 사무실 번호를 알려 두시고요. 그 밖에 인터넷은 지정된 컴퓨터실에서만 쓰십니다. 더 궁금하신 사항 있습니까?"

수능 시험 보는 아이들처럼 전화기까지 자진 제출하라는 요구에 마는 좀 더 항의하고 싶었으나 알아서 잘 조율하라던 이사장의 말을 떠올리며 그만두었다.

"생기면 차츰 여쭤 보기로 하겠습니다. 지금은 일단 화장실이 어디 있는지가 궁금하군요."

교장은 슬슬 짜증이 난다는 듯 미소의 여운마저 얼굴에서 거두고는 전화 버튼을 눌렀다. 인터폰 소리가 두 번 울린 끝에 아까의 어수룩한 비서가 밖에서 대답했다.

"이분들 기숙사 205호로 안내해 드려."

　로젠탈 스쿨의 학생과 교직원을 합쳐 백 명 남짓을 제외하면 낙인도 주민은 이십 명 안팎으로, 섬의 반대편 끝에 모여 살았다. 그들을 만나러 가려면 도보로 한 시간 삼십 분가량 걸리는데, 그것도 산의 저지대쯤은 가뿐히 넘나들 수 있는 신체 건강한 성인 남성 기준이라고 했다. 그 마을에 물물 교환 수준의 작은 가게가 하나 있다는 얘기를 들었으나 마는 선뜻 다녀올 엄두가 나지 않았다.

　"대체 필요한 물건을 어디서 사란 말이야? 휴지나 담배, 술은 넉넉히 챙겨 왔지만 이런 데서라면 속 터져서 금방 떨어지지 싶다."

　마가 창밖을 내다보며 투덜거렸다. 창문 아래로는 성별 구분인지 학년 구분인지 알 수 없었지만 자주색과 감색 작업복을 입은 아이들이 바닥에 붙은 대량의 흰 꽃잎을 비로 쓸고 있었다. 잘 쓸리지 않는지 같은 자리를 여러 번 힘주어 비질하는 여남은 아이들의 모습은 요령은 서툴지만 대열만큼은 일사불란해 보였다.

"쟤들 청소 당번인가 보다. 망했네. 딱 보니까 바닥이 질퍽한 게 어제 비 많이 온 것 같던데."

"나 옛날에 우리 부대에서 벚꽃 잎 떨어지고 얼마 있다 바로 비 와서 결국 4층에서 뛰어내린 놈 있어요."

"그 심정 알 만해."

"다행히 부러진 나뭇가지가 받쳐 줘서 살긴 살았는데 허리를 다쳐 결국 의병 제대."

"저런. 남자가 허리 다치면 군대가 아니라 인생 제대라고 우리 어머니가 그랬는데."

"허리 나가면 남자고 여자고 다 문제죠, 뭘."

그때 열린 방문을 두드리는 소리에 마와 곽은 뒤돌아보았다. 아까 방을 안내했던 비서가 서 있었다.

"제가 계속 인기척을 냈는데 못 들으셨나 봐요."

"인기척이라면 좀 크고 분명하게 내 줘. 언제부터 거기 있었어?"

"휴지 얘기 하실 때부터요. 우선 말씀하신 생필품 가운데 부족한 건 기숙사 지하 매점에서 구하실 수 있어요. 하지만 담배와 술은 당연히 없어요. 가져오신 게 떨어질 만큼 오래 계실 것 같지도 않고."

아까 교장실에서 어설퍼 보였던 것과는 달리 비서는 자신의 임무가 분명해지자 태도가 명쾌해진 데다 뼈 있는 말도 할 줄 알았다. 어떤 이유로든 간에 오래 계실 것 같지 않다는 말은 자신의 희망 사항을 반영한 것으로도 들렸다.

"나도 그러고 싶다. 그리고?"

"작지만 직원 식당이 2층에 있어요. 오전 7시부터 저녁 7시까지 이용하실 수 있어요."

"고마워. 하지만 학생 식당을 알려 줬으면 하는데. 우리가 하는 일이 학생들 찍는 거니까."

그 대목에서 비서는 다시 멈칫했다.

"그건 교장 선생님께 여쭤 보고 다시 알려 드릴게요. 그런데 먹는 걸 찍어서 뭐하시게요?"

"기숙사 있는 학교에서 일상생활 찍는 건 필수야."

"그럼 일단 직원 식당 쓰시고요, 하루 날 잡아서 학생 식당 이용하실 수 있도록 제가 말씀드려 볼게요."

학교 촬영을 허가받은 상태에서 학생 식당에 가 보는 일까지 교장에게 일일이 허가를 받아야 한다는 게 마는 이해할 수 없었지만, 비서는 적어도 전보다 업무 처리에 기민한 태도를 보이기는 했다. 아까는 외부인을 처음 보아 당황했던 모양이다.

"화장실은 보시다시피 문 옆에 붙어 있고요, 샤워기 있어요. 욕

탕이 필요하시면 1층에 있는 공용을 쓰셔야 해요."

"샤워기 정도면 충분해."

"외부와 통화하실 일 있으면 아까 제가 있던 방에 오시면 돼요. 외부 통화는 아주 급한 일 아니면 가능한 한 필요한 전달 사항들을 모아 두었다가 1일 1회만 해 주시면 좋겠다는 교장 선생님 말씀이 있었어요. 더 필요하신 건요?"

"너는 항상 거기 있나?"

"대부분은요. 저도 학생이니까 오전에는 수업 들어가죠. 하지만 외부 통화가 되는 데가 교장실하고 거기뿐이니까요. 저 없어도 책상 옆에다 통화 일지 기록하고 사용하시면 돼요."

"혹시 그 통화 내용은 녹음도 되나?"

이때 비서가 다시 한 번 즉답을 망설였다.

"녹음되는 건가?"

"……그건 모르겠어요."

의례적이거나 태연한 거짓말과는 인연이 없는 아이 같았다.

"아니라고는 안 하는군. 보통은 이렇게 물어보면 그게 무슨 말도 안 되는 소리냐고 받아치게 마련인데."

"진짜 모르니까요. 이제 가 봐도 될까요?"

비서는 방에서 빨리 나가고 싶은 듯 초조해 보였다.

"이름이 뭐지?"

그 말을 듣고 비서는 자기 가슴 쪽을 내려다보았다. 이름이 수 놓인 작업복 앞주머니 덮개가 말려 들어간 것을 보고 밖으로 꺼내 놓았다.

"신은휘. 고마워. 모르는 거 있으면 물어볼게."

"그러세요. 인터뷰에 협조할 학생들은 지금 명단 뽑고 있으니까 오늘 저녁까지 알려 드릴게요."

마와 곽은 직원 식당으로 가면서 간간이 작업복 입은 학생들과 마주쳤는데 아이들은 외부인을 보고 움찔했으나 곧 별도의 지시나 훈련을 받은 것처럼 시선을 마주치지 않고 지나쳤다. 상대적으로 교직원들은 자연스럽게 공기 대하듯 모른 척하는 걸 보면 교장과 같은 초창기 멤버는 아니라도 이곳에서 일한 지 오래된 모양으로, 사람 보기를 돌같이 하는 교장의 태도가 그들에게도 완벽히 배어 있었다. 학생들은 학년 구분 없이 중고등학교 정규 과정대로 육년을, 원하면 좀 더 일찍 입학하여 칠팔 년을 머무르며 다양한 직업 교육을 체험할 수 있다는데, 실제로는 길어야 이삼 년만 머무르다가 조기 졸업하거나 중간에 마음이 바뀌어 검정고시를 보기 위해 떠나는 학생이 적지 않다는 것이 은휘의 설명이었다. 졸업생 명단이 어째서 그렇게 소수였는지 이해가 가는 대목이었지만, 정작 그렇게 설명하는 은휘는 한눈 안 팔고 과정 낙제도 없이 오 년째 머무르고 있다고 한다.

"자기 발전을 위해서 일찍 떠나는 학생들을 학교는 붙잡지 않습니다. 교장 선생님은 오히려 그걸 바람직하게 생각하고 계세요. 학생이 홀로 설 준비가 되었거나 적어도 넓은 데로 눈이 트였다는 뜻도 되니까요……. 저요? 저는 아직 멀었어요, 여기가 편하기도 하고. 오히려 교장 선생님이 제 시야가 좁아질 걸 염려해서 빨리 나가라고 야단하시는걸요."

말하면서 은휘는 그 전까지 좀체 보기 힘들었던 웃음을 머금었다.

마 역시 학생들을 모아 놓고 거창하게 대면식을 치러 주리라는 기대는 하지 않았으나 간단하게 인사조차 시키지 않는 걸 보면 교장은 피디 일행을 아예 없는 이들로 간주하기로 한 듯했다. 교장이 숙식 제공 외에 촬영에 협조한 사항이라곤 인터뷰 대상자 몇 명을 선발 제공한 것과 학생들의 생활상을 제한된 범위 내에서 찍도록 허가한 게 전부였다.

그나마 대표들과 인터뷰할 때는 지정된 공간에서 해야 했고 그 밖의 다른 장소를 촬영할 때는 거기 있는 학생들에게 말을 붙이거나 가까이 접근하는 것이 허락되지 않았다. 수업에 방해되지 않아야 한다는 명분은 그럴듯했지만 그런 진행으로는 일주일이면 찍고도 남을 촬영이 한 달 넘게 걸릴 판이었다.

"이런 상태로 무슨 인터뷰를 하라는 겁니까. 사람은 바뀌는데 뒤 공간 배경이 매번 똑같으면 얼마나 화면이 칙칙해지는지 아십니까. 무슨 취업 면접 자리도 아니고, 이 친구 뒤에 회색 벽이 있으면 저 친구 뒤에는 우거진 나무가 있다든지 변화가 좀 따라야 화면에도 생동감이 있고 보는 시청자도 신뢰가 생기지 않습니까. 연출이라는 게 짜고 치는 고스톱이라고만 생각하실 게 아니라 최대한 자연스러움을 끌어내서……."

교장은 예의가 충만한 미소를 지어 보이며 마의 말을 자르고 완고하게 대꾸했다.

"시청자가 어떻게 생각하는지는 이쪽이 알 바 아닙니다. 말씀드린 대로 학교 배경은 이곳저곳 다양하게 찍으시죠. 정 필요하시면 아이들 클로즈업한 얼굴마다 다르게 배경을 갖다 붙이면 되지 않습니까? 요즘은 그래픽 기술도 발달했다는데 그 정도 편집도 못한다고는 안 하시겠지요."

교장의 말에서는 전형적인 '윗대가리'의 특성이 드러났다. 구닥다리 컴퓨터 한 대로 뭐든지 요술 방망이처럼 뽑아내는 줄 알고, 문서나 도표 등의 지시를 하달하면 십 분 뒤에 완성품을 찾는다. 정보 한 줄 자기 힘으로는 찾을 줄 모르면서 아랫사람에게 시키면 일 분으로 충분하다고 믿는, 시대착오적인 노인네였다.

"영 불가능한 건 아닙니다. 하지만 시간과 비용 문제가 발생하지요. 인위적인 화면은 어떻게든 티가 나게 마련이고요. 자막이 난무하는 예능 프로그램이나 블록버스터 영화를 찍는 게 아닌 다음에는 가능하면 그래픽 조작에 의존하지 않고 주어진 환경을 최대한 활용하는 게 우리 같은 소규모 프로덕션이 근근이 버티는 방법입니다.”

“규모가 어떻든 거기 사정입니다. 분명히 말씀드리는데, 인터뷰 장소는 시청각실에서 더 이상 변동 없습니다. 더불어 지정된 아이들 외에 다른 아이들에게 다른 장소에서 질문하는 일은 삼가 주시기 바랍니다. 정 다른 아이들 또는 교사들에게 궁금하신 사항이 있으면 우리 신은휘 양을 통해서 전달해 주시기 바랍니다.”

“아이들이 서로 다른 나라 말로 떠듭니까? 은휘는 통역사인가요?”

“일을 분명하고 깔끔하게 하고자 하는 것뿐입니다 ㄱ 나이 때 아이들은 전달 통로가 제각각이면 이 말을 네가 했니 내가 했니 서로 기억 못 하고 잘못을 떠넘기거나 책임을 미루곤 하는 법이죠.”

“아이들이 말을 하는데 왜 잘못을 저지른다고 전제하시는지 모르겠습니다. 대체 뭘 걱정하시는 겁니까?”

“아이들이 성장 과정에서 흔히 저지를 수 있는 보편적이고 인간적인 실수 외에 걱정되는 부분은 없습니다. 다만 바깥세상에서 떠들기 좋아하는 인간들 입에 우리 아이들이 사실과 다른 모습으로 오르내리기를 원치 않는 것뿐입니다. 우리 신은휘 양은 통역사가 아닌 전서구로 보아 주시는 게 옳겠군요. 아직 열여덟 살밖에 안 되었지만 수업 시간 이외에는 내 전임 비서를 담당할 만큼 똑똑하고 성실한 아이입니다. 내 앞에서나 본인에게나 신은휘 씨라고 칭

해 주시면 고맙겠습니다.”

“네, 존경심을 가득 담아 그렇게 부르도록 하죠. 그러자면 신은 휘 씨를 어디서나 부를 수 있는 환경이 갖춰져야 할 텐데요. 신은 휘 씨 전용 호출기는 없습니까?”

거의 비꼬는 뜻으로 한 말이어서 설마 그런 게 있으리라고는 생각지도 않았는데, 교장은 못마땅하다는 듯 혀를 차며 서랍에서 호출기를 꺼내 책상에 올려놓았다. 마가 대학 시절에 쓰던 삐삐와는 다른 종류로, 액정을 보니 위치 추적기에 가까운 문자 발송 도구로 보였다.

“며칠만 빌려 드리죠. 필요한 내용을 간단히 입력하시고 거기 붉은 버튼 누르시면 신은휘 양한테 바로 전송됩니다. 전송과 함께 액정에는 신은휘 양의 위치가 표시됩니다. 물론 그 애도 이것과 같은 걸 가지고 있고 그 애한테는 이쪽 위치가 보입니다. 그 애 수업 시간표는 이미 받으셨을 테니 아무 때나 막 부르는 일은 없기 바랍니다.”

“제 휴대 전화를 돌려받을 때 이걸 넘겨 드리면 되겠군요. 고맙습니다.”

“천만의 말씀입니다. 다만 앞으로 제가 내놓은 규칙에 대해 다시 한 번 이의를 제기하시면 촬영은 중단시키겠습니다. 그때는 육지로 돌아갈 가장 빠른 배편을 알아봐 드리도록 하지요.”

“명심하겠습니다. 하지만 이번엔 새우잡이 배는 아니었으면 좋겠군요."

　인터뷰와 촬영은 이튿날 오전부터 하게 되어 있었으므로 마는 간략한 원고 개요를 작성하기 시작했다. 낙인도에 오기 전에 선행 작업으로 해 둔, 로젠탈 스쿨의 역사와 설립 의도 및 환경에 대한 개론으로 여기에 자신이 실제로 와서 확인한 내부 시설 등에 대한 첫인상을 잊기 전에 기록해 둘 참이었다.

　이런 식으로 러프 원고를 써서 촬영분과 함께 프로덕션 소속 스크립터에게 주면 그녀가 편집 회의 전에 내레이션으로 바꾸고 가감하여 최종 완성본을 내놓기로 했다. 물론 편집 회의를 거치면 원고와 필름은 서너 차례 더 수정될 것이다.

　스크립터가 함께 왔다면 이렇게 두 번 일하여 노동력을 낭비하는 번거로움은 없을 터였다. 그러나 교장은 2인 이상의 동행을 허락지 않았고, 마도 지금 같아서는 스크립터를 데려오지 않기를 잘했다고 생각했다. 학교를 밖에서 바라볼 적에는 나뭇잎 냄새와 물소리를 입힌 입체 풍경화 같았지만 안으로 들어와 보니 깨끗하고 조용한 정도를 넘어 을씨년스럽기 이를 데 없어서, 그녀는 하룻밤도 견디기 힘들 터였다.

　그 이유의 90프로는 정체 모를 동물들의 울음소리가 음울하게 들려오는 창밖의 검은 산 때문이 아니라 교장과 이곳 사람들의 태도 때문인데, 내일부터 인터뷰와 촬영이 본격적으로 시작되어서 교장과 부딪칠 일이 줄어들면 상황이 좀 나아지길 기대하며 마는 노트북 자판을 두드렸다.

두말할 필요도 없이 로젠탈 스쿨은 사회심리학자 로버트 로젠탈의 이름에서 따온 것이다. 한 인간에게 잠재된 무한한 가능성을 믿으며 기대하면 언젠가 그 결과가 재능의 발현과 목표 달성으로 나타난다는 로젠탈 효과 이론을 바탕으로 세워진 학교는, 그 이론 자체만으로는 일반적인 교육 현장과 다를 바가 없다. 굳이 이곳으로 한정할 것 없이 학교란 기관이 원래 학생들에게 일정한 과업의 수행을 기대하며 자신감을 불러일으켜 그들로 하여금 소기의 성과를 거두게 할 의무가 있지 않던가. 현실적으로 그 기능이 잘 수행되고 있는지는 다음 문제로.

이 로젠탈 스쿨이 일반 학교와 다른 점은 전교생이 불리한 환경에서 태어났거나 성장하여 보통 학생들보다 재능 발현이 쉽지 않은 처지라는 데 있다. 범죄자 자녀들과 고아들이 대부분이라는 데에서 이 학교만의 특징이 드러나는데, 사회 하층민으로 규정되는 이들을 모아 놓고 체계적인 교육과 훈련으로 자신감과 자존감을 향상시켜 부모와 같은 길로 이탈하지 않게 도우며 올바른 도덕관념을 장착시키고 이 사회에서 한몫할 수 있는 일꾼으로 키운다는 게 일차 목표다. 그리하여 특수한 환경에서 얼마든지 발생할 수 있는 범죄의 재생산과 대물림을 가능한 한 막고 궁극적으로 사회 안

정을 꾀한다는 것—

여기까지만 보면 일반 보육원 및 복지원과 비슷한 것 같지만, 이 학교는 단순한 수용 및 양육이나 재활 개념을 넘어선 정규 교육 기관으로 체계적 사회 적응 훈련을 시킨다는 점이 다르다. 학생들은 정규 교과목을 이수하고 사면이 바다로 둘러싸인 섬인 만큼 자연 친화적인 특별 활동 시간을 충분히 가지며 원하는 직업 교육을 받는데, 이때 학교의 방침대로 기대와 칭찬을 많이 받고 자신감에 충만한 아이들은 대개 한 학기가 끝나기 전에 월반하여 학업을 신속하게 마치고 그 뒤로는 다양한 직업 체험 활동에 전념한다는 이야기였다. 그 가운데 우수한 학생은 일부 기업체에서 파견 요청이 있을 때(대체 이 학교와 연락이 닿는 '일부 기업체'란 어디인지 궁금했으나 마는 이번에는 따지지 않았다.) 섬을 떠나게 한다. 일종의 조기 졸업인데 이렇게 떠난 학생들은 졸업자 명단에서 빠져 있다. 형식이나 절차보다 학생의 실력 그 자체가 중요하다는 것이 교장의 신념이기도 했다.

이 모든 생활과 교육을 제공하기 위해 뜻있는 기업 회장이 섬의 절반을 사들였다는 것이며, 그가 바로 이사장 최의 부친이다.

그런데 그렇게 다양한 직업 체험을 하고 졸업한 아이들 중에 왜 연락 닿는 놈들이 아무도 없느냔 말이다. 마는 노트북 화면을 노려보며 신경질적으로 자판을 두드렸다.

어쩌면 그 아이들은 학교에 대한 비밀 유지 의무가 있다는 것 말고도, 자신이 어떤 학교 출신인지 외부에 알리고 싶지 않을 수도 있다. 아무리 개인의 인생에 긍정적인 태도를 갖게 해 주고 활로를 제시했다 하더라도 로젠탈 스쿨을 졸업했다는 것은 대중의 일반화된 편견을 고려해 볼 때 자신이 변변치 못한 환경에서 자랐으며 학교 덕에 간신히 인간 됐다고 인정하는 셈이었다. 이를테면 사회생활에서도 조직폭력배나 그 비슷하게 힘자랑할 수 있는 무리의 일원으로 활동할 게 아니라면 자기가 어느 교도소에서 무슨 죄목으로 별을 몇 개나 달았는지를 대놓고 자랑하지는 않는 법이었다.

부모 부재를 비롯한 그 모든 조건을 극복해 낸 인간 승리 드라마를 아무리 반복하여 보여 준들 시청자의 감동은 그때 그 순간에 발광(發光)할 뿐이다. 감동이 묵은 인식마저 바꾼다는 아름다운 믿음이 마에게는 그다지 없었고, 이런 생각은 다큐 감독으로선 작지 않은 결격 사유임을 스스로도 모르지 않았다.

몇 개 소절로 이루어진 단순하고 희망적인 가사가 반복되는 강한 비트의 노래였다. 스피커를 타고 흘러나오는 밝고 명랑한 가사가 후크 송처럼 되풀이되다 보니 오래지 않아 희망에 중독된 이들의 중얼거림처럼 들렸으며, 이 노래를 만들 당시 필시 의도했을 바 대로 2절 넘어가기 전에 입에 붙어 버렸다. 책상에 노트북을 켜 둔 그대로 자판에 머리를 대고 잠들었던 마는 도저히 일어나지 않을 수 없는 반복 주입에 고개를 흔들고 주위를 둘러보았다. 왼쪽 침대에서 곽이 베개를 다리 사이에 끌어안고 잠들어 있었는데 이 소리에 깨지 않을 정도로 신경이 두꺼운 곽의 등을 마가 발로 슬슬 밀었다.

"곽 감독. 일 나가자."

"아, 몇 신데요."

곽의 한쪽 다리는 아직 꿈속에 걸쳐져 있는 모양이다.

"6시 45분. 뭘 하든 우리도 애들하고 같이 움직여야 화면이 나오지. 슬렁슬렁 느지막이 돌아다녀서 뭐하자고."

"아, 진짜……. 뭘 벌써부터 부산을 떨어요."

"세면 시간 달랑 십오 분밖에 안 된다. 아침 운동 안 찍을 거야?"

곽은 두어 번을 더 뒤척이다 뒷머리를 긁적이며 몸을 부스스 일으켰다.

세면을 마치고 나온 아이들이 운동장에 조별로 몇 덩어리를 이루어 섰을 때는 7시였다. 어제부터 계속 눈에 띈 작업복은 운동복이자 교복 겸용으로, 성별에 따라 두 가지 색으로 나뉘었다. 곽이 앞에 나와 선 사감에게 다가가자 사감은 눈짓으로 인사했으나 역시 한데 모인 아이들에게 곽을 소개하지는 않았고, 아이들도 두 외부인에 대해 사전에 전달받았는지 아니면 본능적인 작은 관심조차 보이지 않는 걸 미덕 내지는 규율로 삼았는지 동요는 물론 최소한의 술렁임조차 없었다.

따라서 어떤 설명도 없이 곽의 카메라가 돌아가기 시작했으며,

거기에 개의치 않고 아이들은 뒷짐을 지고 서서 반주 음악이 나오는 데에 맞추어 A-A′-B-A라는 기본 선율을 지닌 미드 템포의 4박자 노래를 불렀다. 불과 십오 분 전에 들었던 기상곡으로 가사는 새로운 인간으로 거듭난다는 각오와 재능 개발에 실력과 인성의 겸비 운운하는 내용이었는데 후렴구에 학교를 둘러싼 아름다운 풍경에 대한 묘사가 들어간 걸 보면 그게 교가인 모양이었다.

2절까지 노래를 마친 뒤 이어서 아이들은 가벼운 맨손 체조로 몸을 풀기 시작했다. 체육 시간에 흔히 볼 수 있는 간단한 동작으로 이루어진 온몸 운동이었고, 곧바로 사감의 구령에 맞추어 피티 체조가 삼십 회 있었다. 문득 마는 2조의 바깥 줄에서 머리 위로 팔을 뻗고 가볍게 제자리 뛰기를 하는 은휘와 눈이 마주쳤으나 은휘는 마가 입 모양과 손짓으로 '이걸 매일 아침마다 하는 거야?'라고 묻기 전에 고개를 돌렸다.

마지막은 전력 질주가 아닌 가벼운 조깅 수준으로 운동장 한 바퀴 돌기였다. 곽은 카메라를 든 채로 빠르고 유연하게 그들의 움직임을 쫓았다. 마가 손목시계를 보니 7시 25분이었다. 8시 10분까지 아침 식사를 마치고 8시 20분부터 각자 선택한 과목의 교실에서 1교시를 시작한다는 걸 생각해 보면, 한 치의 빈틈 없이 짜인 아침 일과였다. 이런 산속에서 아침 식사 전마다 꼭 신체에 무리가 가지 않을 만큼의 전신 운동이라니, 이러고서 건강해지지 않기가 불가능해 보였다.

그러나 진정한 의미의 건강이란 항상 예외의 생활에서 비롯된다는 게 마의 생각이었다. 스파르타식 재수 학원에 들어간 아이들도 일요일에는 각자의 집에 다녀오고, 전지훈련에 참가한 혈기왕성한 야구 선수들도 몇 달간 빡세게 조인 다음 귀가하게 마련인데 이 아이들은 돌아갈 데가 없잖아. 설마 주말과 공휴일에도 이 시간을 엄수하는 거야? 평소보다 한두 시간은 늦게 일어나 주고 좀 늘어지기도 하고 그래야 사람 사는 거 아니야? 마는 아이들에게 무작위로 질문하기 위해 준비해 온 메모 수첩에 끼적거리며 입 속으로 투덜거렸다.

카메라와 외부인이 학생 식당까지 들어오자, 그 전까지 득도의 경지에 이른 듯 무관심으로 일관했던 학생들의 표정과 그들이 내뿜는 입김의 온도가 달라지는 것을 마는 알아차렸다. 밥 먹을 때는 개도 안 건드리는 법인 줄 알지만 이 순간 그는 자극에 반응하는 학생들의 평범한 모습을 보고 속으로 이거다 싶었다. 언제까지 소닭 보듯 할까 했는데 이들이 로봇이 아니라 본능과 자연법칙에 충실한 보통의 아이들이라는 사실을 확인한 느낌이었다.

그때 그들 앞으로 은휘가 다가와 최대한 목소리를 죽이고 말했다.

"여기 들어오시면 안 돼요. 아직 교장 선생님께 승인을 얻지 못했어요."

이미 곽의 카메라는 돌아가고 있었고, 은휘는 손바닥을 펼쳐 렌즈를 막았다. 마는 하마터면 반사적으로 은휘의 손목을 잡아 떼어 낼 뻔했다. 여기서 여자애 손목이라도 잡았다가는 그날로 아웃이지.

"신경 쓰지 마시고 진지들 드시라고 하면 안 될까? 썩 유쾌하지는 않으리라는 거 알지만 이게 우리가 하는 일이야. 밥 먹는데 옆구리 찌르겠다는 것도 아니고, 밥상을 엎겠다는 심보도 아닌데 좀 어떻게 안 되나?"

"지금은 안 됩니다. 허가가 나면 그때 얼마든지 찍게 해 드릴게요."

"공무원도 이 지경으로 유연성 없지는 않겠다. 밥에 뭐 약을 치기를 했어, 못 먹을 걸 넣기라도 했어, 아니면 식자재가 유통 기한이 지나기라도 했어. 뭐가 나오든 최전방 부대의 폐사(斃死)물 처리반보다는 나을 텐데 왜 안 된다는 건지. 개구리 반찬이라도 나오나?"

"그럴 리가 없잖아요. 하지만 어차피 돌아가시는 날까지 저희들 밥 먹는 모습 같은 건 지겹게 보실 수 있을 테니까요. 허락이 떨어지기 전에는 안 된다는 방침만 반복해서 들려 드릴 수밖에 없는데요. 계속 들으시겠어요?"

이게 어제 당황한 얼굴을 감추지 못하고 사소한 손놀림 하나까지 어수룩해 보였던 바로 그 애가 맞나. 마는 놀라는 한편 이 아이가 이렇게까지 할 수 있는 데에는 교장이라는 최종 보스가 뒤에 버티고 있기 때문이란 걸 짐작했다.

"알았어. 이 친구 카메라 껐는데 그 손 좀 치워 주실까? 렌즈에 지문 묻는 거 안 좋은데."

"얼마든지요."

렌즈를 놓고 돌아서는 은휘의 어깨 너머로 마는 학생들의 식판을 대강 훔쳐보기는 했는데, 얼핏 보아도 일선 학교에서 익히 보아 온 이상으로 깔끔하고 다양한 1국 4찬이었다. 멀쩡하기만 한데 무엇을 우려하는지 모를 일이었다. 마는 곽과 함께 직원 식당으로 발길을 돌렸다.

학생 식당 문이 닫히자 평소와 실 한 올만큼도 다를 바 없는 적요가 흘렀다. 배식하던 학생들도, 식판을 받아 자리를 찾아 앉는 학생들도 언제 누가 여기 들어오기는 했느냐는 듯한 모습이었다. 그들 가운데 한 사람, 은휘만은 피디들이 나간 문을 오랫동안 노려보다 이윽고 작은 한숨을 토해 내며 자기 자리로 돌아갔다. 스텐 그릇에 담긴 배추속댓국이 벌써 식어 가고 있었다.

12시까지 국영수를 비롯한 필수 과목 수업을 진행하는 장면을 각 교실 뒤에서나 또는 창문 밖에서 찍었다. 그 모습은 일반 학교에서 보는 것과 큰 차이가 없었고, 이 장면이 편집되지 않는다면 내레이션도 그와 같은 내용으로 들어갈 터였다. 점심시간 뒤에 학생들은 학년과 중고등부의 구분 없이 선택한 특기 적성 교육을 받게 되는데, 이 현장을 심층 탐구하는 게 마의 오늘 치 목표였고 첫 번째 인터뷰에 응할 학생은 목공반 소속이라고 했다.

기왕 인터뷰에 협조하기로 했으면 으레 그러듯이 톱질이나 망치질을 능숙하게 하는 모습을 보여 준다든가, 학생이 완성 직전의 가구 옆에 서서 이마의 땀을 훔치고 밝게 웃으며 대답하는 연출 정도 하면 어디가 어때서, 굳이 해당 학생으로 하여금 밀던 대패를 놔두고 시청각실로 오게 하는지 마로서는 이해할 수 없는 지침이었다.

방송에 익숙지 않은 평범한 중고등학생들을 주로 화면에 담다 보니 비슷한 통제 행위나 거부 반응은 그 전에도 있긴 했다. 그 자세로 테니스 채 잡아서 이쪽 보고 큐 사인 떨어지면 오른손 높이 들고 구호 외치세요, 지시하면 인터뷰 대상자는 손을 오그라뜨리며 몸서리를 쳤다. 이거 꼭 이렇게 해야 하는 거예요? 그냥 자연스럽게 하면 안 돼요? 너무 작위적이고 민망한데. 나 이거 하면 왕따당할 것 같아요. 그러면 옆에서 구경하던 다른 학생들은 웃음을 터뜨리거나 야유를 보냈다. 너는 민망하지만 보는 우리는 가증스럽다! 마는 집중력과는 선천적으로 인연이 없어 보이는 아이들을 달래 가며 산만한 진행을 꾸리느라 관자놀이에 핏줄이 서는 것을 참으며 대수롭지 않다는 듯 대꾸했다.

인위적인 것 같아서 맘에 안 드는 거 이해하는데, 방송이니까 우리 방송의 법칙에 맞게 갑시다. 방송은 철저하게 보여 주기 위해 꾸며진 상품이거든. 다큐멘터리라고 해서 현실을 있는 그대로 따라다니며 찍기만 해서야 카메라 워킹만 죽어라 해 댈 뿐이지 그것이 곧 프로그램 자체가 될 수는 없다고. 너희들 텔레비전에 인간 승리 어쩌고 하는 논픽션, 다른 건 몰라도 그것만큼은 있는 그대로 하나도 뭐 안 시키고 자연스럽게 찍은 것 같지? 꿈 깨세요. 예를 들어서 지난주 「사람의 향기」 154화 본 친구 있어? 그 주인공은 절대 자기 부모랑 상종도 안 하고 싶어 했다고. 내가 이렇게 어려움 속에 자수성가했는데 나 제일 힘들 때 거들떠도 안 본 사람들한테 다시 연락하다니 좀 맞았냐 이거지. 근데 방송에서는 일단 그럴듯한 드라마를 뽑아내야 하거든. 제작진이 다섯 번쯤 설득해서 부모한테 화해의 전화를 먼저 걸게 한 거예요. 물론 그런 각본에 따르더라도 돌발 상황이나 변수는 언제든 생길 수 있지만, 그건 그거대로 즉흥적인 각본의 새로운 탄생에 지나지 않는 거야.

그리고 결국 마는 내키지 않아 하는 주인공 학생을 붙잡아 촬영에 성공했고, 최대한 덜 인위적으로 보이는 좋은 그림이 나왔더랬다. 아무리 공공연한 일이더라도 직업상 비밀이나 다름없는 촬영장 뒷담화를 밝히는 것은 치명적인 일이었지만 요즘 아이들은 방송에 대본이 존재한다는 사실로 충격을 받을 만큼 순진하지도 않았고, 마는 문제의 휴먼 다큐가 자기 프로그램이 아니니 알 바 아니었으며, 그렇게 솔직히 말해 준 덕분에 아이들은 촬영에 더 잘

협조한 데다 오히려 대담하게 애드리브까지 넣어서 각본을 풍성하게 꾸며 준 긍정적인 기억도 적지 않았다.

그랬던 마가 지금 이곳에 와서는 교장이라는, 이곳의 절대 군주 한 사람 때문에 마음대로 하지 못하고 있었다. 학교에서 요청한 다른 사항은 다 받아들였는데도 교장은 결코 양보할 기색이 없었다. 마는 촬영에 비협조적인 인터뷰 대상자를 좋은 말로 잘 추어올려서 이쪽을 믿고 따라오게 만드는 경험이 적은 편은 아니라고 자부했는데, 예의를 다하는 척하며 쇄국 정책을 고수하는 교장의 태도에다 결정적으로 첫날 도착했을 때 새우잡이 배 때문에 속이 울렁거린 나머지 그에게 속내를 너무 정직하게 보여 버린 게 문제였다.

뼈대가 중요하다고, 첫 번째 인터뷰 협조원인 무경은 말했다.

"목공 일이라는 게 곁에서 보면 그냥 슥삭슥삭 톱질하고 망치질하면 되는 줄로 아는 사람들이 많아요. 특히 요즘은 자기 집을 리폼한다느니 DIY가 어쩌고 하면서, 얼기설기 요상한 모습으로 치수도 안 맞게 얽어 놓고 그게 자연 친화적이라느니 개성적인 인테리어라고 주장하는 분들도 계시죠. 그렇게 생각하는 건 물론 자기 자유예요, 그렇게 해서 자기가 살 집이 깨끗하고 편안하다고 느낀다면요. 하지만 그렇게 만든 것들이 한데 모여 있으면, 웬만큼 광활한 대지 위에 지은 집이 아니고서는 비좁아 보이거나 배경과 소도구끼리 서로 어울리지 않아서 쉽게 답답해지고 싫증을 내게 될

걸요. 본인은 좋다고 해도 가족이 이 흉물스러운 거 대체 뭐냐고 바가지를 긁거나.

목공에서 수학적 기초는 아무리 강조해도 지나치지 않아요. 쇠붙이들을 나무에 들이댄다고 해서 작품이 완성되지 않는다고요. 제도를 할 줄 알아야 하고 어느 각도에서 바라보든지 완벽한 도면이 나와야 해요. 목재들 간 이음매 사이에는 시쳇말로 면도날 하나 들어갈 틈이 없어야 하고요. 그 목재들 간 이은 부분을 턱솔이라고 하는데, 턱솔에는 일(一)자형과 기역자형, 십자형, 디귿자형이 많이 쓰여요. 내가 손질을 잘해서 이 턱솔들이 서로 딱 맞물리는 순간에 가장 큰 희열을 느끼죠. 좀 거창하게는 인생의 완결성이 느껴진달지, 암수한몸의 완전체가 떠오른달지. 말로만 설명하면 재미없게 들리고 화려한 구석도 없는 것 같지만 그 정직함과 정확함이야말로 목공의 기본이에요.

거기에 육체적 순발력도 관건이죠. 신중함도 미덕이고요. 안 그러면 그라인더 같은 거 함부로 다루다가 손가락 날아가는 건 순식간이니까요. 그래서 우리 목공반은 일 들어가기 전에 명상 시간을 자주 가져요. 눈썰미나 손재주가 어느 정도 타고난 재능에 가깝다면 침착한 마음가짐은 항상 꾸준히 가다듬어야 하는 거거든요. 우리 선생님은 그걸 두고 모난 마음에 대패질을 한다고 그래요."

곽이 카메라를 가까운 거리에서 들이대고 있는데도 무경은 신념과 자존심을 가득 담은 말투로 거침없이 손짓해 가며 말했다. 거기서 목공에 대한 개인의 철학을 더 오래 설파하도록 놔두어도 괜찮을 것이고 지루하다 싶으면 편집에서 잘라 버리면 그만이지만, 마는 지도 교사 및 다른 학생들과 함께 활동하는 야외 실습장이 아니라 사방이 막힌 데다 조명도 충분치 않은 시청각실에서는 무경의 이야기에 더 이상 생동감을 느끼지 못했다.

"언제부터 목공에 흥미를 가지게 됐는지, 그러니까 제 말은, 이 학교에 와서 체계적인 교육을 받기 전에도 관심이 있었는지 궁금합니다."

이런 질문을 받았을 때, 보통 인터뷰를 처음 해 보는 초보자라면 '아니요, 와서 배우는 동안 적성에 맞는다고 느꼈다.'거나 '원래 그 전에도 취미 삼아 뚝딱거리긴 했다.' 정도의 간단한 대답을 내놓게 마련이다. 그러면 그 질문을 토대로 삼아 마는 진짜로 노렸던 그다음 질문으로 자연스럽게 넘어가곤 한다.

그러나 무경은 뜻밖에도 마가 무엇을 원하는지 알아차렸는데, 그건 바로 언제쯤 어쩌다 이 학교로 오게 되었는지를 비롯하여 출신지와 가정 환경을 비롯한 총체적인 개인사였다. 하기는 그동안 외부인 구경을 하기 힘들었던 이 학교에 무려 방송 프로덕션에서 취재하러 왔다면—그것도 특별한 환경과 입장에 있는 학생들이 구성원의 대부분을 차지하고 있다면—그 방송이 보여 주고자 하는 중심 화제와 목표는, 조금만 생각해 보면 너무나 선명한 것이었다.

"여기 오기 전에요? 설마요. 저는 여기 왔을 때 열네 살밖에 안 됐고, 보통 아이들이 그 무렵에 막연한 장래 희망 정도는 가질지 모르겠지만, 이걸로 평생을 먹고산다는 의미에서 구체적인 직업군을 정하는 경우는 흔치 않을 것 같은데요. 하긴 저는 뜬구름 잡는 장래 희망 따위도 없었지만요. 초등학교도 다니다 말았는데 희망은 무슨 놈의 얼어 죽을……. 아 저기, 편집해 주실 거죠?"

"물론입니다. 신경 쓰지 말고 계속하세요."

"진짜 편집해 주시는 거죠?"

"이거 청소년 대상 프로그램이에요. 무경 학생이 여기다 조금이라도 거친 말을 했는데 그걸 잘라 내지 않는다면 방송 자체가 안 되거나 내가 감봉 징계를 먹을 겁니다."

"예, 그러니까 제가 초등학교를 4학년 채 못 다니고 그만둔 이유가, 제 엄마가 경찰에 잡혀 들어가면서 어디에도 머물 수 없게 됐기 때문인데요. 윗대가리, 아니 위에 계시던 분들이, 저한테서 엄마만 홀랑 데려가 버리곤 저의 거취는 나 몰라라 하신 거예요. 저는 아버지 얼굴도 모르고 친척도 없는데 말이죠. 하긴 요즘 세상에 친척이 있다고 득 볼 게 딱히 있나요? 다 자기 살기 바쁘거나 본가에 빚쟁이만 끌어들이지 않으면 그만이겠지. 그래서 돌아갈 집도 없고 학교는 다녀 봤자 뭐하나, 여기저기 떠돌아다니다가 전철역 같은 데서 어른들 틈에 뒤섞여서 두 달쯤 노숙 생활을 했거든요. 근데 꾀죄죄한 얼굴에 냄새나는 옷 입고 어슬렁거리는 남자애가 있으니까 지나가는 승객 중에 누군가가 사회 복지사를 불렀나 봐요. 그래서 복지사 아주머니 손에 끌려서 무슨 서류 내미는 대로 제목도 모르고 무조건 여기저기 지문 찍고, 이 부서 저 부서 넘겨졌다가 여기까지 온 게 삼 년 전의 일인 거죠.”

“그런데 어머니는 어쩌다가……?”

답변 내용에 따라서 써먹을 수도, 버릴 수도 있는 장면이 될 터였고 아이에게 어머니의 죄명을 묻는 것 또한 잔인한 일이라는 걸 마는 모르지 않았으나 이런 대목이야말로 킬링 포인트로서 다큐멘터리에 인공적인 진실성과 감동을 장착해 주는 법이었다. 공공성이니 윤리성 측면에서 비판을 받는 건 나중 일이고, 시청자들에게 감동을 주고 반응을 얻어 내면 그에 따르는 비판은 흐지부지되는 경험을 수차례 해 왔다.

그래서 마는 이런 질문을 할 때는 충분히 조심스러워하기보다는 일상적인 화제나 되듯 자연스럽게 끌어대었으며, 그러면서도 최소한 무례하다는 인상을 주지 않을 정도로 신중한 모습을 보였다. 마가 그렇게 나오면, 인터뷰에 숱하게 응해 보아 이력이 난 대상인 경우 예외지만 대부분은 그 분위기에 휩쓸려서 결국 대답이 나왔다.

“아, 그거요.”

무경 역시 별 대수로울 것도 없다는 듯이 대답을 이었다.

“저는 그때 어려서 엄마가 대체 무얼 하는지 알지도 못했고 관심도 없었어요. 엄마가 집에 있을 때도 있고 없을 때도 있고, 몇 번 통화하는 걸 들으면서 그냥 영업 사원인가 보다 했어요. 근데 나중에 알고 보니 엄마가 여기저기 사기를 쳐서 끌려 들어갔다는 거예요. 손이 크거나 대담한 편은 아니었는지 주로 중고 물건을 거래하는 인터넷 사이트에서 돈을 받고 물건을 안 보내거나 쓰레기를 포장해서 보내는 식이었는데, 금액 규모가 오륙만 원에서 오륙십만 원에 이르렀다고 해요. 사기 품목은 디지털카메라, 아이들 전집, 명품 옷이나 가방 또는 신발 같은 거였는데 사기 거래 고발 사이트를 통해서 다섯 번쯤 검거되고 그때마다 눈물로 각서를 쓴 다음에 약간의 벌금을 내고 풀려나온 모양이에요. 그 일 저지른 횟수만 미루어 보자면 사기 맞아서 엄마를 고발한 사람들이 똘똘 뭉쳐 우리 집으로 쳐들어올 만도 했는데, 인터넷 중고 장터를 이용하는 사람들이 대개 각 지방에 흩어져 사는 데다 소액의 경우 눈물 좀 머금다가 그냥 포기하는 경우가 많았지요. 이것저것 고소 서류를 접수하려면 자기가 사기 맞은 금액 이상이 드니, 생업을 접고 이 여자를 처단하는 데 인생을 걸겠다는 정도의 독한 마음을 먹지 않으면 하기 힘든 일이었어요. 그래서 엄마는 그렇게 몇 번을 잘도 놓여나와서 그 일을 포기할 수 없었나 봐요. 하지만 그중에 정말로 있었던 거예요, 남는 게 시간과 돈과 정력뿐인 피해자가요. 아니, 내가 그 피해자를 비꼬려고 하는 말은 아니고요, 피해자는 당연히 자기 권리를 행사한 거겠지만 그 정도로 집요하게 추적당할 줄은 엄마도 몰랐던 거죠.

물론 더 큰 잘못을 저지른 사람들도 몇 년만 썩으면 그만인 마당이니 엄마도 아마 지금쯤이면 밖으로 나오고도 남았을 때라고 생각은 하는데요, 모르겠어요, 별로 행방을 수소문해 보고 싶은 맘이 없어요. 솔직히 말하자면 여기 생활에 완전히 익숙해졌고 이제 와서 만나도 서먹할 것 같아요. 엄마가 벌인 수많은 자잘한 사기 행각이 꼭 나를 먹여 살리려고 어쩔 수 없이 한 선택이었다고도 생각 안 하거든요. 저는 편모 가정이라고 급식비를 지원받은 것 말고는 뭔가 잘 먹고 지냈던 기억도 없고, 학교 끝나고도 거의 밖에서 맴돌 때가 많았는데요, 좀 더 분명하게 말하자면 집으로 갔을 때 몇 번 웬 남자와 마주쳤거든요. 처음 봤을 때는 그게 집 나간 아빠일지 모른다고 생각했지만 마주칠 때마다 서로 다른 사람이더라고요. 지금 와서 기억을 조합해 보면 아마 엄마는 사기질 해서 번 돈으로 뭇 남자들 장사 밑천 같은 거 대 주고 했던 것 같아요.

그때에 비하면 지금은 인간다운 생활 하고 있는 거죠. 저는 여기 와서 구구단부터 다시 외워야 할 정도였는데, 두 달 만에 방정식까지 나가고 일 년 만에 미적분까지 배웠어요. 선생님들도 저더러 배우는 게 참 빠르다고 원래 머리가 좋은 것 같다고 했지만, 선생님들이 저를 똑바로 살게 도와주시지 않았다면 어림 반 푼어치도 없는 일이에요. 그래서 만일 이곳을 졸업하고 사회인이 되면 제일 먼저 나를 여기 데려와 준 사회 복지사 아주머니부터 찾아가 볼 생각이에요."

　방으로 돌아오자마자 트렁크 바닥에서 태블릿 피시를 꺼내는 마를 보고 곽은 물었다.

　"그거 언제 가입했어요? 전화도 되는 건데 깐깐한 교장이 가만두려나."

　"휴대 전화를 내놓으라고 했지 개인 컴퓨터까지 내라고는 안 했어."

　"하지만 인터넷 사용은 지정된 컴퓨터실에서만 하라고 그랬잖아요. 이거 그쪽에서 알면……."

　"내 맘이지. 자기네 무선 랜만 안 끌어다 쓰면 들킬 일 없어. 이번 달 데이터 용량 500메가가 고스란히 남아 있고."

　"내 말은, 여기 어딘가에 감시 카메라가 달려 있을지도 모르잖아요. 하여튼 기지국 안테나가 뜨더라도 그걸로 전화는 하지 않는 게 좋겠어요."

　"간단한 메일만 보낼 거야. 교장은 내일모레 일흔이고, 아무리 주변 환경과 설비가 좋다지만 십육 년을 섬에서 살았어. 본인이 정보화 인간이 되겠다고 어지간히 노력하는 사람 아니면 4G니 스마트폰이니 뉴스로 백날 접해도 그게 뭔지 모를 가능성이 크지. 네 말대로 여기 방 어딘가에 카메라만 안 달려 있으면 눈치 못 채."

　마는 '1차'라는 제목을 달고 서너 줄 짧은 내용을 입력하다 지우다 하면서 어쩐 일인지 전송을 망설이고 있었다.

"임 작가한테 메일 보내는 거예요? 그건 인터뷰 끝나고 나중에 한꺼번에 하는 게 낫지 않아요? 끊어서 받으면 걔도 헷갈리겠다."

임은 곽과 마가 방송사에서 일했을 때부터 외주 프로덕션으로 이직한 지금까지 오 년 넘게 같이 일한 다큐멘터리 구성 작가였다.

"임 작가한테 보내는 거 아니야. 옆에서 종알거릴 틈 있으면 네 말마따나 방구석에 뭐 수상한 거 없나 좀 살펴봐."

"아이고, 딱 보면 그냥 해 본 말이라는 거 모르시겠어요. 침대 둘 달랑 놓였는데 이 스산한 방에 있긴 뭐가 있어요."

"그래…… 침대 둘이지."

마는 피시 화면에서 고개를 들고, 충분치 않은 조명에 의지하여 기다랗고 좁은 방 안을 둘러보았다. 출입문 하나와, 바깥 풍경 감상보다는 최소한의 환기를 위해 낸 것으로 보이는 작은 들창이 마주 보고 있었으며, 나머지 두 개의 벽에는 침대가 하나씩 놓여 있는데 두 사람이 각자의 침대에 앉으려면 서로 무릎이 닿는 정도를 넘어 다리를 교차시켜야 할 정도로 비좁았다. 곽의 침대가 자리한 벽은 먼지와 때를 벗기기 위해 애쓴 흔적이 있었으나 변색된 벽지까지 감추지는 못했다.

"너 뭐 이상한 점 못 느꼈나?"

"인간미라곤 개미 귀지만큼도 없어 보이는 방에 더 이상 이상할 일이 뭐가 있어요."

“이게 원래 2인실이 아니라는 거다. 좁은 방에 원래 침대 하나, 책상 하나 있었겠지. 우리 쓰라고 책상 하나 빼서 어딘가로 내다 놨을 거고. 그 벽에 책상 붙어 있던 자국이 선명하잖아.”

“두 사람 잘 수 있게 배려해 준 거잖아요. 우리 밤샘 편집해야 한다고 선배가 부탁해 놓고서.”

“근데 그 비서 아이가 이것밖에 없다면서 안내했지. 이 기숙사에 원래부터 2인실이란 없다는 뜻일 수도 있어. 학년장이나 뭔가 특별 취급 받는 학생이나 아니면 돈을 더 많이 내는 사람이 1인실을 쓰는 경우는 종종 있겠지만, 단체 생활을 할 적에 학생 모두가 1인실을 쓰는 기숙사가 보통 있던가? 나 대학 다닐 때 그런 건 꿈도 못 꿨어.”

“확실히 건물 전체가 1인실인 경우는 학교가 아니라 고시원밖에 못 봤지만, 돈 많은 학교라면 그럴 수도 있겠죠. 한창 민감한 나이의 아이들은 자기 공간을 소중하게 생각하니까 사적인 영역을 지켜 주는 차원이랄지……. 난 이런 데 있었으면 엄청 공부 잘됐을 것 같네요. 맘에 안 맞는 룸메 만나면 한 학기 내내 얼마나 신경 쓰이는데.”

“나도 그런 거였으면 좋겠는데…….”

곽은 일어나서 들창을 조금 열어 밖을 내다보았다. 그 전날 내린 비에 무너진 벽을 몇몇 학생들이 벽돌을 쌓아 보수하고 있었다.

“애들 손재주가 참 좋은가 봐. 저런 거 보통 애들이 할 수 있나?”

"신성한 노동의 현장에 자꾸 딴죽 걸지 마세요."

곽의 말마따나 아이들이 옷에 흙 묻혀 가면서 작업하는 모습은 건전해 보이긴 했는데 마는 어딘가 불편하게 느껴졌다.

여러 번 텍스트를 지우다 마는 결국 이렇게 적었다.

'귀찮은 부탁 들어주셔서 고맙습니다. 첨부 파일을 확인해 주시기 바랍니다.'

그리고 전송 버튼을 클릭하려는데 갑자기 곽이 불렀다.

"선배, 잠깐 이 화면 좀."

"왜?"

"식당에서 조금 찍은 건데 보시겠어요? 삼 분도 채 안 되지만. 아니면 나중에 어차피 새로 찍을 텐데 그냥 지울까요."

"이리 줘 봐."

마는 곽이 내민 동영상을 노트북으로 옮기고 확대해서 보았다. 은휘가 렌즈를 가리기 직전까지 큰 테이블에 둘러앉아 식사하는 아이들과 배식하는 아이들, 먼저 식사를 마치고 나가는 아이들이 띄엄띄엄 잡혔다. 너무 짧아 대본도 넣기 힘들고 방송용으로 쓸 수는 없을 것 같았다.

"나중에 가서 또 식당은 아무래도 안 되겠다고 말 바꿀지 모르니까 일단 둬 봐."

그때 마는 은휘가 렌즈를 가리기 직전에 찍힌 장면에서 무언가를 발견하고 화면을 정지시켰다. 그 장면은 약 9초 정도였는데, 막

바지에는 은휘의 손가락 때문에 자세히 보이지 않아서 몇 번이고 반복해서 돌렸다가 멈춰 보았다.

"이 아이들이 지금 식사 끝나고 뭘 먹는 거지?"

곽이 찍은 장면은 식판을 반납하고 나가는 한 무리의 아이들이 급수대 앞에 일렬로 서 있는 모습이었다. 아이들은 저마다 스테인리스 컵에 물을 받아 마셨는데, 물을 삼키기 전 모두가 입에 뭔가를 넣고 있었다. 하나, 둘, 셋……. 손바닥으로 가려지기 전까지 연달아 여섯 명의 아이들이 그랬다.

"단체로 감기라도 걸렸나? 뭔가 약을 먹는 것 같은데."

"글쎄요. 한두 명도 아니고 여섯 명이 줄줄이 먹는다면 우연은 아닌 것 같고, 인구 비율로 따져 봐도 모두가 먹는 거라고 봐도 되겠는데요. 비타민 같은 거 아니겠어요?"

"음식이 잘 나오는데 비타민 먹을 필요가 있나?"

"그거야 모를 일이죠. 반찬 가짓수가 많다고 해서 영양 불균형이 없으리라는 법도 없고. 일종의 예방이겠죠. 척 보니까 배식이랑 급식 관련 일 모두 아이들이 직접 하는 것 같던데 아무래도 영양사가 하는 것만 못하겠죠."

아침마다 규칙적인 운동과 식사를 하는 아이들. 성실히 비타민을 복용하는 아이들. 마는 어쩐지 영화 속 미래 가상 도시에서나 보던 우월한 유전자들의 자기 통제와 극복 행위를 보는 것 같았다.

3장

“중요한 건 이 사회에 '다양성'이 존재한다는 사실을 알려 주는 데 있지, 아이들이 그 다양성을 실제로 체험해 보는 건 또 다른 문제거든요. 그건 우리 학교뿐만이 아니라 작금의 교육 현장 어디나 입장이 크게 다르지 않을 것 같습니다.”

생활 지도 교사인 윤은 단정한 미소를 지으며 이렇게 말한 끝에 덧붙였다.

“더구나 사회가 혼란하고 공통으로 추구해야 할 가치관이 무엇인지 알 수 없을 만큼 기본부터 엉망이 되어 버린 지금의 아이들이 배울 것은 '다양한 것'보다는 '올바른 것'이어야 합니다.”

일선 학교에서 학생 부장이라는 이름으로 흔히 만나게 되는 생활 지도 전담 교사의 이미지는 어깨가 넓고 풍채가 좋으면서 온몸의 근육을 쓰는 일에 익숙하여 날렵함과 단단함이 돋보이는 체육계 사람이었다. 교복을 고쳐 입거나 개구멍을 드나드는 아이들을 날카롭게 포착하는 매의 눈을 지니고 반항하는 아이들쯤 한 손가락으로 제압할 수 있는 물리력을 수반해야 하는 자리로, 한번 소리치면 사방 50미터까지 전달되는 우렁찬 목소리도 기본 사양. 이건 어디까지나 마가 그동안 보아 온 교사들의 이미지를 바탕으로 하여 귀납적으로 얻은 인상으로, 만나는 생활 지도부 교사마다 그 기준에서 크게 벗어나지 않았더랬다.

그런데 지금 카메라 앞에 앉아 있는 윤은 깡마르고 왜소하며 십년째 만물의 이치를 깨닫기 위해 면벽 수행하다 결국 삶에 대한 집착을 버린다는 결론을 재확인한 티베트 수도승과 같은 인상을 풍겼고, 혈기 넘치는 학생들이 둘 이상만 덤벼들면 곤죽이 되어 버릴 것만 같아 보였으며, 인터뷰 진행 중이라는 점을 감안하더라도 목소리가 필요 이상으로 낮고 조용했는데, 그런 가운데에서도 맑고 분명한 그의 어조는 본교의 방침에 자부심을 갖고 있음을 드러냈다.

"겪어 보지 않고 다양성을 어떻게 알 수 있을까요? 학교란 아이들이 나중에 사회에 나가서 마주치게 될 여러 가지 변수에 대한 적응력을 키워 주는 곳이라고도 생각합니다만."

앞서 마가 했던 질문은, 바다와 산으로 둘러싸인 수려한 자연 경관과 도시에서 접하기 힘든 맑은 공기에서 보통 기대하게 되는 바와 달리, 외부인이 보기에 이 학교의 첫인상이 전체주의적이고 경직된 느낌인데 거기에 대해 어떻게 생각하시느냐는 거였다. 그것은 보통 때의 방송에서라면 고의성 질문, 즉 교사의 납득할 만한 학교 자랑을 충분히 듣고 시청자에게 학교의 장점을 부각시켜 보여 주기 위해 굳이 대본에 끼워 넣는 사항이겠지만, 이번에 마는 정말로 궁금했다. 근무하는 이들이 자신의 근무처에 대해 어떻게 생각하는지. 뭐가 됐든 정직한 말보다는 학교 이미지에 도움 되는 말이 나오게 마련이지만 반응이나 대답 태도로 본심을 조금은 짐작할 수 있었다. 이에 대한 대답으로 윤은 전체주의가 파시즘이라는 말과 동의어로 사용되어서는 안 된다는 주장으로 말문을 열다가 다양성으로 화제가 넘어왔던 것인데, 거기다 대고 공격적인 태도로 다음 질문을 이어 가는 마를 곁눈질하며 곽은 긴장하기 시작했다. 그러나 윤은 세상 모든 바다를 끌어안을 듯한 미소와 함께 대답했다.

"만사에 경험이 능사는 아닙니다. 지식 축적에 있어서 기초 중의 기초, 독서의 의의에 대해 누구나 배우지 않습니까. 한 명의 사람이 세상 모든 일을 겪을 수 없기에 책이라는 게 존재하지요. 사실 그 책이라는 것도 세상 모든 책을 읽을 수 있는 사람은 없으니까 중고등학생 필수 권장 도서 목록이나 다이제스트 형태의 도서라는 게 존재하는 거고. 아이들은 세상에 어떠한 일들이 다양하게 일어난다는 '사실'을 인지하는 것으로 족합니다. 그중 어떤 것이 '진실'인지, 그리고 어디에 자신이 관여해야 할지 하나하나 따지는 것까지 아이들의 필수 의무라고 보기 어렵습니다."

사실과 진실의 기준을 정하는 일만 해도 에너지가 많이 소모되어 자칫 진실을 알기도 전에 지쳐 버릴 수 있다는 걸 마는 모르지 않았다. 그러나 감당하기 힘들 만큼 구별이 모호할 때는 가장 간단한 방법이 있다. 자기가 믿는 게 진실이라고 일단 간주하는 것. 누구나 그 정도 오류는 저지르고 살잖아, 대부분은 그런 행위 자체가 오류인 줄도 모르면서.

"다양한 것보다 올바른 것 — 이라고 말씀하셨습니다. 그러면 아이들은 1 더하기 1이 2다, 이 정도로 명백한 수준의 것들만 알면 된다는 말씀이신데요. 그렇게 봐도 되겠습니까?"

"어디까지나 그게 가능하다는 전제를 달면 우리의 견해는 그렇습니다. 고적한 지리 조건하에서 단체 생활을 하다 보니 아이들도 처음에나 좀 의아해하지, 거부감 없이 잘 따라 주고 있고요. 다른 학교에서도 대놓고 명시하지 않을 뿐 비슷한 원칙을 갖고 있으리라는 말씀 또한 조금 전에 드렸고요."

윤의 주장은 마도 그동안 여러 학교에 촬영을 다니면서 익히 알아 온 바였다. 아무리 꿈이 자라고 희망이 싹트며 자율성을 키운다는 주제로 프로그램을 만들더라도, 교사가 긍정적인 격려와 밝은 미소를 연출하며 아이들이 그의 목에 주렁주렁 매달려 "사랑해요,

선생님!"을 외치더라도, 카메라 뒤편의 아이들은 툭하면 양쪽 귓불을 잡고 쪼그려 뛰거나 엎드려뻗치고 있었다. 쓸데없는 소리 나불거려서 학교 망신시킨 놈들 이 앞으로 집합, 윽박지르고 응징을 가하는 장면을 마는 장비 철수 때 종종 목격했지만 그때마다 가뿐하게 외면하곤 했다. 어쨌든 촬영은 무사히 마쳤고 화면에는 '평화를 사랑하고 미래를 움켜쥐는 너희가 되었으면 좋겠다!'라고 손을 흔드는 교사의 멘트가 담겼으니까. 한마디로 '각이 잡히고 그림이 나온' 뒤의 상황까지 마가 알 바 아니었다.

사 년 전에도 그렇게 모른 척했기 때문에…… '그 일'이 생긴 거였고. '그 일'은 표면적으로 전혀 마의 책임이 아니었지만 그가 방송사를 그만두는 계기가 되었더랬다.

그러나 지금, 아무리 그래도 방송에 나갈 이야기인데 이렇게 단호하고 태연하게 문제적 발언을 하는 교사는 마로선 처음 만나 보았다. 편집 때 대부분을 잘라야 할 것 같다는 예감이 들었지만 마는 이어서 말했다.

"제가 오전에 잠깐 뭔가 검색할 게 있어서 여기 컴퓨터실을 이용해 보았는데 말이죠. 종합 일간지 웹사이트 가운데 특정 3종에 한해서만 접속할 수 있게 한 것도 그 같은 견해를 반영한 거라고 볼 수 있겠군요."

그 3종의 신문은 공교롭게도 논조가 세쌍둥이처럼 닮았으며 보수 집권당에 불리한 정치 사회적 현안은 싣지 않거나 왜곡해서 다른다는 공통점이 있었기에 마는 이 부분을 짚고 넘어가지 않을 수 없었다. 시쳇말로 정보화 시대에, 섬이라는 물리적으로 단절된 공간에 모인 아이들에게 정보마저 차단한다는 것은 중대한 사회적 이슈가 될 수 있었다.

"정보가 과도하게 넘치는 사회에서는 아이들이 정서적 혼란을 겪지 않도록 교사가 방향을 제시해 주어야 할 필요가 있습니다. 가지치기를 해서 꼭 필요한 사이트에만 접근 통로를 열어 놓음으로써 혼돈의 여지를 줄여 주는 것도 교사의 마땅한 의무지요. 아이들은 스스로 불필요한 정보를 차단하고 억제할 능력이 없습니다. 그게 된다면 아이들이 아니지요."

마는 일반 상식을 초월한 종교 집단의 최고 지도자를 마주한 듯한 느낌이 들었다. 어느 학교를 가나 편집에서 필히 삭제해야 할 만큼 말 안 통하는 교사는 있게 마련이었지만, 지금처럼 일말의 얼버무림이나 우기는 태도 없이 굳은 신념을 갖고 온화하게 주장하는 사람은 처음 만났다.

"교육자로서 그런 말씀은 인간의 자유 의지를 간과하는 위험한 발상이라고 생각되는데요."

"교육 철학에는 말씀하신 진보주의뿐만 아니라 본질주의, 항존주의, 재건주의도 있으니까요. 아이의 자유 의지를 최우선으로 하는 진보주의 방식이 시간과 비용 낭비가 심하고 지적 발전의 효율성 면에서 떨어진다는 결과가 나왔으니 본질주의가 대두한 것 아닙니까? 각각의 장단점이 있기 때문에 어떤 것을 선택하든지 그것이 궁극적으로 아이들의 발전을 보장한다면 저는 그렇게 해야 한다고 봅니다."

이론적으로 나온다 이거지. 업무 필요에 따라 교육학 스터디에 참여한 적은 있으나 어디까지나 겉핥기에 지나지 않았던 마로서는 더 할 말이 없었다.

"좋습니다. 그러면 꼭 필요해서 접근이 가능하도록 한 정보의 종류 기준을 어떻게 잡으셨는지도 궁금합니다."

"이미 인터뷰를 한 차례 해 보셨으니 짐작하시겠지만 여기 온 아이들, 모두 조금씩 사정이 있는 아이들입니다. 딱한 처지에서 벗어나게 해 준 거예요, 우리 학교가. 이 아이들에게 아침저녁으로 너희들은 무한한 잠재력과 발전 가능성이 있다고 일깨워 주지요. 너희들 부모가 어떤 사람들이었건, 또는 너희들 자신이 여기 오기 전 과거에 어땠는지는 상관없다. 중요한 건 앞으로 너희가 어떤 사람이 되느냐다. 이대로 부모가 간 길 그대로 따라서 쓰레기같이 살래, 아니면 정직하게 벌어먹는 일꾼이 될래. 말이 좀 거칠었습니다만, 이 아이들은 특수한 환경상 절박하게 양자택일할 필요가 있었습니다. 이제 각자 사회 구성원으로 자라날 아이들한테, 가능하면 미래 지향적이고 긍정적인 사고를 심어 줄 수 있는 매체를 권하는 건 교사로서 당연한 마음 아닐까요. 불운한 처지에서 나고 자란 아이들도 시기적절한 처치만 받으면 세상에 나가 얼마든지 할 일이

있다는 걸 일깨워 주는, 그러니까 우리 사회의 되도록 밝은 면을
보여 주는 정보를 아무래도 많이 접하게 해 주고 싶죠. 요컨대 기
준은 그와 같은 건전성에 있다고 하겠습니다."

마는 교육 용어 검색차 컴퓨터실에서 인터넷에 접속했다가 마
침 예의 3대 일간지에서 다룬 싱글맘 소녀의 인간 승리에 대한 기
사를 보고 온 참이었다. 자신의 처지를 비관할 틈 없이 아이를 먹
여 살리겠다는 일념으로 하루에 세 시간씩 자며 낮에는 햄버거 패
티를 굽고 밤에는 검정고시 준비까지 해낸 기특한 사례로, 주위의
따뜻한 이웃들이 품앗이로 아기를 돌봐 주면서 그녀의 합격에 기
여했다는 스토리였다. 그녀의 앞날은 창창해 보였지만 실은 그 끝
에 기다리는 거라곤 언제 잘릴지 모르는 비정규직 노동일 가능성
이 크리라. 게다가 그녀를 물심양면으로 도운 주체는 당연히 지역
사회나 탄탄한 제도가 아닌 동정심 많은 이웃들이고.

"아프지 않을 수도 있는 사람을 임의로 아프다고 판단해서 시기
적절한 처치를 한다는 게 가능할지 모르겠습니다만, 예를 들어 긍
정적이고 밝은 면이라 하면 어려운 환경을 극복하고 성실한 근로
자가 된 비행 청소년의 기사 같은 것을 말씀하시는 걸 텐데, 실제
로는 지면에 다루어지지 않은 패배자들이 더 많습니다. 환경은 둘
째 치고 남들의 편견으로 가고 싶은 길이 막혀서 결국 수렁에 빠
질 수밖에 없는 아이들 말이죠. 그런 사례를 다루지 않거나, 그에
따른 문제라곤 전혀 없는 셈 치면서 눈 가리고 아웅 하는 매체가

건전성을 담보한다고 보시는 겁니까?"

그때까지 미소를 잃지 않았던 윤은 상대가 단도직입적이고 집요한 공격을 계속해 오자 표정에 조금씩 초조함이 드러났다.

"개별 사례를 들기 시작하면 끝이 나지 않습니다. 우리 학교라고 어려운 환경에 놓인 아이들을 모두 수용할 수 있는 것도 아니고, 여기 아이들은 행운을 얻었다고나 할까요, 일종의 선택받은 아이들이죠. 우리에게는 나름대로의 논리가 있고 그에 따라 학교를 운영할 권리가 있습니다. 말씀하신 대로 다루어지지 않은 수많은 사례를 일일이 살피며 오지 않은 미래를 불안해하는 것이 이 아이들에게 무슨 도움이 되겠습니까. 우리 학교의 특수성을 좀 더 고려해 주셨으면 좋겠습니다."

"제가 드리려는 말씀은 이 아이들이 이면을 간과하는 교육을 지속적으로 받고 잘못된 사회 구조에 대한 최소한의 비판 능력을 갖추지 못한 채로 졸업과 함께 세상에 내보내지는 일에 아무런 문제가 없느냐는 겁니다."

이제 윤의 입가와 음성에는 웃음기라곤 남아 있지 않았다.

"문제가 있고 없고는 피디님같이 밖에서 바라보는 분들이 아니라 이 아이들이 살아가면서 각자 판단하게 될 겁니다. 학교에 대한 여러 가지 안내 정도로 부탁하시기에 인터뷰를 승낙한 건데, 저는 피디님이 정말로 우리 학교의 좋은 점을 외부에 알리는 프로그램을 만드시려는 건지 의구심이 듭니다. 지금 피디님의 말씀만 들어

보면 마치 우리가 원치 않는 아이들을 시베리아 수용소 같은 데 가둬 놓고 세뇌 교육이라도 시키는 듯한 느낌입니다. 그게 아니라는 사실은 학생들을 인터뷰하면서 알게 되실 테고, 향후 궁금하신 사항은 제가 아는 한도 내에서 정성껏 대답해 드리겠지만, 계속 이런 식으로 말꼬리를 잡는다면 저로선 더 이상 협조해 드릴 수 없겠습니다."

마무리는 거의 짜증이었지만 윤은 수도승 급의 절제력을 발휘하는 중인지 아니면 모종의 방침이나 계획이 있어서인지 끝내 폭발하지는 않았다.

"잘 알겠습니다. 고맙습니다."

카메라가 꺼졌다.

"방송, 할 거예요, 말 거예요?"

기숙사로 돌아가면서 곽이 투덜거렸다.

"보는 내가 조마조마해서 돌아가실 뻔했네. 선배가 그걸 모를 리 없겠지만 혹시라도 잊어버렸을까 다시 한 번 말씀드리자면 우리는 특별한 학교를 사실적으로 탐방하는 교육 다큐멘터리를 찍으러 온 거지, 인권 사각지대에 놓인 인질들을 풀어 주기 위해 「긴급 출동」 식의 솔루션 프로그램을 만들러 온 게 아니에요."

"알아. 내가 좀 깊이 담갔다. 찌르다 보니 갈수록 신경 쓰이는 점들이 한두 가지씩 늘어나."

"무슨 얘긴지는 알아요. 하지만 여기 학교예요. 학교에 대체 뭘 바란 거예요? 선배 평소에 다른 어떤 학교를 가서도 이런 식으로 딴죽 건 적 없었잖아요. 오히려 학교가 어떤 덴지를 너무나 잘 아니까, 학교란 데에 기대할 게 없으니까 유연하게 넘어가곤 했잖아요. 이번만 왜 유별나게 이러는데요. 만약 섬이 아니라 육지에 있는 일반 공립 고등학교에서 인터뷰를 했더라도 이랬을 건가요?"

아마도 안 그랬겠지, 확실히. 늘 보아 온 익숙한 현장이라는 이유로…… 또는 나 말고도 다른 통로가 있으리라는 생각에. 패배감인지 분노인지 모를 마음이 들끓는 채로 마는 속으로 중얼거렸다.

"선배는 지금 십오 년간 문을 안 따 주다가 이제 와서 시청각실 하나 달랑 내주고 생색은 있는 대로 다 내는 이놈의 폐쇄 공간이 처음부터 맘에 안 들다 보니까 별거 아닌 일을 하나하나 트집 잡고 있는 거예요. 저 중고등학교 다닐 때도 교무실이든 휴게실이든 간에 선생들하고 애새끼들하고 볼 수 있는 곳에 널린 건 항상 그 말씀하신 3대 일간지하고 경제 신문 하나, 영자 신문 하나가 전부였어요. 새삼스러운 일 아니잖아요. 제가 비록 나이 먹고 머리 굳었지만 이 사실마저 잊지는 않았어요. 학교는 뭐다? 국가 이데올로기를 충실히 집행하는 도구다. 공간이 섬으로 옮겨지면 사정이 좀 다르리라는 환상을 품었던 건 설마 아니겠죠? 지금까지 '대안'이라는 두 글자 붙어 있는 학교들 숱하게 방문해 본 횟수만큼이나 실망해 놓고서."

평소 좋은 게 좋다는 식으로 생각하고 긍정적으로 보아 넘기는 편인 곽은 자신이 뭘 몰라서 그런 게 아니라 체념과 타협을 일찌 감치 배웠을 뿐이라고 공공연하게 말하곤 했다. 학습된 무기력을 부끄러워하지 않고 살아가는 거야말로 오늘을 보내는 요령으론 현명할지 몰랐다. 마 자신도 타협에 관한 한 둘째가라면 서러울 정도였으나, 이 학교에서 받은 인상은 단순한 실망이나 불만과는 좀 달랐다.

"선배는 양파 껍질처럼 한 겹씩 벗겨서 뭘 보고 싶은 건지 모르겠지만, 나는 한시라도 빨리 이 기분 나쁜 데에서 벗어나 집으로 돌아가고 싶어요. 여기 사람들이 실제로 무슨 생각을 하면서 어떻게 살고 있는지 알고 싶지 않아요. 나한테 중요한 건 우리 지영이 미소하고 예린이 재롱이에요."

"나 때문에 네가 집에 들어오는 날이 없다고 지영이가 이를 갈겠구나."

"괜찮아요. 대신 나 부탁 하나만 할게요."

곽은 직구를 피하기 위해 최대한 말을 고르는 듯 사이를 두었으나 결국 달리 표현할 말을 찾지 못했다.

"그때 '그 일'은 누가 봐도 선배 잘못 아니에요. 그러니까 자기가 누구를 구할 수 있다는 착각도 하지 말고 누구를 도와야 한다는 강박 관념도 버려요. 우리는 창문을 가능한 한 크게 내고 투명하게 닦아서 그 너머 세계를 보여 주는 것 외에는 아무런 힘도 없고, 또 그 이상의 힘을 가져서도 안 돼요."

마는 자리에 멈춰 섰다. 곽이 그 일에 대해 직접 말하는 건 이게 처음이지만 그 역시 짐작해 왔던 것이다. 마 자신도 이미 오래전 일이며 자기 탓이 아니라고 몇 번을 다짐하면서도, 한 소녀가 자기 앞에 와서 쓰러지던 모습이 지금도 가끔 그의 꿈에서 무한 반복 재생된다는 사실을.

마는 그다음부터 한 명의 인터뷰이를 집중적으로 몰아세워 답을 얻어 내려는 무리수를 두지 않았으며, 인터뷰의 주제와 밀접해 보이는 관련이 없는 질문을 드러내 놓고 하지도 않았다. 그러나 여담인 척, 또는 개인적 흥미를 가장하여 각각의 인터뷰이에게서 조금씩 접수한 사연을 종합하면 현재 로젠탈 스쿨의 상황은 이랬다.

• 기숙사는 전원 1인실이다. 지붕이 없는 곳에서 2인 이상 학생들의 개별 만남이나 밀담은 금지되어 있다; 옛날 곽의 아내가 잠깐 다녔던 건설 회사가 그랬다고 마는 들었다. 그곳은 "노조 없는 밝은 기업"이라는 헤드라인으로 일간지 사회면에 종종 소개되는 업체였는데, 직원들이 업무 시간 후에 주점에서 뭉치는 꼴을 못 보는 사장의 마인드가 독특했던 곳으로, 모여서 점심 식사를 하는 것까지 간섭 대상이었다. 여기에다 모든 직원은 언제든 소재 파악이 가능해야 했기에 곽의 아내는 생리 현상마저 비인간적으로 제한을 두어 사회

문제로 대두되곤 하는 생산 라인이나 콜 센터가 아닌 평범한 총무부에 근무하면서도 화장실에 갈 때마다 옆 사람에게 보고하고 신속하게 다녀오곤 했다. 그녀는 그 회사에 출근한 지 열흘 만에 각종 대장과 방광 질환에 시달렸으며 결국 이 개월 뒤 퇴사했다.

• 교복은 면 소재 '작업복'으로 통일되어 있으며 겨울에는 검정 패딩 점퍼가 지급된다; 학생들이 이 학교에 와서 처음으로 배우는 것은 노동의 신성함으로서, 모든 사람이 최소한 한 가지 이상의 재능을 타고났음을 천명하며 전 생애를 통해 그것을 발휘하지 않는 나태함을 죄악시한다. 공부가 일이며 일 또한 공부이고, 외부와 자유로운 왕래가 여의치 않은 만큼 학교 안팎에서 발생하는 사건 사고나 유지 보수 문제는 가능한 한 교사의 지도에 따라 학생들 스스로의 힘으로 해결한다. 아이들 모두에게는 그 신체와 정신 연령, 집행 가능 분야를 고려하여 학습과 노동이 할당되어 있는데, 넓은 의미에서 그들은 이 노동으로 자신이 취하는 의복과 식사 및 수업료를 지불하는 것이라고 볼 수 있으며, 이는 1840년대 산업 혁명기에 성행한 영국의 자선 학교에서 나타난 방식이다. 예컨대 첫 번째 인터뷰이였던 무경을 비롯한 목공반 아이들은 일종의 보수 관리직에 있는데, 각종 기자재가 부서지면 고치는 일을 비롯하여 나무로 무언가를 새로 만들어야 할 경우 숲에서 나무를 베어 오는 일부터 협동하여 직접 해낸다.

• 학생 전원은 개인 호출기를 항상 소지하고 다닌다; 이 중 간단한 메

시지를 받을 수 있는 기기는 교장 비서인 은휘 외에 몇몇 지도급 학생들만 갖고 있으며 나머지는 호출 신호만 받을 수 있다. 학생끼리 서로 호출하는 것은 금지되어 있고 주로 이 넓은 학교 부지에서 교사가 특정 학생을 호출할 때 쓰인다. 학생 전원을 호출할 때는 방송으로 대신한다.

• 지도 교사 참석 아래 특별 활동이나 운동 경기를 위한 학생들의 모임은 가능하다; 특별 활동은 월~금까지 정규 수업 이후 매일 진행되며 일종의 직업 훈련이다. 구기를 비롯한 몇몇 체육 활동은 대운동장에서 상시 가능하다.

• 인터넷은 지정된 컴퓨터실에서만 사용 가능하며 이메일 주소는 학교에서 지급한 것을 쓰도록 되어 있다. 그 밖에 개인 이메일을 만드는 것은 허용되지 않는다; 각종 포털 사이트와 게임 사이트 및 영리를 추구하는 상업 사이트 등에 접근하지 못하도록 차단돼 있다.

• 토요일은 독서의 날; 각자 도서관에 비치된 책 가운데 자유롭게 골라 교사 1인에 학생 10인 그룹을 지어 원하는 장소에서 독서 시간을 갖는다. 곽이 촬영해 온 서가에서는 소년 소녀 가장이나 질병과 가난을 극복한 실존 인물들의 수기를 비롯하여 긍정적인 사고를 유도하는 휴먼 드라마와 자기 계발서 중심의 목록을 상당수 볼 수 있었는데, 마는 이곳이 세상과 접속하는 통로가 지정된 신문과 지정된 방송으로 제한된 만큼 반입된 도서 또한 일정 기준의 검열에 통과된 것들임을 어렵지 않게 짐작할 수 있었다. 그 도서들의

주제는 대부분 세상이 그대를 속일지라도 슬퍼하거나 노여워하지 마라, 모든 일이 자신의 노력 여하와 마음먹기에 달려 있다는 것으로서, 주로 기업체 CEO들이 맨주먹으로 밑바닥에서 일어섰다는 식의 대필 자서전이 많았다.

• 일요일은 산행의 날; 지도 교사의 인솔 아래 그룹을 지어 산을 타는데, 학생들은 이곳에 들어온 지 몇 달만 지나면 산악에 훤히 트이고 어디다 던져 놓아도 살아 나올 정도가 된다. 누가 시키지 않아도 산에서 수차례 구르는 동안 로프 매듭법을 비롯하여 각종 식품들과 지형들의 이름 및 특성을 익히고 어떤 상황에서도 생존이 가능한 극기를 배우는 것이다. 가벼운 우천 시와 강설 시에도 예외가 없으며, 낙오자와 부상자를 최소화하기 위해 산 일부 지역과 마을에도 기지국을 설치해 놓았는데 이 기지국을 통해 학교 원생들의 호출기와 교사들 간 휴대 전화 수신이 가능하다. 강풍을 동반한 폭우와 폭설 시에는 강당에서 영화 관람을 한다. 무더운 여름철에는 장소가 산에서 바다로 바뀌는데, 바다에서도 인명 구조 실습을 비롯한 각종 수업이 이루어진다.

• 토요일 독서 시간이 끝난 뒤 오후 3시부터 밤 10시 취침 전까지는 저녁 식사 시간을 제외하고 모두 자유 시간이다; 그러나 주변 환경이 고즈넉하고 인터넷 게임에 노출되지 않아 실제로는 학생들 대부분 미술·음악·체육 등 자기가 속해 있는 동아리 활동에 참여하는 일로 보내게 된다. 동아리는 총 열다섯 개이며 동아리 활동에 필요한 비

품을 신청하면 학교 예산으로 지급하는데, 이 또한 아이들 노동력에 대한 결제로 볼 수 있다. 가장 인기 있으면서 가장 인원이 적은 동아리는 합주부이며, 인원이 가장 많은 동아리는 테니스부다.

　• 보건실의 상주 의사는 전천후다; 올해 환갑을 맞이하는 강 박사는 S대 가정의학과 과장을 이 년간 지냈고 본인 설명에 따르면 대학병원의 견고한 지배 질서에서 서열이 밀려나 조기 은퇴했다고 하는데, 로젠탈 스쿨에 온 지는 칠 년째라고 한다. 학생 수가 적다 보니 평소에 거의 아무 일도 일어나지 않아서 실제로 그는 명퇴 휴식이나 다름없는 나날을 보내고 있으며 가끔은 낙인도 주민들이 머리나 배가 아프다고 산을 넘어오기도 하는데, 학교에서는 이 환자들에 한해서 외부인으로 간주하지 않는다. 강은 학생들과 교사들의 건강을 돌보고 월 1회 건강 유지 관련 프로그램을 진행하며, 낙상 등 외과적 상황에도 민첩하게 대처하여 어지간한 부상은 응급처치만으로 완쾌에 이르는 경우가 많다고 한다. 단 중대한 부상이나 내외과의 범위를 벗어난 질환의 경우 환자를 육지로 보내는데, 그런 일은 일 년에 한두 번 정도 일어난다.

　갖출 건 대부분 갖춰져 있다. 시설도 체계도 도시에서 본 웬만한 학교 못지않고 어떤 면에서는 더 낫다고 볼 수 있을 정도다. 그럼에도 어찌 됐든 일단은 재수가 없다. 일 때문이 아니라면 엎어도 몇 번을 엎었을 법한 상황들이 지극히 당연하게 고유의 리듬과 템

포를 갖고 이어지는 곳이라니.

지금까지 모은 자료들을 파일 하나로 정리한 뒤 마는 방에서 엊 그제처럼 어딘가에 메일을 보냈다. 곽은 함께 일하는 처지에 자신에게는 비밀로 어디다 자꾸 메일을 보내는지 불쾌하다고, 자신을 동료로 여기는 게 맞느냐고 시비를 걸고 싶었으나, 왠지 그 메일에 관여하면 번거로운 일에 발을 들이게 될 것 같아 모르는 척하고 있었다. 무언가 자세히 물어보고 따지는 건 돌아가서 해도 늦지 않았으며 사실 대강 짐작이 가기도 했다.

이 섬에 한번 다녀가고 나면 추후 방송과 관련해 더 필요한 자료나 의문이 생겨도 다시 들어올 수 없을 테고, 지금도 그다지 협조적이라고 보기 힘든 이 학교 관련자들을 다시 접촉할 수 있으리라는 보장이 없었다. 따라서 마는 인터뷰를 하면서 그때그때 떠오른 돌발적인 변수들을 외부의 누군가에게─그중에서도 방송사 시절 알고 지낸 기자에게─조사시키고 있을 터였다. 예를 들어 첫 번째 인터뷰이인 무경의 어머니는 지금 어디서 무엇을 하고 있는지 알아봐 달라든가, 결정적으로 질병 관련하여 학생들이 육지에 출입한 내역이 있다면 가장 가까운 내륙 종합 병원의 진료 기록 같은 것을 구해 달라는 것일 테다.

부모를 찾아 소식이라도 알게 해 주면 비록 만남을 원치 않던 학생이 처음에 조금 당황해할지 몰라도 다큐멘터리는 좀 더 드라마틱해질 수 있었다. 병원에 다녀간 섬 아이들을 기억하는 의료진

이 있다면 아이들에게서 어떤 인상을 받았는지 참고할 수 있을 터였다.

전화마저 제한된 상태에서 이 모든 접촉을 교장 모르게 진행하는 것이 지금으로선 가장 큰 과제였다.

　은휘가 다음 인터뷰 타자로 나온 것은 은휘가 원해서인지 교장이 시켜서인지 그게 아니면 단지 그만한 학생이 없어서인지, 또한 교장이 시켜서라면 그 이유는 은휘가 학교에 대해 제일 잘 알면서도 입이 무거우므로 안심이 되어서인지 아니면 외지인과 접촉하는 학생 수를 한 명이라도 줄이기 위함인지 마는 궁금했지만, 은휘에게 묻지는 않았다. 안 그래도 식당 난입 문제로 몇 번을 툭탁거렸는데 다시 한 번 정나미 떨어지는 질문으로 파고든다면 이곳 체류에 필요한 최소한의 협조마저 받지 못하게 될 터였다.

　"공강 시간에 비서 업무를 보는 일에 만족하고 있어요. 학생들이 각자 특별 활동을 하나씩, 또는 능력 닿는 대로 둘 이상을 참여하는 경우도 있는데요, 제게는 비서 업무가 특별 활동인 셈이에요.
물론 공간이 한정되어 있다 보니 그렇게 전문적이고 능동적인 비
서 일을 한다고 볼 수는 없고, 어떤 애들은 우스갯소리로 한직이라
고도 하더군요. 이름이 좋아 비서지 실은 교장 선생님 전화 대신
받아 주고 커피 타 주고 잔심부름하는 일밖에 네가 하는 거 뭐 있
냐, 교장실에서 시간 남아돌아서 책 하나는 쌓아 놓고 많이 읽겠다
고요. 다른 애들보다 책 읽을 시간이 많은 건 사실이지만 그렇게
비아냥거릴 만큼 한가하지는 않아요. 교장 선생님은 적어도 이 주
일에 한 번은 도(都)에 다녀오시고, 학교 일 세세한 부분에 관여하
시니 스케줄을 모두 꿰고 그때그때 잊지 않게 챙겨 드려야 해요.
그래 봤자 날마다 분 단위로 움직이는 기업체 사장님의 비서가 하
는 일에 비하면 10분의 1도 안 되는 수준이겠죠. 그래서 저는 학교
예산을 관리하고 선생님들 월급 지급이나 월말 결산 같은 걸 서무
과 선생님 한 분하고 같이 해요. 서무 선생님 보조를 하면서 회계
를 비롯한 전산 관련 과목을 웬만한 상업 고등학교에서 배우는 이
상으로 익혔다고 생각해요. 회계가 얼마나 머리 터지는 일인지 몰
라요. 몇 년이나 훈련을 받아서 숫자와 복잡한 통계에 강해졌지 여
기 오기 전에는 어림도 없었어요.”

“그렇다면 졸업 후 진로도 이쪽 계통으로 생각하는 중이겠네
요.”

“물론이에요. 대기업 같은 곳은 4년제 대학의 비서학과나 경영

학과 출신이 아니면 원서도 못 내겠지만 고졸자를 비서 겸 경리로 받아 줄 회사도 없지는 않을 거라고 믿어요.”

“지금 학생 비서는 은휘 양 한 명뿐인 걸로 알고 있는데, 다른 여학생들도 그 진로에 관심을 가질 법한데요.”

이 학교에 오랫동안 있었던 은휘는 기록과 재정을 비롯한 학교 내부 자료에 접근이 가능한 유일한 학생일 것이며, 비서가 단 한 명인 이유는 아무리 보잘것없는 일이라도 학교 정보가 외부로 유출될 가능성을 최소화하기 위한 선택이라고 마는 짐작했다.

“우리 전체 학생 수가 백오십 명이고, 그 인원은 보통 학교라면 넉넉잡아 다섯 개 반에 지나지 않지요. 그중 여학생은 육십 명이고요. 비서를 꼭 여자가 하라는 법이 있느냐는 문제를 일단 접어 두면, 서로 다른 육십 명의 여학생들 중에 장래 희망을 비서로 결정하는 아이가 동시에 둘 이상 나오는 것도 쉬운 일은 아니지 싶어요. 물론 제가 입학하고 얼마 안 되었을 때는 교장실 옆에서 일하던 언니가 두 명 더 있기는 했어요. 하지만 그 언니들 졸업한 뒤로는 부기랑 원가 계산 등의 공부를 따라잡는 여학생이 저 말곤 없었던 것뿐이에요. 어떻게, 대답이 됐나요?”

은휘의 말끝은 도전적이었음에도 말속에 가시가 박혀 있지는 않았는데, 마는 현재로선 교장의 최측근으로 보이는 아이에게 빌미를 잡히지 않기 위해 충분히 경계하며 그다음 질문도 신중하게 고르고 싶었다. 그러나 무경에게 대체로 평화 태세를 유지하며 순조롭게 질문한 것과 달리 이 아이에게는 자꾸 시비를 걸게 되었다. 이 아이가 교장의 결재 승인에 매달리느라 번번이 브레이크를 걸고 카메라 렌즈에 손자국을 남겼기 때문만은 아니었다. 은휘는 그의 의식 어딘가에 숨어 있다가 지금도 가끔 불쑥 고개를 내밀어 심장을 무겁게 내리누르는 한 아이와 어딘가 닮은 것 같았다. 수년 전의 일이라 기억이 가물거리기 시작하지만 150센티쯤의 단신에 마른 몸뿐만이 아니라, 예민하고 악지가 발라 보이는 형형한 눈빛이 그랬다…….

그리고 마가 상대가 당황해할 법한 질문을 골라 던지며 은근히 은휘의 눈치를 살핀 또 다른 이유는, 그 아이의 태도나 반응을 보아 가며 유추하고 싶은 일이 있어서였다.

그것은 어젯밤—정확하게는 오늘 새벽에 있었던 일이다. 마는 문득 목덜미를 스치는 한기에 움찔하고 눈을 떴는데, 몽롱한 기운을 떨쳐 내는 데 집중하느라 다른 감각이 얼마간 마비된 상태였음에도 그 한기는 단지 바람이 훑고 지나가는 느낌이 아니라 피부나 옷자락같이 형태가 분명한 물질의 스침 같았다. 아니 그저 바람이라도 이 밀폐 공간에서는 있을 수 없는 일이었다. 답답한 여름날에도 불구하고 들창을 열면 방충망이 없으니 모기 때문에 돌겠다고 투덜대며 곽이 닫아 버렸던 기억이 났다. 곽은 침대에 모로 누워 코를 골고 있었으며 역시 창문은 닫혀 있었다.

반대쪽을 돌아본 마는 방문이 조금 열려 있는 걸 보았다. 사생활이고 뭐고 있을 턱이 없는 이놈의 기숙사는 각 방문마다 잠금장치가 없었다. 그러나 평소 촬영 및 편집할 때의 보안 본능으로 곽과 마는 숙소 문을 꼭꼭 닫아 놓곤 했다……. 지금 막 이리로 누군가 들어왔다 나갔다!

마는 세 발짝도 안 되는 방을 날아가듯 가로질러 문을 젖히고 복도를 둘러보았다. 복도는 어둠으로 겹겹이 들어차 거기 누가 서 있거나 걸어간들 보이지도 않을 것 같았고 다만 온기나 공기의 흐름으로 직전의 인기척을 더듬어 볼 수밖에 없었는데, 그런 것들도 감지되지 않았다.

마는 침착하게 자리로 돌아와 앉아 머리를 묶은 고무줄을 풀었다. 머리를 푼 채로 잠들었다면 목덜미에 선득한 느낌도 미처 알아차리지 못했을 터였다. 누가 들어왔다 나갔을까. 교장이 직접? 아니면 은휘나 다른 교사들을 시켜서? 어떤 경우든 간에 촬영팀 일행이 구체적으로 무엇을 하고 있는지, 수상한 낌새는 없는지 감시하는 차원일 터였다.

마는 조금 전까지 자신이 엎드려 잠들어 있던 침대로 돌아와 머리맡에 흩어진 물건들을 보았다. 상대가 교장이었다면 태블릿 피시는 건드리지 않았을 테고 이게 뭐하는 물건인지 수상쩍게 여겼더라도 만져 보았자 별다른 수확이 없었을 것이다. 마의 태블릿 피시는 전원 버튼을 누르면 비밀번호를 입력하는 게 아니라 화면에 분포된 점을 따라 일정한 패턴을 그어야 초기 화면이 실행되는 방식으로, 그는 서너 달에 한 번꼴로 패턴을 바꾸는데 이번 달은 기역 자로 설정해 놓았다. 쉽게 화면을 열 수는 없겠지만 교장이나 교직원 아닌 은휘가 들어왔다면 사정이 다를 수도 있다. 차단된 공간에 사는 아이들인 만큼 이런 걸 접해 볼 기회가 없었을 테지만 어쨌든 아이들은 어른들보다 이런 기기에 빠르게 적응하는 법이었다.

태블릿 피시에 손을 대 보니 액정 화면에서 뜨거운 열기가 올라왔다. 충전기에 꽂아 둔 상태가 아니었던 만큼 직전까지 누군가가 만지작거렸다는 뜻이었다. 패턴을 이리저리 그어 보다가 포기하고 돌아간 걸까? 기역 자를 긋고 화면이 드러나자 마는 순간적으로 짜증스럽게 혀를 찼다. 인터넷 화면을 그대로 열어 둔 채로 까무룩 잠들어 버리다니. 거기에 인터넷 창은 그냥 포털 검색도 아닌 '보낸 메일함' 목록이었다. 자동 로그인 설정이 되어 있어서 자신이 사람들에게 보낸 메일 목록이 그대로 떠 있었다. 침입자가 어떻게든 올바른 패턴을 그어서 메일 내용을 읽어 보았는지까지는 알 수 없었지만 마는 만일을 위해 초기 화면의 패턴 암호를 바꾸기로 했다.

태블릿 피시보다 걱정되는 건 그 밑에 깔아 놓은 취재 노트였다. 노트의 고무 밴드가 풀려 있었다. 자물쇠도 아닌 고작 고무 밴드가 보안을 강화해 주지는 않겠지만 어쨌든 노트가 멋대로 벌어지지 않게 고정시켜 주는 후면 밴드가 풀어진 채였는데, 이건 마 자신도 기억이 확실치 않았다. 잠들기 전에 노트에 고무 밴드를 감았던가, 아니면 뭔가 끼적이다가 이렇게 대강 덮은 채로 두었던가. 누군가가 뒤져 보고서 밴드 감는 것을 잊은 게 아닐까.

마는 자신이 뭔가 문제 될 만한 단서를 기록으로 남긴 게 없는지 확인하기 위해 노트를 펼쳐 뒤적거렸다. '질서' '공간' '학습' '특활 시간' '정체불명 비타민(?)'과 같은 식으로, 주로 몇 개의 낱말을 떠오르는 대로 적은 데다 그것들 사이에는 마인드맵 방식과 같이 선을 긋지 않았기 때문에 얼핏 보면 낱말들이 산발적으로 흩어져 있을 뿐 그것들을 임의 조합한다고 뜻이 전달되지는 않았으나, 가끔 한두 문장으로 의미가 분명히 드러나는 대목들도 눈에 띄어 마는 가슴이 서늘해졌다.

― 각종 마이스터고에 비해 전문성이 너무 약함.

― 특성화 세분화가 이루어지지 않고 있음

― 중구난방에다 지나치게 다양한 분야에 발만 조금씩 담그기.

― 체계가 없는 맛보기 수준의 교육.

― 이러고 어떻게 사회인이 된다는?

― 취업률에 연연하지 않는 듯?

(별도 조사!) ☆

괄호를 여닫고 별표를 친 것에는 큰 의미가 없었다. '무엇에' 대한 별도 조사인지 구체적으로 적어 놓지도 않았다. 그러나 무엇이 되었든 마가 의혹을 품고 별도 조사하려 한다는 사실을 교장이나 은휘가 알아 봤자 좋을 일이 없었다.

마는 신중하게 은휘의 몸짓과 표정을 살피고 때로는 눈이 마주친다면 상대방이 당황할 만큼 유심히 응시했는데, 종종 마의 시선을 알아차리면서도 은휘는 별다른 태도 변화를 보이지 않았다. 전에 없이 친절해지거나 어울리지 않게 수줍어하거나 필요 이상의 손짓으로 시선을 돌리려 하지 않았다. 이 아이는 강심장일까, 또는 정말로 아무것도 못 보았을까, 아니면 애당초 새벽의 침입자는 이 아이 말고 다른 이였을까. 머릿속으로는 경우의 수를 계속 지워 나가며 마는 다음 질문으로 넘어갔다.

"그러면 어차피 이렇게 된 거, 졸업하고 나서도 계속 이 학교에서 교장 선생님 비서로 일할 마음도 있는지?"

그것은 은휘 네가 이 학교에 대해 너무 많은 것을 알고 있어서 다른 곳으로 가기 어렵지 않느냐, 내지는 이렇게 오랜 기간을 폐쇄적으로 살아온 사람으로서 훗날 어디를 가도 녹는점을 찾기 쉽지 않으리라는 암시이기도 했으며, 앞길이 태평양처럼 펼쳐진 열여덟 아이한테 이 섬에 평생직장을 구하고 살 생각이 있는가 하는 잔혹한 질문이 될 수도 있었지만, 은휘는 부담 없이 농담처럼 받아 넘겼다.

"저도 커서 가정을 꾸리고 싶은 맘이 없지 않거든요. 이 섬에서 함께 살자는 남자가 있다면 또 모를까, 이렇게 인구 밀도가 낮아서야 어디 결혼 상대자가 있겠어요. 이 섬을 좋아하지만 처녀 귀신이 되고 싶지는 않아서."

마는 자기도 모르게 피식 웃음을 터뜨렸다.

"장래 가족을 이룰 마음이 있다는 건, 가족에 대한 로망도 있다는 거군요."

"가족이 반드시 로망을 실현하는 단위는 아니에요. 가족을 만들고 아이를 낳는 건 생산 능력이 있는 젊은 사람이라면 의무 사항이지요. 나 하나쯤 의무를 소홀히 해도 괜찮겠지, 이런 생각 때문에 이대로 가면 머지않아 국가가 문을 닫고 말 지경이니까요."

은휘의 그 말은 윤리적이기도 했지만 어딘지 교과서를 외운 대로 읊는 것처럼 딱딱하게 들렸다.

"학교에서 그렇게 가르치나요? 그건 거의 루소의 『에밀』 시대에서나 통용될 만한 가치관인데. 아니, 그러니까 아이를 낳고 키우고, 다 바람직하고 건설적인 생각이긴 한데 자기 마음은 실제로 어떠냐 말이죠. 당위적인 태도 말고, 나는 독신으로 내가 번 돈 내가 쓰면서 자유롭게 살다가 아무도 모르는 데로 가서 삶을 마치겠다, 요즘 이렇게 생각하는 젊은 분들 많고 실제로 그런 생각 자체가 이미 자기 자유와 권리의 행사니까요. 이건 제가 독신이라서만 하는 얘기가 아닙니다. 여기 있는 이 카메라 감독은 무엇하고도 바꿀 수 없는 부인과 딸이 있고, 난 그 모습 보기 좋다고 생각합니다. 다만 나라를 존속시키는 후손 생산 봉사가 국민의 의무라고 치고, 지금은 자기 의지나 주장이 있는가 어떤가의 문제죠.”

은휘는 지난번 무경이 그랬던 것처럼 마가 어떤 이야기를 원하는지 알아차린 듯 의미심장한 미소를 지어 보였다. 아무렴 나는 콘텐츠를 제공하고 당신은 방송을 만들지 ─ 라고 말하고 싶은 듯한 표정이었다.

“정상적인 가정을 가져 보지 못한 아이들이 커서도 가정을 올바로 꾸리지 못하거나 아예 시도조차 못 한다는 건 아마 심리학자나 교육학자들이 숱하게 통계를 냈겠죠. 가정이라니 생각만으로도 지옥이야, 이미 볼 장 다 본 가족한테서 간신히 벗어났는데 스스로 새로운 가족을 이루다니 그게 무슨 미친 소리람. 저도 한때는 그랬어요.

자세히 말하기에는 방송용으로 적절하지 않을 텐데, 저는 제 아버지를 떠올리면 아버지 얼굴이 어떻게 생겼는지 키는 얼마나 컸는지 목소리는 어땠는지, 그런 걸 하나도 기억 못 해요. 여기 온 지 꽤 오래되어서 그런 탓도 있겠고 그때 너무 어려서 그랬는지도 모르겠는데, 제일 중요한 이유는 아마 제가 맞지 않으려고 움츠러든 채로 보려 하지 않고 들으려 하지 않아서 그런 게 아닐까 해요. 그래서 전체 형상은 기억이 어렴풋하고 대신 피 묻은 야구 방망이를 들고 있는 손 같은 것만 선명히 남아 있는 거죠.

엄마는 말 그대로 죽어서야 그 사람에게서 벗어났는데, 나는 죽기 전에 경찰 아저씨들이 살려 줬어요. 인근 호프집 아주머니 살해 사건의 용의자로 그 사람을 데려가 주셨거든요. 하지만 알리바이가 확실하고 물증이 없어서 금방 풀려났지요. 그 이전에 엄마 살해 죄목으로는 집어넣기가 애매하다고 여경(女警) 아주머니가 그러더라고요, 엄마가 현장 즉사가 아니라 가정 폭력으로 내상이 심해서 오래도록 앓다 죽은 거거든요.

그런데 피디님이 저보다 더 잘 아시겠지만, 우리나라에서 가정 폭력은 신고받고 출동해도 그때만 잠깐 떼어 놓지 별로 효과 못 보잖아요. 그래서 그 사람이 풀려나오기 직전에 저는 간단한 짐만 꾸려 가지고 집에서 도망친 거예요. 그나마 친절을 베풀어 줬던 여경 아주머니한테로 무작정 도망갔더니, 무지 난감해하시데요. 그래도 여기 입학을 주선해 주셨으니까 그분으로서는 업무 외의 일을 끝까지 책임지신 거여서, 지금도 많이 감사하고 있어요. 많은 이야기를 나누거나 살가운 시간을 보낼 겨를도 없이 이리로 보내졌는데도, 그런 분이 내 엄마였으면 어땠을까 상상해 보기도 했어요, 무기력하게 시름시름 앓다 죽어 간 엄마 말고. 최소한 원치 않는 폭력에 무릎 꿇지 않을 만큼의 힘과 강단과 자존심이 있는 엄마 말이에요.

이것을 아마 심리학에서는 보상 심리라고 말하겠지요. 자기가 가져 본 적 없는 단란한 가정을 이루는 꿈과 같은 것들요. 보상 심리에서 비롯되었다고 해서 그게 반드시 비정상 취급을 받아야 할 이유는 없어요. 오히려 그런 마음이 있는 만큼 나 더 잘하고 싶어, 나라면 이렇게 할 텐데, 그게 바로 내가 가정을 갖고 싶은 이유고, 나만 특이한 경우는 아닐 거예요. 피디님은 혹시, 불행한 가정에서 자란 아이는 반드시 나중에라도 새 가정을 만들기 싫어할 거라고 생각하셨나요?”

“반드시,라고는 할 수 없지만 적어도 그런 경향이 있다, 정도는 부정하지 않습니다. 그건 ‘빈민가 아이들이 학업 성취도가 낮다.’ 내지는 ‘저소득자일수록 비만 환자가 많다.’는 연구 결과와 비슷한 수준의 경향이죠.”

“흰색도 검은색도 아닌 그저 참고 사항에 지나지 않는 보편적 통계 얘기로군요. 하지만 여기 모인 우리는 좀 다를 거예요. 제가 다른 학생들 생각까지 꿰고 있는 건 아니지만, 우리는 날마다 아침 조회 때 들어요. 너희는 너희 부모와 다르다. 너희는 너희 그 자체다. 가난도 범죄의 대물림도 끊고 새로운 인간으로 거듭날 수 있다. 너희는 각자의 목표를 가지고 그걸 실현할 수 있다. 아무것도 잡을 것 없고, 아무 데도 기댈 데 없던 아이들이 아침마다 부드러운 어조로 이런 이야기를 몇 년이나 듣게 된다고 생각해 보세요. 마법 주문처럼 들리지 않겠는지 말이에요.”

피그말리온 이야기 같잖아.

마는 하루 동안 곽이 촬영한 화면을 노트북으로 돌려 보면서 입 속으로 중얼거렸다.

당신은 내가 말하고 믿는 대로 변모한다. 옛이야기 속에서는 조각상이라는 태생의 한계를 벗어나 조각가의 간절한 구애와 기대 끝에 살아 있는 미모의 여인이 된다. 현대의 연극과 영화 속에서는 길거리에서 꽃을 파는 아가씨가 태생의 한계를 벗어나 상류층 악센트와 발음을 구사하지, 그것도 공작부인 급으로.

그러나 둘 사이에는 결정적인 차이가 있다. 아프로디테가 그 다리에 피를 돌게 하고 숨을 불어넣어 주기 전까지 갈라테이아는 감정이라곤 없는 조각상이었던 반면 일라이저는 귀족 숙녀처럼 말하게 되기 전에도 이미 인간이었다. 그것이 그녀가 끝내 히긴스 교수를 떠나 화원 사업 종사자로 살아간 이유다. 말씨에 품위가 깃들고 쇼윈도가 있는 자기 가게를 가진 것만으로, 거리에서 꽃을 팔던 때보다 신분이 월등히 상승했다고 할 수 있을까. 또는 그런 눈에 보이는 실적으로 자아가 최상의 성취감을 누릴 수 있을까.

화면을 반복 재생하며 필요한 부분을 골라내던 마는 문득 인터뷰의 마지막 부분에서 은휘의 말투가 그 전과 조금 달라진 걸 느끼고 일시 정지를 했다.

"얘가 왜……."

"선배, 뭐가요?"

'마지막으로 하고 싶은 말 있으면 들려주세요.'라는 질문에, 은휘는 인터뷰를 마무리하면서 말의 단락 사이에 휴지기를 좀 더 두고 있었다. 그래 봤자 보통 생각이 잘 정리된 인터뷰이가 단지 숨을 쉬기 위해 평균 일이 초 끊어 가며 말하는 데 비해 은휘는 약 삼 초 정도 사이를 두는 정도라 주의 깊게 듣지 않으면 알아차리기 힘든 변화였다. 또한 그만큼 사이를 둔 다음 첫 음절을 인터뷰 초반에 말했던 것보다 평균 약 일 초 정도 길게 발음하는 느낌이 들었다.

"어쩐지 말 너무 오랫동안 하더라. 숨이 차서 몇 번을 몰아쉬는 게 조금 티가 나네요. 커팅 하면 되잖아요."

"그건 그런데……."

마는 화면을 다시 재생시키고, 은휘의 말을 받아 적으며 휴지를 두는 지점마다 행갈이를 했다.

"여-분의 삶이 주어진 것 같은 느낌 있잖아요, 사람이 정말 이 세상 딱 한 번 살다 가는데, 나는 이곳 학생들하고 함께 특별한 혜택을 얻은 느낌 말이에요.

기-회라고 생각해요. 이제 두 번 다시는 주어지지 않을 것 같아서, 잘 활용해 보고 싶어요. 한눈 안 팔고요.

서-먹서먹한 감정이 처음에는 없지 않았어요. 왠지 섬 하나 달랑 바다 한가운데 동떨어져 있으니까 겁도 좀 나고. 하지만 지금은, 내가 그 옥탑방에서 빠져나오지 않았더라면 여기서 배운 것만큼 많은 걸 얻을 수 있었을까, 상상이 안 돼요.

달-인이 되어서 사회로 나간다고 보시면 돼요, 어느 한 분야든 간에. 학생들이 다 한 가지 이상씩 실용적인 기술을 전공하고, 저 같은 경우는 재주가 달려서 총무 일도 간신히 하는 거지만 웬만한 사회생활은 큰 어려움 없을 것 같아요.

아-주 먼 훗날에 이르러서 제가 지금을 돌아봤을 때, 아, 내가 이런 것도 할 줄 알았구나. 나한테 이런 가능성이 있었구나. 그런 마음을 간직하고 살아갈 수 있을 것 같아요. 원래대로라면 발견조차 못 했을지 모르는 건데.

나-중에 어떤 경로를 거치든지 이 학교에 입학하게 되는 후배 들이 있다면, 제가 졸업한 뒤에라도 가끔 와서 격려해 주고 싶어 요. 우리가 항상 배우는 대로, 너희들 지금 아주 잘하고 있다고. 앞 으로 더 잘할 수 있을 거라고.”

마는 연필을 던지고 곽이 다가와 보기 전에 노트를 찢어 구겼다.

“왜 그래요?”

“별거 아냐.”

의도가 확실치 않은 암호를 알려 줬다가 곽이 불안해하기라도 하면 학생들을 대할 때 금방 태도에 드러날지 몰랐다. 곽은 집에 기다리는 아내와 딸이 있었고 오늘 오후는 마침 비서실에서 유선 전화로 집에 연락하여 딸이 처음으로 발음한 ‘아빠’라는 말을 듣 고 감격에 겨워 있던 참이었다. 말 그대로 행복하고 바람직한 가장의 모습으로서, 아무리 남의 사정 따위 괘념치 않는 마라도 차마 초를 칠 수 없다는 생각이 들 만큼 그 얼굴에는 세상의 모든 빛과 꿈이 응결되어 있었다.

마는 이것이 그냥 우연인지 은휘가 악의를 가득 담아 친 장난인지 그것도 아니면 진지한 경고인지를 헤아려 보다가, 템포와 리듬으로 보아선 아무래도 맨 처음 것일 가능성은 희박하다고 생각했다. 분명 은휘는 우리더러 여-기-서-달-아-나-라고 말하고 있어. 이로써 간밤의 침입자는 은휘였으며 그 아이가 태블릿 피시의 내용물이나 노트를 보았으리라는 데에 무게가 실렸지만, 그 행동과 이 경고 사이에 상관관계가 있으리라고 확신할 수는 없었다.

그러나 설령 이 학교에 가장 오래 있었던 학생 중 하나이며 교장과 지근거리에 있는 아이의 의미심장한 경고라고 해도, 남의 돈 먹고 살기 쉽지 않다는 걸 온몸으로 알아 온 삼십 대 후반의 남자가 겨우 이 정도의 초보적인 암호로 위기감이 피부에 와 닿을 리 없었다. 초기 접촉 때부터 학교에 들어온 지금까지도 줄곧 느껴 온 감정은 불쾌감이나 이질감이 대부분으로, 일하기가 까다롭겠다는 예상에서 비롯되었을 뿐 불안과는 달랐다. 마가 생각한 최악의 경우라고 해 보았자 교장이나 누군가의 비위를 거슬러서 촬영을 마무리하지 못하고 섬에서 쫓겨나는 정도였을 뿐 설마 제 발로 달아나야 할 만큼 신체적 위협이 있을 리가…….

사면팔방이 바다로 둘러싸인 고립 공간이라 별 상상이 다 피어

오르는군. 마는 고개를 저으며 촬영 데이터를 미니 외장 하드에 옮겨 담고 폴더명을 오늘 날짜로 지정했다.

*

누구나 열리기 원치 않는 상자 하나쯤은 가지고 있다. 눈에 보이는 형태를 가진 게 아니더라도. 그런데 중요한 사실은 원치 않는 이유가, 반드시 상자 안에 담긴 내용물이 소중하기 때문만은 아니라는 것이다. 즉 '간직'과는 느낌이 다른 보존이다. 또한 타인이 강제로 개봉하는 행위만을 꺼리는 게 아니라 실은 자기 자신이 가장 열고 싶지 않은 경우가 더 많다.

몇 번을 망설이다 조심스레 상자를 흔들어 보는 사람의 표정을, 은휘는 기억하고 있었다. 난처한 듯한 미소와 신중한 침묵이 잘 어울리는 선한 눈매의 사람이었고, 그렇기에 은휘는 이런 얼굴을 한 사람이 설마 어떤 문제를 일으킬까 싶어서 있는 그대로 한 조각의 보탬도 없이 그의 행적을 자발적으로 교장에게 보고했더랬다. 그리고…….

그 순수한 행위가 현재 교장의 비서로 지목된 이유였다. 교장은 은혜를 갚을 줄 아는 착한 아이라며 은휘를 다독거렸다. 너는 잘못한 거 하나 없어. 참 잘했어요. 앞으로도 그렇게만 하면 돼.

지금 이것저것 눈에 띄게 불평불만을 해 대는 저 피디라는 인간

은 어떤가. 품위 없이 우악스럽게 뚜껑을 잡아 뜯어내려 하지 않는
가. 은휘는 205호실 문 앞에서 천천히 돌아섰다.

5장

유리창 깨지는 소리가 나자마자 그때까지 새 인터뷰이를 클로즈업하고 있던 곽은 카메라 감독의 본능으로 무언가를 직감하고 자리에서 용수철같이 튀어 올라 달려 나갔다. 동일한 회색 벽면을 배경으로 아이들의 닮은꼴 불행을 수집하는 데 슬슬 질리기 시작한 마도 마찬가지로 판을 접다시피 하고 뒤를 따랐기 때문에, 한창 과거를 떨쳐 버리며 카타르시스의 눈물을 글썽거리던 학생은 어안이 벙벙해진 채로 입술만 달싹거리다가 엉거주춤 일어나 시청각실을 나올 수밖에 없었다.

정비 실습반 아이들의 싸움이었다. 세 대의 차량 보닛이 열린 채 안에서 증기가 피어오르고 있었고, 1층 유리창에는 누군가가 던진 드라이버가 꽂혀 있었는데, 한 덩어리가 되어 엎치락뒤치락하는 아이들 옆에서는 다른 예닐곱 명의 아이들이 응원을 보내는 것도 말리는 것도 아니고 다만 불안해하는 표정으로 강 건너 불구경처럼 바라보고 있었다. 교사는 실습 도중 드물게도 잠깐 자리를 비운 모양이었다.

뛰어나간 곽 또한 아이들을 말리기보다는 싸움 장면을 열정적으로 찍기 시작했다. 나중에 용도 폐기된다 해도 지금만큼은 요청이나 연출로는 뽑기 힘든 장면일뿐더러, 주조된 틀에 부어져 매끈하게 식은 금속 같던 학생들이 최초로 감정을 격하게 내보이는 순간이었기에 놓칠 수 없었다. 싸움의 이유는 나중에 물어보면 알 테고, 지금은 이 아이들이 분노하고 소리칠 줄 알며 살아 있는 사람이라는 걸 확인한 일종의 성취감이 먼저였는데, 그것이 거의 한순간 이성을 마취시키는 희열에 가까웠던 탓에 곽은 하나를 깔아 누른 다른 하나가 커다란 스패너를 머리 위로 높이 쳐드는 장면을 포착하고서도 거기에 뛰어들 생각을 하지 못했다.

"동작 그만!"

결국 소리친 건 뒤따라 나온 마였고, 스패너 주인과 더불어 다른 모든 아이들은 움찔했다. 마도 웬만한 상황이라면 곽과 의견 일치를 보았을 테지만 지금 같아서는 아래에 깔린 아이가 스패너에 맞아 죽을 위험이 너무 컸다. 그도 그럴 것이 싸움의 주인공들은 눈동자가 광기에 번들거리고 있었고, 그 눈빛으로 봤을 때 이 아이들이 얼마나 오랫동안 감정을 분출하지 않고 지내 왔는지 짐작할 수 있었다. 이 아이들은 적당히 감정을 흘려서 연소시키거나 빈정거리는 요령을 몰라 안으로 담아 오기만 한 것 같았는데, 그 모습은 누수되기 전에는 금이 가거나 뒤틀렸음을 알아차리기 어려운 오래된 천장 같았다.

마는 다가가 스패너를 빼앗으며, 여기 있는 아이들 모두가 정신 감정을 한 번씩 받아야 한다는 확신에 이르렀다. 이제 체류 나흘밖에 되지 않는 마 자신도 조금만 더 있다가는 돌아 버릴 것만 같았는데, 아이들은 이미 360도를 돌아 얼핏 제정신인 것처럼 보일지도 모른다는 생각이었다. 고립감을 느끼기 쉬운 자연환경에 철저하게 반복되는 기계적인 일과와 규칙, 거기에 원칙을 준수한다면 또래 집단 형성은 둘째 치고 최소한의 플라토닉 연애마저 불가능하다는 상황만으로도 돌아 버릴 조건은 충분했다. 군대만 해도 외박이나 포상 휴가가 있고 애인이나 가족과 통화를 할 수 있는데 이 아이들에게는 그럴 대상마저 없다. 자연히 학교 안에서 서로를 의지하는 것 외에 답이 없는데 지금까지 찍어 온 자료에 따르면 그 통로조차 막혀 있다……. 교도소에서도 투명 아크릴 판 너머로 가족 면회가 가능한데 이 아이들에게는 이 먼 섬까지 찾아와 줄 사람이 없다. 수감자들은 모여서 한방을 쓰고, 주로 서열 정리를 위한 난투나 린치의 형태라는 게 문제지만 일종의 '관계'를 형성하며, 정치 사상범이나 흉악범 급의 요주의 인물이 되어야 독방에 처넣어져서 아무하고도 말할 수 없도록 격리하는 법이다…….
여기는 대체 뭐하는 곳이냐!

이러다가 정말 교육 다큐멘터리가 아니라 긴급 출동 솔루션이
되어도 상관없겠다고 생각하며 마는 스패너 주인의 팔을 잡아 일
으켰다. 밑에 깔려 있던 아이도 몸을 부스스 일으켰을 때 나머지
구경꾼 아이들이 양옆으로 갈라서서 마침 도착한 실습 교사 정에
게 길을 내주었다.

"아이들과 개별 접촉하지 마시라고 사전에 말씀 들으신 걸로 압
니다만."

이 상황을 보고서도 처음 나오는 얘기가 그거냐. 마는 하마터면
정의 멱살을 붙잡을 뻔했다.

"그러면 이 아이들이 서로의 머리를 깨 먹어서 둘 다 섬 밖으로
실려 나가는 쪽이 나았을 거라는 말씀이십니까?"

"꼭 그렇다는 건 아니지만 우리 학교에서 벌어진 일은 우리 책
임입니다. 외부인이 끼어들면 문제가 복잡해진다는 뜻이죠. 게다
가 우리 아이들은 그렇게 자제력이 약하지 않습니다."

"그럼 제가 조금 전에 본 것은 환각입니까? 일 초만 늦었어도 바
닥에 깔린 애가 죽을 뻔했습니다."

"그거야 피디님이 난입하셨으니 강제 중단됐을 뿐이고, 그대로
두셨더라면 아이들이 스스로 멈출 때를 아는, 자연스럽고 건설적
인 장면을 목격하셨을 겁니다."

이건 또 얼마나 어른들 편한 대로의 논리인지. 마는 생활 지도 윤이 했던 말을 똑똑히 기억하고 있었다——아이들은 스스로 정보를 거를 능력이 없으니까요.

"멈출 때를 알아요? 이 무거운 스패너를 쳐들고서? 퍽이나 그러겠습니다. 이 아이들, 이 눈빛, 대체 어디를 보고 그렇게 얘기하시는 겁니까? 제가 보기엔 종합 정신 병동 한 채를 통째로 이 섬에 옮겨 와야 할 지경인데요."

"말씀이 지나치십니다. 그건 저희 교사들이 판단할 문제입니다. 피디님이 그만두신다면 저도 이쯤에서 더는 말하지 않겠습니다 그리고 카메라 감독님."

정은 그때까지도 어깨에 카메라를 얹은 채 정신없이 돌리고 있던 곽을 가리켰다.

"지금 찍은 데이터 이리 주십시오. 약속에 위반되는 동영상을 갖고 계시게 둘 수는 없습니다."

곽은 그제야 정신을 차린 듯 카메라를 정지시키고 허둥지둥했다.

"어…… 선생님 마음은 이해하는데요, 하지만 저희들한테는 이런 사소한 게 다 소스가 되어서……."

"소스로 쓰지 말라고 꼭 직접적으로 말씀을 드려야 아십니까? 메모리 빼서 주세요."

"이걸 저희가 쓸지 어떨지 모르고, 쓰더라도 학교 명예에 훼손되지 않는 가벼운 의견 불일치 정도로 묘사할 텐데요. 그 정도는 인간 사회 어디서나 있을 수 있는 일 아닙니까.”

정은 한숨 소리에 가깝게 코웃음을 내고는 힘주어 말했다.

“제가 세 번째로 말씀드리는 순간에는 그 카메라, 얼마짜리인지 모르지만 부서져 있을 겁니다. 메모리 주세요.”

그렇게 말하는 정은 카메라를 부수기는커녕 그걸 한 손으로 들 힘조차 없어 보였다. 마는 그동안 마주친 교직원들이 대체로 왜소하고 말라 극단적인 소식가처럼 보였다는 사실을 떠올렸다. 이놈의 학교는 체구와 체질과 식욕으로 사람을 가려 뽑는 게 아닐까 싶을 정도로. 그러나 매주 한 번씩 상당량의 장비를 갖추고 산을 타는 사람들이다. 다음 순간에는 곽이 머뭇거릴 틈을 주지 않고 카메라를 낚아채서 던질 터였다.

“알았습니다. 하지만 잠깐만 시간을 주실 수는 없습니까? 여기에는 다른 촬영 데이터도 들어 있습니다. 메모리를 드릴 수는 없고 선생님 보시는 데에서 삭제해 드리겠습니다.”

“지금 해 주시죠.”

정은 별로 내키지 않지만 그 정도는 양보하겠다는 듯 한발 물러났다.

“자, 이 파일입니다. 가장 최근 번호인 거 보이시죠?”

곽은 정에게 액정 화면을 보이며 마지막 폴더 번호를 클릭하고 삭제 명령을 내렸다.

“됐습니까?”

정은 어깨를 으쓱해 보이며 고개를 끄덕였다.

"그럼 방송 관계자 분들은 이만 물러가 주시고요. 지금부터는 우리의 시간입니다. 너희 둘은 따라온다. 나머지는 실습 재개한다."

구경꾼 아이들은 일사불란하게 각자의 자리로 돌아가 실습을 시작했다. 연대를 못 하게 하는 대신 구경만 하던 아이들에게 연대 책임도 묻지 않는다. 비정할 만큼 합리적이다. 마는 고개를 축 떨어뜨린 아이 둘을 뒤에 달고 가는 정 앞을 가로막았다.

"아직 뭐가 남았습니까?"

"이 아이들에게는 어떤 처분이 내려집니까?"

"그거야말로 피디님이 상관할 일이 아닙니다."

"우리는 학교를 찍으러 왔습니다. 규칙을 어긴 학생들이 어떤 제재를 받는지는 학교의 일상생활로서 알아 둘 필요가 있습니다."

"다음에 같은 일이 없도록 각자 반성의 시간을 갖지요. 거기서 더 알아야 합니까? 피디님이 회사에서 사고를 쳐서 시말서를 쓰고 있는데 누가 그걸 옆에서 찍어 대면 기분이 어떨 것 같습니까?"

"알았습니다."

방송 일각에 보편화된 연출과 조작 과정에서라면 출연자의 불쾌감이나 수치심은 고려하지 않거나 당장 그 순간은 고려하는 척 하더라도 나중에 편집된 화면으로 뒤통수를 치게 마련이지만, 마는 정과 학생들에게 길을 터 주었다. 생각 같아서는 그들을 미행하고 싶었지만 이렇게 사방이 훤히 뚫리고 사람이 적은 데에서 상대가 눈치채지 않게 뒤따라갈 방법은 없었다. 나머지 학생들은 이미 그들에게 신경 쓰지 않고 실습을 재개한 터였고, 교사 쪽으로 가던 정이 뒤돌아보며 한마디 덧붙이기를,

"이쪽으로 오세요. 시청각실까지 배웅해 드리겠습니다. 아무래도 제가 먼저 자리를 비웠다가는 피디님이 거기 아이들한테 자꾸 이것저것 캐물으실 것 같군요."

"그것도 안 됩니까? 싸움을 말린 사람으로서 왜 싸웠는지 정도는 들어도 되지 않습니까?"

"처음 교장 선생님과 약속했던 규정에 어긋나니까요. 설령 그런 약속이 없었다 해도 아이들에게서는 아무런 대답도 얻어 내실 수 없을 겁니다. 우리 아이들은 교육을 잘 받아서 아무한테나 아무 말이든 지껄이는 습관이 없으니까 말이죠."

그리고 정은 마침 현관 언저리에서 머뭇거리던 인터뷰이인 혼모에게 고갯짓했다.

"네가 저분들 모시고 원래 위치로 돌아가."

혼모는 마와 곽의 앞으로 다가오려는 건지, 아니면 그들이 자기 쪽으로 와 주기를 기다리는 건지 불분명한 자세로 현관과 바깥 양쪽에 발을 걸치고 섰다. 그때 혼모가 마를 힐끔 돌아보던 표정과 엉거주춤한 몸짓에는 당신들 나 안 따라오면 내가 후환을 입는다는 듯한 절박함이 깃들어 있어서 마는 입 속으로 혀를 차고 곽의

어깨를 두드렸다.

"들어가자."

그러면서도 마는 곽이 순간적으로 기지를 발휘했다는 사실을 눈치채고 있었는데, 곽은 정이 엄숙하게 떠들고 있을 때 정지 버튼을 한 번 눌렀다가 다시 녹화 모드에 들어간 거여서, 곽이 지운 마지막 파일은 그 짧은 부분으로 정과 마의 대화 몇 마디 정도에 지나지 않았다. 나중에 어떻게 하든지 그 파일은 보존해 둬. 알았지? 마가 입 모양으로 지시하는 걸 곁눈질하고 곽은 눈 깜박임 한 번으로 대답을 대신했다.

혼모는 세탁 관리실에서 일하는 열한 명 학생 가운데 한 명이다. 기본적인 세탁 이론과 실습은 세탁의 미시사까지 자세히 살필 만큼 과정을 늘려 잡는다 해도 최대 반년이면 마무리되고 그 이후로는 실제 업무의 연속이기 때문에, 그 상태로 한두 해 지나면 바로 뭍에 나가 세탁소를 차려도 되는 경지에 이른다.

열한 명이면 적은 인원이 아니지만 백오십 명 학생의 작업복과 이십오 명 교직원의 정장 및 가운을 비롯한 일상복을 다루려면 하루가 빠듯하다. 특히 여러 실습 과정에서 특이한 화학 용액이라도 묻거나 하면 골치 아프다. 뿐만 아니라 숙소에 있는 침대 시트와 베개 커버도 주 1회 반드시 세탁하고, 건조시켜 바스락거리는 소리가 날 만큼 빳빳하게 다림질까지 마친 뒤 기숙사 로비에 있는 개방형 사물함에 개켜 넣는다. 이불이나 수건은 세탁이 끝나는 대로 무작위로 배부하지만 이름이 적힌 작업복은 일일이 주인을 찾아 사물함에 적힌 이름과 맞춰 보아야 하고, 교직원들 옷은 따로 이름이 적혀 있지 않으니 잘 기억하여 꼬리표를 달아야 한다. 그 모든 과정을 들여다보니 열한 명으로도 부족할 것 같았다.

"졸업할 때까지 그 일만 하나요?"

"아무래도 같은 사람이 계속하면 힘도 들고 쉽게 질릴 테니까, 그건 아니죠. 이 년 꾸준히 하면 희망자는 식당으로 이동시켜 줘요. 지금까지 한 인터뷰로 짐작하시겠지만 식당에서는 배식만 하는 게 아니에요."

"그렇겠네요. 전문 호텔리어가 될지 영양사가 될지는 몰라도, 적어도 직업 교육 하나만큼은 확실히 받고 나가는 셈이군요. 하지만 혼모 학생은 지금 삼 년째라고 들었는데, 맞습니까?"

"네, 그래요."

"온 학교의 빨래를 도맡아 한다고 해서 실습 때 배운 전문적인 오염 제거 기술을 충분히 활용할 수 있는 건 아닐 텐데요. 처음 업무를 맡았을 때의 설렘이 지나고 일이 손에 익으면 기계적인 반복에 지나지 않게 되어 버려서 쉽게 질릴 텐데, 특별히 세탁 업무에 집착하는 이유가 있습니까? 아니면 학교 측에서 자리 이동을 시켜 주지 않나요?"

"저는 자청해서 남아 있는 거고요……. 제가 별 도전 정신이 없어서 그런지 하던 일 하는 게 편하기도 하고, 또……."

"그리고?"

"그게 좀, 개인적인 이야기인데요."

"저도 개인적으로 궁금해서 그렇습니다. 귓속말로 해 주셔도 되고, 지금 이렇게 앉아서 하셔도 나중에 편집해 드리죠."

그러고서도 혼모는 몇 분을 머뭇거리다가 그대로 침묵이 이어지자, 자신이 말하지 않으면 이 촬영이 끝나지 않을 것을 알아차렸는지 천천히 입을 열었다.

"세탁을 하면 할수록 저 자신이 깨끗한 인간이라는 믿음이 생겨서. 그러니까 제가 일 년 차 되었을 때 세탁실에서 도난 사건이 있었는데요. 한 선생님이 빨래로 내놓은 바지에 지갑을 넣어 둔 걸 깜박 잊었다며 찾으러 오셨어요. 그런데 그날 하필이면 온 기숙사의 이불 빨래가 쏟아져 들어왔고, 몇십 킬로그램이나 되는 세탁물을 아무리 뒤져 보아도 지갑은 나오지 않았어요. 결국 그날 세탁실 당번이었던 제가 범인이 되게 생겼죠."

"억울했겠네요. 선생님 실수였을지도 모르는데. 사실 이 섬에 사는 학생들이 지갑 빼돌려서 그 돈으로 뭘 할 수 있나요?"

"당연히 필요가 없죠. 어차피 저희들은 매점에서 연필 한 자루 사는 것도 현금이 오가는 게 아니라 다 이름을 적고 서류로 처리하니까요. 하지만 꼭 그걸 어디다 쓰기 위해서 훔치는 사람만 있는 게 아니잖아요."

“물론. 상습 도벽 증세의 세부 사항은 의학에서 판단할 문제니까요.”

“그런데 제가 이 학교 오기 전에 꼭 그런 일로 붙잡혔거든요.”

“남의 지갑을 슬쩍하다가 걸린 건가요.”

혼모는 가로젓는 것과 끄덕임 사이 어디쯤 있는 모호한 고갯짓을 살짝 했다.

“그전에 지갑까지는 아니고, 마트에서 펜이나 쿠키같이 작은 것들로 몇 번 걸렸어요. 그래서 그때마다 부모님 불러와, 했는데 아까 나가시기 전에 말씀드렸듯이 부모님이 없었어요, 할머니는 앞이 안 보이고. 그래서 훈방 조치되었는데 어느 날은 누군가가 카트에 깜박 놓고 간 지갑을 주웠어요. 맹세코 내가 그걸 빼돌릴 생각이었으면 보자마자 바로 품에 쑤셔 넣었겠죠. 난 이번만큼은 정말로 주인을 찾아 주려고, 지갑 안에 뭐 신분증 같은 거라도 있나 열어 보는데, 사람 심리가 신분증도 보겠지만 돈이 대체 얼마 들었나, 무심코 보게 되지 않나요? 현금으로 이십만 원 정도 있더라고요. 그때 웬 아주머니가 마트 직원을 데리고 돌아왔고요. 분명 자기가 놓고 갔으면서 나더러 빼내 간 거라고.”

“그것도 역시 억울했겠네요.”

“전적이 있어서 제 말은 아무도 들어 주지 않았어요. 그대로 경찰에 넘어갔죠. 매장 물건이었으면 사무실에서 머리나 몇 대 쥐어박히고 말았을 텐데, 고객의 지갑이었으니까요. 나는 범인 아니라고 그 자리에서 네 시간을 옥신각신하며 버티다가 결국 안쪽 유치장에 들어갔어요. 담당 경찰도 어쨌든 지갑이 실제로 없어진 게 아니니 적당히 혼내서 보내 주고 싶어 하는 눈치였는데, 지갑 주인이 파출소까지 쫓아와서 절대 이 도둑놈 가만두지 말라느니, 이제는 지갑에서 돈이 얼마가 빈다고 헛소리까지 하잖아요. 세상 어느 도둑놈이 떨어진 지갑에서 돈을 몇만 원만 빼 가고 나머지를 남겨 둔대요? 더구나 내 주머니랑 양말 심지어 팬티까지 뒤져도 아무것도 안 나왔는데. 담당 아저씨도 기가 막혔는지 일단은 그 여자 소원대로 나를 유치장에 넣어 준 거예요. 이제 만족하세요?라고 되묻듯이 쇼를 한 거죠. 지금 떠올려 봐도 분하긴 하지만 뭐 새삼스레 지켜야 할 명예가 딱히 있었던 것도 아니고, 그렇게 경찰한테 넘어간 덕분에 이 학교로 오게 된 셈이니까 오히려 잘된 일이지만요."

"그럼 지난 세탁실 분실물 때 옛날 일이 생각나서 많이 서러웠겠어요."

"맞아요, 딱 그랬어요. 트레마? 그, 뭐라고 하죠? 아, 트라우마. 그 옛날 일이 떠올라서 나도 모르게 당황하고, 말 더듬고. 그리 횡설수설하니까 누가 봐도 범인 같잖아요. 하지만 이 경우는 특히 더 억울했던 게, 그때 지갑이야 카트에 떨어진 걸 줍기라도 했지만 이번에는 실물이 어찌 생겼는지도 모르니까. 지갑은 아무 데서도 안 나오고 저는 그대로 범인이 될 판이었는데 교장 선생님이 말씀하시기를, 누구나 한두 번은 잘못을 저지른다고, 아마 너의 양심이 가장 아플 거라고……. 다음에 같은 잘못을 하지만 않으면 된다고."

"그건 아주 범인으로 확정한 거잖아요. 학생들의 배경을 생각한다면 더욱더 학교의 최고 교육자께서 그런 선입견은 가지면 안 된다고 보는데요."

"그 상황에서는 어쩔 수 없었다고 저도 받아들였어요. 전적도 있고 내가 아니라는 걸 증명할 방법이 없는 데다가, 거기서 강하게 부정해 보았자 징계가 더 커질 수 있으니까 포기한 거죠. 그 대신 확실히 내가 그랬다고 인정하지도 않았고 말이죠. 제가 가만히만 있으면 그 일은 그대로 유야무야될 분위기였어요. 더 큰 처벌을 피해 간 것을 다행이라고 여기면서, 저는 지갑이 나올 때까지 세탁실을 계속 책임지겠다고 했어요. 그건 표면적으로 지갑이 나올 때까지였지만, 사실은 내가 계속 세탁물을 담당해도 두 번 다시 같은 일은 없을 것이니, 정말로 사람이 변한다는 걸 믿는다면 안심하고 내게 세탁물을 맡기라는 뜻에 가까웠어요. 내가 계속 그 일을 해도 같은 사건이 발생하지 않는다는 확신이 나 자신한테도 필요했거든요."

"그 마음은 이해할 수 있어요. 주위에서 자꾸만 너라고 지목하면 사람이 가만있다가도 어, 정말 나인가? 싶은 생각이 들게 마련이죠. 그러니까 한마디로 자기 확신과 자존감 회복을 위해 세탁실에 계속 남은 거군요."

"말하자면 그래요."

"그 뒤로 지갑은 나왔나요?"

"안 나왔어요."

"언젠가는 꼭 나오기를 빕니다. 나중에 졸업도 해야 하잖아요."

혼모는 다시 한 번 긍정인지 부정인지 모를 고갯짓을 하며 씁쓸하게 웃었다.

"지금 막 카메라를 껐으니 묻겠는데요. 조금 전에 싸운 친구들은 어떤 징계를 받게 되는지 혹시 압니까?"

"아뇨. 그만한 난투극은 흔히 있는 일이 아니기 때문에 잘 몰라요. 제가 누구하고 싸워 본 적도 없고."

생각할 틈을 벌기 위해 간투사를 내거나 시간을 두지 않고 즉시 대답이 나왔다. 그런 태도에는 전혀 다른 두 가지 가능성이 있는데, 정말 몰라서 그러거나, 아는데 입막음을 당했거나. 아는 사실을 말해도 되는지 안 되는지 헷갈릴 경우라든가, 모르는 사실이기는 한데 혹시 과거에 그런 비슷한 경우가 있었는지 최선을 다해 머릿속을 검색할 경우에는 수 초간 머뭇거린다. 그 전까지 혼모의 대답 방식과 그동안 겪어 온 교사들의 태도로 보아서는 내막을 알고 있을 가능성이 높았다.

"아까 징계 얘기가 나와서 말인데, 지갑 분실 문제로 해서 혼모 군은 어떤 징계를 받았는지 물어봐도 되겠습니까?"

“아, 모두가 나라고 믿어 의심치 않더라도 결국 물증이 없었기 때문에 세탁물 관리를 부실하게 한 데 대해서만 반성문을 제출했는데요.”

“합리적이군요. 그러면 만일 물증이 나왔다면 절도한 학생은 어떤 처벌을 받게 됐을까요?”

혼모는 신경질적으로 고개를 갸우뚱해 보였다.

“왜 자꾸 그런 걸 물어보시는지 모르겠는데요, 제가 이 학교에 있는 동안 절도 사건이 또 있었던 게 아니어서 뭐라고 말씀드리기가 힘들어요. 설령 그런 일이 있었다 쳐도 아랍처럼 손목을 자르거나 하지는 않으니까 그렇게 궁금해하실 만한 일도 아닐 텐데요.”

교사 정이 가벼운 조소와 함께 남겼던 말대로, 끌려간 아이들이 어떤 상황에 놓이게 될지는 어느 구석을 찔러도 쉽게 알아내기 힘들어 보였다. 마는 곽에게 촬영 종료 사인을 보냈다.

*

눈을 떴는데도 어둠이다. 소년은 몸을 일으킨다. 손을 내밀어 사방을 휘저어 보는데 아무것도 닿지 않는다. 이게 무슨 일이고 여기는 어딘지 알 수 없다. 기억나는 것은 옆에서 스피드 핸들로 쿡쿡 건드리며 깐죽대던 개자식과, 돌발 난입하여 스패너를 빼앗아 간 그 방송 피디와…… 상담실에서 둘을 앉혀 놓고 그 앞 탁자에 교사 정이 피워 올린 명상용 향초. 그걸 피워 놓고 정은 잠깐 둘이 마음과 호흡을 가라앉히는 시간을 가지라며, 문을 닫고 나갔더랬다……. 창문! 창문은 열려 있었던가? 아니다, 그 개자식이 얼마 지나서 왜 이리 머리가 아프냐며 창문을 열러 발을 옮기다가 갑자기 쓰러진 걸 보고…….

그리고 기억이 나지 않는다.

소년은 그대로 바닥을 기어 손바닥으로 쓸어 가면서 전진해 본다. 손에 잡히는 부드러우면서도 까끌까끌한 느낌은 먼지가 뭉쳐서일 터다. 얼마나 오래 묵은 먼지인지 알 수 없다. 곧 기침이 나온다.

손에 닿는 차가운 벽을 지탱하고 몸을 일으킨다. 두드린들 어딘가에 소리가 부딪쳐 울릴 것 같지도 않은 단단한 내력벽이다. 그대로 벽을 쓸면서 나아간다. 모서리를 두 번쯤 꺾어지자 철문이 닿는다. 철문을 쓸어 본다. 자신의 발목 높이쯤 해서 작은 구멍이 뚫려 있다. 보통 아파트에서 신문이나 우유를 밀어 넣기 위해 만든 투입구 정도의 크기다. 소년은 무릎을 꿇고 구멍을 내다본다. 그 너머로도 빛이라곤 한 점 없는 걸로 보아 보통 깊은 지하가 아닌 듯하다. 그래도 이 구멍만이 지금 숨 쉴 수 있는 통로인 모양이다.

거기 누구 없어요!

구멍에 입을 대고 소리친다. 몸을 접은 자세에서 외치기에 소리는 충분히 나오지 않지만 멀리 두어 번 메아리가 울리는 걸로 보아 이 구멍 너머도 텅 빈 공간이며 천장이 꽤 높고 면적은 넓은 지하실 정도 되는 것 같다.

거기 누구 없어요!

다시 한 번 소리친다. 이런 상황 같으면 차라리 그 개자식이라도 어디선가 답을 해 주었으면 싶다. 그러고 보니 처음에 그 자식이 뭐라고 신경을 건드렸더라……. 머리가 기름지고 꼬질꼬질하다든지 겨드랑이에서 썩은 내가 난다든지 하여간 몸의 청결에 관한 문제로 시비를 걸었던 것 같은데 그나마 사실도 아니었고 지금 그건 아무래도 좋다. 발에 걸리는 거라곤 아무것도 없는 어둠 속에서 소년은 주먹으로 철문을 두드린다. 양손으로 번갈아 네댓 번쯤 힘차게 두드리고 그 주먹질 소리가 구멍 밖의 공간까지 메아리치지만 누구도 듣지 못한 것 같다. 이번에는 발로 차 본다. 리듬을 일정하게 하여 양발로 번갈아 여덟 번쯤. 그러나 저편에서는 아무런 반응도 돌아오지 않는다. 이곳은 지하 중에서도 최하단부의 지하인 것 같다.

소년은 침착하자, 침착해지자 하고 입술로만 중얼거리며 사고 회로가 끊어지는 것을 막기 위해, 오염된 냉각수의 클리닝 과정과 브레이크 오일 교환 작업을 비롯하여 공기압 측정 요령 등을 쉼 없이 되새김질해 보지만 오히려 그것들이 뒤엉켜 머릿속은 점화 플러그에 고압 전류가 흐른 듯 폭발하기 일보 직전이다. 그러는 동안 소년은 바닥을 쓸다가 마개가 개봉되지 않은 500밀리리터 페트

병이 손에 닿자 자신이 처한 상황을 짐작한다. 왜 여기 갇혔는지 어렴풋이 알 것만 같고, 그렇다면 처음 원인 제공을 한 그 개자식도 어딘가에서 이런 식으로 동등한 대우를 받고 있는지 궁금하며, 만에 하나라도 그렇지 않다면 자기가 너무나 억울하다는 생각이 든다.

그러다가 문득 선명하고 섬뜩한 예감이 목덜미를 핥고 지나가는데, 이곳은 어쩌면 쓰레기 처리장일지도 모른다는 생각이다. 나는 구제 불능으로 재활용조차 불가능한 쓰레기로 분류된 건가? 단 한 차례의 폭력 때문에? 아니면 단순 체벌인가? 그래, 그렇지 않다면 문에 숨구멍이 뚫려 있을 까닭이 없을 터다. 그렇다면 언제까지 여기 갇혀 있는 것일까? 물통을 함께 넣어 둔 걸 보면 살아 있으라는 뜻일 테니 언젠가 꺼내 주기는 하겠지? 혹시 안 그럴 수도 있나? 언제라는 말도 사치스러운 게, 이 어둠 속에서 시간이 얼마나 흘렀는지 도대체 가늠해 볼 수는 있나?

소년은 문손잡이를 비틀다 문에 몸을 부딪쳐 보기도 하고 마지막엔 길게 비명을 지른다. 그 비명이 구멍 바깥의 어둠을 두어 번 흔들다 그대로 집어삼켜진다.

　―피디 아저씨, 가지 마세요. 아저씨마저 가 버리면 우리 진짜 죽어요.

　―무슨 소리니? 지금까지 화기애애하게 촬영 잘했으면서.

　마가 시큰둥하게 물었을 때 그 아이는 턱밑까지 차올라 잇새로 넘치는 숨을 달래고 있었다.

　―아저씨, 제발요. 아저씨가 오기 전까지 우리 체육관에서 원산폭격에 토끼뜀 삼매경이었다고요. 그나마 촬영한다고 잠깐 부드럽게 굴러가다 멈추다 한 거예요.

　―난 또 뭐라고. 학교 운동부에서 그 정도도 안 하는 경우가 어디 있어?

─평소 같으면 그런데 오늘은 선생님이 완전히 돌았어요. 게다가 지금 저를 비롯해서 세 명이 생리에 고열에, 상태가 영 말이 아니에요. 저만 해도 근육이 찢어지는 것 같고.

마는 토마토처럼 붉고 푸르게 부푼 그 아이의 얼굴과, 운동복 반바지 아래로 드러난 앞쪽 허벅지까지 띠처럼 둘러진 푸른 멍을 보았으나 곧 난감한 표정과 함께 고개를 저었다.

─외부인이 어떻게 말려 줄 수 있는 문제가 아니지. 몸이 안 좋으면 안 좋다고 정직하게 말씀드리는 게 어떨까. 내가 잠깐 옆에 있다고 선생님이 체면치레하느라 점잖게 계실 것 같지도 않고, 설령 그렇게 무사히 넘어간다고 치면 내일 그대로 잊어버리실 것 같니? 오히려 오늘 치 얼차려가 적립식 펀드처럼 랜덤으로 붙으면 붙었지.

─오늘이 아니기만 하면 돼요. 적어도 우리가 조금이라도 숨 돌릴 시간을 번다면. 제발, 아저씨.

아이는 갑작스러운 현기증 때문인지, 다가오다 어딘가에 발이라도 걸렸는지 삼각대에 세워져 있던 카메라를 붙들고 몸을 추슬렀다.

─아이고, 장비에 손대지 마라. 그거 비싼 거다. 나는 일개 방송사 직원이고, 여기는 공교육 기관이야. 선생님 하시는 일에 참견할 수 있을 리가 없잖니.

─참견해 달라는 게 아니에요. 잠깐 옆에 계셔 주시기만 하면

된다니까요.

마는 한숨을 토할 뻔한 걸 참고 대신 헛기침을 연거푸 했다. 무심코 내뱉는 행동으로 지금까지 촬영에 협조해 준 아이들을 모욕할 수 없다고 생각할 만큼의 판단력은 남아 있었다.

—너희들 마음은 이해하는데, 나 때는 그보다 더했으면 더했지 못하지는 않았을 거다. 나한테는 너희들 기합받지 않게 옆에서 버티고 지켜 줄 의리도 없거니와, 네가 여기서 이렇게 시간을 버리고 있으면 선생님 화만 더 돋우지 않겠어? 얼른 가서 매도 먼저 맞는 게 나을 텐데.

—……다른 어른들하고 똑같이 말하네요. 우리 땐 더했다, 너네는 약과다. 태평천국인 줄 알아라.

—그야 내가 보통 어른들하고 다르다고 말한 적도 없잖아? 뭘 보고 혹시 다르다고 기대했는지 모르겠는데 그건 미안하게 됐다.

그렇게 대수롭지 않다는 듯한 말투로 아이를 쫓아 보내면서도 도와주지 못한 것이 조금 마음에 걸렸던 마는 아이의 시선을 외면하며 일부러 분주히 장비를 정리하는 척했다. 이건 내 소관이 아니야……. 학교 일은 학교 사람들이 알아서 처리하는 것이고 잠깐 머물다 갈 뿐인 방문객이 참견하는 것은 공정하지 않을뿐더러 방송 프로그램을 제작하는 사람의 본분을 벗어나는 일이다. 지금까지 거쳐 온 수많은 학교들을 고려하면 형평성에도 어긋나지.

학교를 찍되 그 학교의 아이들과 교사들에게 너무 깊이 공감

하거나 빠져들지 않는다, 아울러 그들끼리의 일에 개입하지 않는다—감동은 시청자의 몫이며, 제작자는 몸도 마음도 어디까지나 일정한 제삼자의 거리를 유지한다. 그것이 카메라에 객관성과 정확성을 담보해 준다……. 기존 다른 프로그램을 만들 적에도 마는 파인더 너머에 숨어 있을지 모르는 온기를 담아내는 데에 소질이 없다고 스스로 느꼈고, 꼭 그만큼의 관심과 적당한 거리감 및 냉정함이 자신의 최선이자 유일한 재능이라고 믿었다.

무엇보다 마는 직전까지 그 운동부가 기합받는 장면을 촬영했고 교사도 별 거부감 없이 승낙해 주었으며, 촬영 막바지에는 마의 요정대로 교사가 아이들을 하나하나 직접 일으켜 주고 어깨를 다독거리기까지 했다. 그만큼 했으면 교사도 스스로 무안해지거나 자신의 행동에 책임을 지는 차원으로 그쯤에서 멈출 거라 믿었다. 그런데 방송 관계자가 현장에서 떠나자마자 다시 시작이라니, 어지간히 해 두지.

마는 불쾌했지만 학교에서 그런 일은 결코 드물지 않았으니 그의 기분은 한심하다는 쪽에 더 가까웠다. 교사뿐만이 아니라 교사를 그렇게 몰아가는 학교라는 공간 자체가 원래부터도 한심했다……. 그러나 세상 물을 그만큼 먹은 사람 같으면 대중적 분노를 일으킬 만한 사회적 사안도 아니고, 한심하다는 이유만으로 그 자리에 난입하지는 않는 법이었다. 그걸로 아이의 도움 요청을 거절하고 돌아 나올 이유는 충분했다. 아무리 세상이 변했대도 저 정도는 약과야. 죽긴 왜 죽어, 오버하기는. 그만한 일로 죽을 것 같으면 나 이십 년 전에는 사흘돌이로 황천길 구경했게.

그리고 이틀 뒤 마는 정오 뉴스에서 얼차려 도중 호흡 곤란으로 사망한 고교 2학년 여학생의 소식을 보았다. 관계자의 목소리는 변조되고 학교 건물과 운동장은 부옇게 나왔지만 그건 마가 바로 엊그제까지 찍었던 학교였으며 사망한 A양은 마에게 거절당하고 씁쓸하게 돌아섰던 바로 그 아이였다.

뭐가 달라졌을까, 최소한 옆에 있어 주었더라면. 그날따라 작정하고 아이들을 굴리던 교사를 뜯어말리지는 못하더라도, 그 모두에게 잠시 숨을 고르고 진정할 시간을 주었더라면. 가끔 마는 생각하곤 했다. 그런 의문이 들 때마다 마는 자기 잘못이 손톱만큼도 없다고 부정했고, 지나가는 누구를 붙잡고 물어보더라도 그건 그의 책임이 아니라고 말해 줄 터였다.

그러나 마는 뜻하지 않게 A양과 마지막으로 만난 사람이 되어 버렸고, 목격자 서너 명이 그날 있었던 일을 인터넷 게시판에 올리는 바람에 그는 본의 아니게 학생의 사고사에 동조하거나 방관한 것처럼 묘사되었다. 이 문제가 일파만파로 번지자 마의 프로그램은 도덕성 문제로 방송이 불발되었다. 죽은 학생이 나온 방송을 아무리 편집한들 비난에서 피해 갈 수 없다는 윗선의 판단이었다.

그는 공부하겠다는 구실로 사표를 낸 뒤 새 눈물만 한 퇴직금을

갉아먹으면서 빈둥거리는 동안 자주 그 일을 떠올렸다. 어쩌면 아무것도 달라지지 않았을 것이다, 마가 옆에 있었더라도 교사는 개의치 않고 아이들을 잡아 돌렸을지 모르고, 촬영을 종료한 피디가 남아서 맴도는 것을 못마땅해하며 쫓아냈을지도 모른다는, 그런 알량한 예상으로 일말의 죄책감을 덮어 보려고도 했다. 그 이전에 자신이 왜 관계없는 남의 일에 죄의식 따위를 가져야 하는지 알 수 없다고 혼잣말로 투덜거리기도 해 보았다. 단지 자기 아닌 누구라도 선뜻 들어주기 뭣한 부탁을 받았고, 그것을 거절했다는 이유만으로!

그럼에도 아는 사람들이 옆 테이블에서 자기들끼리 소곤거리기라도 하면 마는 신경이 곤두섰다. 저 사람은 도의적 책임이라는 것도 몰라, 자기 방송만 잘 만들면 그만인 줄로 알아……. 이런 이야기들을 쑥덕거리는 것만 같았다. 참담한 심정으로 마는 입을 열었다. 아니, 오히려 나는 피해자라고, 기껏 만든 프로그램을 방송도 못 하게 된 내가…….

나 때문 아니라고, 나 억울하다고!

그렇게 소리친 줄 알았는데 실제론 머릿속에서 울린 소리였다. 마는 움찔하며 눈을 떴다. 태블릿 피시에 한 손가락을 얹어 놓은 채로 앉아서 졸다가 깬 거였다. 장시간 손을 댄 탓에 화면은 따뜻해져 있었다. 배터리 방전 직전이겠군. 마는 충전 잭을 연결하고 화면에서 인터넷 아이콘을 찾았다.

메일함을 열어 보니 마가 기다리던 소식이 와 있었다. 밉건 곱건 간에 능력과 인맥만은 확실한, 마가 출혈을 감수해 가며 초기에 크게 투자했던 선배 박한테서 온 메일이었다.

오냐. 네가 알아봐 달라던 거, 내 능력껏 다 알아봤다. 너 고작 오백 주고 사람 잘도 부린다? 내가 네 부하 직원이냐, 아니면 흥신소냐? 사람 찾는 게 내 전문도 아니고 웃기고 있어, 이게 아주. 오백 아니라 오천이라도 내 다시는 안 해 준다.

박의 말투는 통명스럽고 못마땅한 것처럼 읽혔지만, 이미 받은 돈이 있기도 해서인지 뜻밖에 협조적이었다. 거기다 이전 연락에서 마가 크게 몸을 낮추어 상대의 취재력에 대해 낯간지러울 만큼의 찬사를 보내며 과장 좀 보태어 사람 목숨 하나 살리는 셈 치고 도와 달라 사정하기도 했고, 박의 마음속에는 아무리 지금은 거래 관계라고 해도 대학 시절에 붙인 인간적인 정의 부스러기나마 남아 있었다.

첫째, 네가 뽑은 열댓 명의 부모들과 직계 가족들. 전제대로 그들은 범죄자가 대부분이니 교도소와 정신 병원 중심으로 찾았는데, 아무도 없다. 이름 석 자 외에는 기록 말소되거나 그조차도 못 찾겠는 경우가 대부분이었어. 사망이 확인된 사람은 다섯 명쯤 되고 나머지는 행방불명이다. 그래서 그 부모고 조부모고 간에 연락이 닿은 사람은 아무도 없다. 여기까지는 그냥 있을 법한 우연이라고 생각했다.

둘째, 그 학교 출신이라는 아이들, 간신히 네 명 접선했는데 이거 결코 적은 게 아닌 데다 너보다는 월등히 좋은 성적이라는 걸 명심해라. 대체 처음부터 취재 요청으로 들이대면 누가 응해 주겠냐. 그 애들 집 근처 슈퍼에서 맴돌다가 담뱃불 좀 빌리자거나 시간을 물어보거나 할 일이지. 문제는 다들 상태가 안 좋아 보였다는 건데, 우선 그중에 제대로 된 직업을 가진 아이는 한 명도 없었다. 무직자 둘에 하나는 만나자마자 도를 아십니까, 다른 하나는 다단계에 빠져 빚더미 상태. 이들은 각각 알코올 중독, 온라인 게임 중독, 약물 중독 같은 증세를 보였다. 말과 행동이 모두 불안정하고 누가 쫓아오나 혹은 엿듣기라도 하나 시종일관 주위를 힐끔거리는 건 기본. 그중 셋은 만성 치질 환자처럼 엉덩이를 제대로 걸치고 앉지도 못하더군. 그나마 말을 가장 많이 한 사람은 게임 중독의 22세 남자였는데, 조리에 맞는 얘기는 10분의 1도 되지 않았고, 말하는 태도에 활기가 없지는 않지만 금방이라도 심근 경색으로 쓰러질 것 같은 낯빛을 하고 있더군. 언제 피시방 한구석에서 컵라면 용기에 코를 처박고 죽어 있어도 이상하지 않을 상태였다.

셋째, 그 섬과 가장 가까운 항구 도시에서 중형급 이상의 병원을 수소문해 본 결과, 재작년에 손가락 절단 사고로 찾아온 학생과 보호자 격인 장년의 남성을 기억하는 응급실 간호사가 있었다. 왜냐면 문제의 남성은 그 전년도에도 전전년도에도 척추 부상자나 뇌사자 내지는 약품에 큰 화상을 입은 환자를 데리고 온 적이 있었다는 거야. 네가 보내 준 정보를 검색해서 대학 병원 시절의 사진을 보여 주니 이 사람 맞는 것 같다더군. 그런데 부상당해서 치료받은 아이들은 모두 가명으로 기록된 모양이야. 거기에 부상자와 혈액형이 동일하다며 만일의 경우를 대비해 따라온 아이들 두엇이 그때마다 있었는데, 수혈이 필요한 상황까지 간 적은 없지만 그 아이들 혈액 검사에서 누구나 할 것 없이 클로니딘 아니면 아토목세틴 성분이 검출되었다고 그러네. 요즘 아이들치고 ADHD 판정을 한 번쯤 받아 보지 않은 아이들을 찾기가 더 힘들다고 하지만, 이렇게 매번 혈액 검사에서 그런 결과가 나올 정도면 단체로 상용하는 것이 아닌가 생각이 든다. 내가 만나 본 그 학교 출신 아이들의 상태로는 주의력 결핍 과잉 행동 장애가 완치되기 이전에 정기적인 약의 공급이 끊겨서 문제가 되었거나, 치료할 필요가 없는 정상적인 아이들이 꾸준히 약을 먹어 온 끝에 부작용이 생긴 게 아닌가 싶다. 판단은 너한테 맡기겠지만 보건의는 따로 파 보는 것도 나쁘지 않을 듯.

이 대목에서 마는 하마터면 그대로 휴지통에 버릴 수도 있었던 동영상 파일 조각을 떠올렸다. 렌즈를 가리던 은휘의 손, 그 손가락 너머로 보이던 급수대와 일렬로 서서 비타민으로 추정되는 무언가를 먹던 아이들. 그 후 이틀날 꼭 1회에 한해 식당 촬영이 허용되었을 때에는 아무리 유심히 둘러보아도 급수대에서 따로 뭔가를 먹는 학생이 눈에 띄지 않았더랬지. 그날 그 시간만 촬영 때문에 약이 지급되지 않았던 거라면.

　넷째, 내 생각엔 이게 가장 중요한 사항인 것 같은데 그 학교 교장, 그냥 월급 교장이 아닌 것 같다. 가계도를 뒤져 보니까 학원 설립자이자 초대 이사장인 최 회장의 이복동생쯤 되네. 지금의 최 사장한테는 삼촌뻘인 셈이지. 물론 지금 최 사장, 그러니까 주니어는 교장의 존재를 인정하지 않고 있어. 자기는 할아버지의 넷째 부인에 이르는 범위만 친척으로 알고 있다고 공공연히 말하곤 하니까. 그러면 교장은 호적 구석빼기에도 끼지 못하는 바깥 어딘가의 자식이라는 뜻이지. 초대 이사장은 눈엣가시 같기는 하지만 부친의 피를 이어받은 인간을 겸사겸사 섬에 구어박아 둔 거라고 볼 수 있겠어. 교장에게 다른 가족이 없고 세속적인 욕망도 비교적 적었기에 가능한 일이었겠지. 청춘을 바친 시골 학교가 학생 수 부족으로 폐교되고 나서 변변한 직업도 없이 살았던 사람으로선 그나마도 기회였을 테고. 젊은 시절 내내 아들로 인정받지 못하다가 뒤늦게 섬과 학교를 얻고 나니 이 안에서는 내가 왕이고 모두 내 맘이다, 하는 생각 안 들었겠냐. 전제 군주가 되려니 외부엔 항시 경계 태세와 폐쇄성을 유지해야 하지. 섬 밖으로 나오면 자기 자신은 보잘것없는 사생아로 되돌아갈 뿐이니 말이다. 그 심리 상태야 내 알 바 아니지만, 지금의 최 사장이 서면상으로 학교 촬영 허가를 내준 건 그 위치와 자격을 인정하고 싶지 않은 삼촌에 대한 시위의 일종으로도 보인다.

그러면 이쯤 해서 그 피시방 체류자하고 나눈 얘기를 자세히 알려 줘야겠지. 사실 얘기한 시간에 비해 영양가는 적은 편이고 그마저도 그 친구의 투렛 증후군 때문에 띄엄띄엄 들었지만, 나 스스로도 놀랄 만큼의 인내심을 발휘해서 끈질기게 붙어 앉은 결과로 건진 내용이 없지는 않았다.

너도 그 학교 들어가서 조사를 했으면, 거기 학생들은 일체의 생활비와 수업료를 내지 않는 대신 1인 1근로를 하고 있다는 걸 알고 있겠지. 그러나 나는 그게 어디까지나 상징적인 의미로서의 노동이라고 생각했고, 운영비 대부분은 최 회장의 기업에서 나온다고 보았다. 처음부터 그러기로 하고 세운 학교였으니까. 내가 조사한 한도 내에서는 이 학교가 정부 보조를 비롯해서 다른 기업체에서 후원을 받은 내역이 없다. 그래도 아이들이 그 작은 공간에서 일을 하면 얼마나 하겠냐. 아이들 노동력을 보잘것없는 잡무 수준이라고 무시하자는 게 아니야. 다만 단체 생활 내내 그 노동력이 어떤 명확한 기준을 갖고 현금으로 환산되는 게 아니라 쉽게 말해 그냥 '몸으로 갚아라.'라는 식이잖아. 그야말로 양심껏 보은하는 정도를 넘지 않을 테고 대중없이 성의껏 바쳐 올리라는 무당집 복채 같은 거 아니겠나 싶었지.

그랬는데 이 아이 말에 따르면, 그 학교를 잠깐이라도 다녔던 아이들에게는 졸업을 했건 중간에 나왔건 간에 자기가 머문 기간만큼의 비용이 청구되더라는 거야. 그 학교는 하다못해 화장실 휴지나 비누 한 장까지 서무과에서 타다 쓰는 시스템인데, 아이들이 찍은 지문에 따라 수업료/식비/잡화비/기타 활동비 등이 세분화되어 청구된 거였어. 학교를 떠나는 아이들은 누구를 막론하고 이 정산된 청구서를 받아 나가지. 청구서에 적힌 총액은 기본이 천만 원 대에서 시작이라는군. 삼 년을 그 학교에 있었다는 이 아이는 약 오천만 원의 빚이 있다고 그랬어. 넓은 학교 부지를 유지하는 비용, 그 넓은 장소를 이백 명이 채 안 되는 아이들과 교사들이 전용한 데다 잠자리도 식사도 깨끗하게 잘 나왔고 수업도 괜찮았다면 1인당 그만한 비용이 들 법도 하지. 그러면 아이들이 학교 다니면서 아무리 잔일을 하더라도 교사들 인건비나 충족됐을까.

결국 아이들은 사회에 나와 일하는 대로 월급을 고스란히 빚 갚는 데에 바친 거야. 오백도 거금인데 오천이라는 빚과 함께 사회생활을 시작하는 아이들이, 그 나이에 금방 지쳐 나가떨어지지 않는다면 그게 이상하지. 이제야 비로소 바깥세상에 나와 휴대 전화도 만지작거리고 이성 친구도 사귀고 싶은 아이들이, 섬에 있을 때와 다름없이 자기 몸을 옥죄고 이십사 시간 일에 매달려야 했다면 말이다.

게다가 아이들이 학교를 나와서 할 수 있었던 일들은 자기 혼자 빠듯하게 먹고살 만큼의 월급이 나올까 말까 하는 부류의 것이 대부분이었다. 즉 너 같은 피디나 나 같은 기자질 이런 계통하고는 콧구멍만큼의 인연도 없는. 이 대목에서 솔직히 너랑 나랑도 4인 가족 기준으로 만수무강 누릴 만큼 넉넉한 연봉의 직종인지 어떤지 문제는 접어 두자고. 내가 하려는 말은 아이들이 어떤 종류든 각기 한 가지 이상 중독에 시달려서 스스로의 삶을 방치하게 된 데는 그 두 가지 이유가 있으리라는 거다. 바깥세상에 갑자기 내던져진 데 따른 부작용, 엄청난 스케일의 빚더미. 이쯤 되니 네놈이 왜 아이들을 하나도 못 만나고 섬으로 출발했는지 알 만하더군. 아이들은 빚 독촉을 받으면서 점점 외부와의 접촉을 끊었겠지.

어쩌자고 아이들에게 거액의 빚을 부담시키는지. 도대체가 불행한 환경에서 자란 아이들을 올바른 길로 이끌어 주자고 만든 학교 아니던가? 이사장 말대로 그동안 학교에 예산이 정상적으로 지급되었다면, 그 아이들이 빚을 갚는다는 명목으로 벌어다 바친 돈은 교장의 주머니로 들어간 게 아닐까도 생각해 볼 수 있겠다.

그러나 아이들 급식 상태와 위생 환경이 꽤 좋은 편이었다는 네 말로 미루어 볼 때 교장이나 교직원들이 자기들 배를 불리기 위해 졸업생들을 닦달했다고 단언할 수는 없겠다. 초대 이사장이 섬에다 교장을 꽂아 놓고 해마다 여러 가지 이유로 집행 예산을 조금씩 삭감했을지도 모르고, 이사장이 바뀌면서 노골적으로 절반 뚝 잘라먹었을 수도 있지. 현재 이사장이 이끄는 기업은 해외 수출을 노리던 유아용 교재 개발이 중도에 엎어진 데다 이사장 본인이 모체인 교육 기업과는 성격이 다른 정수기와 공기 청정기 사업에 무리하게 손을 대기도 했고, 장부 조작설에 주가 조작설도 떠돈다. 진상이 어떨지는 그 학교 서무과에서 장부라도 빼 와야 알 수 있겠지만, 학교가 아이들에게 꾸준히 통제 권력을 행사하면서 부족한 운영비를 메우기에 적절한 방법의 하나로 보이네. 한마디로 교육을 빙자한 앵벌이 키우기라고 말해도 심하지 않아. 만약 네가 이제 막 취직했는데 네 부모가 널 앉혀 놓고 이십여 년간의 의식주 비용과 교육비를 이제부터 벌어서 갚으라고 하면, 뭐라고 하겠냐. 진작 갚을 맘이 있었다 하더라도 일할

맛이 나겠냐. 거기에 다달이 이자가 붙어서 사채업자에게 쫓기다 장기 매매 각서에 사인까지 요구받는다면 말이다.

특별 부록으로 증거물도 보내 주고 싶었는데 그건 못 했다. 청구서 내역이나 그동안 이메일과 우편으로 받은 독촉장, 직장에 다녔을 무렵의 통장 사본 같은 것들을 보여 달라고 했는데 절대 안 된다더군. 당신이 허언증이나 정신 질환이 아니라고 믿고 싶지만 증거가 없는데 어떡하냐 했더니, 댁이 믿어 주기를 바라지도 않고 댁이 물어봤으니 얘기해 준 것뿐이라 하더군. 피해망상의 전형적인 사례와는 또 조금 달라 보였어. 그래서 일단 네가 그런 자료를 갖고 있다는 걸 믿겠다, 절대로 어디다 써먹지 않겠으니 보여 다오 했는데, 오히려 댁 말을 못 믿겠다잖아. 하긴 안 믿는 게 현명하지. 기자가 뭔가 결정적인 사안을 보여 달라고 할 때는 대개 어딘가에 써먹거나 뒤통수를 치려고 그러는 법인 줄 잘 알더라. 쓰더라도 네 이름은 반드시 지우겠다, 학교 이름만 나오면 된다 했는데 절대로 안 된대. 눈에 초점도 안 맞는데 정신 줄은 아주 놓지 않은 모양인지, 상황 판단을 제대로 하고 있더라니까. 이걸 보여 주는 순간──손에서 떠나가자마자 더 이상 자기 것이 아니게 된다는 걸, 이름을 넣지 않겠다는 약속 따위는 헌신짝만도 못하게 버려지리라는 걸 잘 알고 있었어. 아니면 자기 자신 말고는 그 누구도 믿어서는 안 된다는 사실을 일찍부터 주입받았거나 혼자 깨달았거나.

그래도 내가 신문사에 몇 년을 있었는데 체면이 말 아니다 싶어서 갖은 소리로 어찌어찌 구슬렸거든. 그런데 갑자기 이 친구, 약 먹을 시간이라도 됐는지 마지막으로 고개 끄덕이기 직전에 자리를 밀치고 일어나더라. 더 이상 뭔가를 요구하거나 따라오면 죽여 버리겠대. 너도 방송 일 했으니 알겠지만 우리가 어디 그런 어설픈 협박에 네 그렇습니까 살펴 가십쇼, 그 러지 않잖아. 차 타고 슬슬 쫓아갔더니 걸어가던 애가 갑자기 뒤돌아서는 뭔가를 조수석 차창에 꽂았어. 뭔지 상상할 수 있겠냐? 십자드라이버였 어. 아니, 정비 일도 얼마 못 하고 그만뒀다는 애가 도대체 드라이버를 왜 갖고 다니는 건데? 그쯤 되니까 나도 더 이상 캘 마음이 없어지더군.

아무튼 내가 보이는 성의는 여기까지다. 나머지는 거기서 네가 알아서 하든지. 차 수리비는 나중에 너 돌아오면 따로 청구할 테니 그렇게 알아 둬. 그런데 도대체 너는 무슨 프로그램을 만들기에 이런 지저분한 뒷이야 기를 캐내는 거냐? 혹시라도 네 생각과 영 다른 곳에 들어가 있거나 나한 테 조사를 부탁한 일련의 사실들로 인해서 실제 위협을 느끼고 있다면, 지금이라도 프로그램을 포기하고 그 섬에서 가능한 한 빨리 나오기를 권 하고 싶네. 거기서 뭉개고 있을 시간에 나 같으면 다른 프로그램 세 개를 만들겠다. 설마 거기서 영웅놀이라도 하려는 건 아니겠지?

p.s. 너 이전에도 방송팀이 한 번, 신문사와 잡지사에서도 한 번씩 거 기를 찾아갔다고 들었다. 방송과 잡지는 사실 확인이 되지 않았고, 신문 사는 마침 우리 회사 길 건너편 있는 데라서 알아봤거든. 그런데 그 학교 에 관한 기사는 검색이 되긴 하는데 막상 링크를 타고 들어가면 삭제되었 다고 그래. 해당 꼭지의 내용과 담당 기자를 알고 싶다 문의했더니, 이제

여기 근무 안 한다면서 이름도 안 가르쳐 주더라. 결국 새끼 기자들 몇 잡아다가 오 년 사이에 그만둔 기자 명단을 입수해서 부서와 나이 등을 따져서 추려 나갔더니 세 명이 나와. 연락을 시도해 봤더니 그중 두 명은 그런 기사 담당한 적 없다고 그러더군. 나머지 한 명은 어땠을 것 같아? 행방불명으로 퇴직 처리되었다고 그러네.

7장

곽에게는 잠깐 미용 실습하는 교실을 촬영하고 있으라고 부탁한 상태였다. 집에 전화를 해도 좋으냐고 메시지를 보냈을 때, 은휘는 서무과에서 일하는 중이니 전화는 비서실에서 자유롭게 쓰시라고 답을 보내왔다. 단 전화 사용 대장에 기록하는 것을 잊지 말아 달라고 덧붙였다.

마는 비서실 문을 열었다. 창문이 없어서 어두운 작고 네모진 공간이다. 은휘는 금방 돌아올 예정인지 책상에 LED 스탠드가 켜져 있다. 책상과 전화, 컴퓨터 외에는 아무것도 없어 어딘가 눈에 띄지 않게 감시 카메라가 붙어 있을 만한 환경은 아니다.

교장실 안쪽 문 너머에서는 인기척이 들리지 않지만, 넓은 교장실에서 노인 한 명이 신문을 넘기거나 몸을 움직여 보았자 그 소리가 여기까지 닿을 리 없으니, 실제로 그 안에 사람이 있는지는 노인이 재채기라도 하지 않고서야 확신할 수 없다. 그래도 일단 안에 있다고 생각해 두는 편이 좋다. 마는 천천히 은휘의 책상 앞으로 다가갔다. 발소리를 내지 않으려 애쓰지만 어쩔 도리 없이 발에 실리는 자신의 체중이 원망스럽다.

아무리 교장이 각별히 총애하는 학생이라도 은휘 역시 교장의 심부름 등으로 어딘가에 이 전화기를 써서 연락할 때는 음성 내용이 녹음될 것이며, 이 컴퓨터 또한 인터넷이 되지 않는 단순 사무용이거나 제한된 사이트 접속만이 가능할 것이다. 은휘가 무언가를 검색한 기록은 그대로 보존되어 특별한 이유 없이도 교장이 어느 때고 열람할 수 있을 것이며, 은휘는 학교 업무를 위한 아이디 외에 개인 이메일 계정도 갖고 있지 않을 것이다.

키보드를 무작위로 하나 누르자 모니터가 밝아진다. 컴퓨터를 켜 놓고 간 걸로 보아 은휘는 머지않아 돌아올 모양이다. 그사이 단 몇 분 안에라도 세무 관계와 재정 상태를 기록한 엑셀 파일들을 찾을 수 있다면.

그러나 몇 분 만에 찾을 수 있는 환경이 아니다. 아무 폴더나 짚이는 대로 쑤셔 본 엑셀 파일만 해도 수백 개인데 그 파일들 이름은 '연말정산자료' 같은 알아보기 쉬운 말이 아닌, 모두 무의미한 영어로 되어 있다. 컴퓨터 하드를 통째로 복사해서 낱낱이 열어 보지 않는 한 의미 있는 자료는 찾기 힘들어 보였다. 신의 손으로 우연히 클릭한 게 들어맞는다면 모를까. 하드 파티션은 총 네 개로 나뉘어 있고 C 드라이브에는 운영 체제와 프로그램이 담겨 있으며 나머지 D, E, F에 분류 기준을 알 수 없는 많은 파일들이 들어 있다. 중요한 업무 자료는 깔끔한 정리를 위해 분명 하드 한 곳에만 넣어 두었을 테지만, 파일이 너무 많은 데다 파일명뿐 아니라 폴더명까지 모두 의미 불명의 영문자로 되어 있어서 무엇이 중요한 단서인지 알 수가 없다. 학교 관계자만 알아볼 수 있는 암호로 제목을 붙인 모양인데 하나하나 열어 보려면 하드 복사밖에 방법이 없다.

마의 주머니 속에 든 USB 메모리 용량은 32기가바이트이고, 이 가운데 지금까지 촬영한 동영상 사본은 10기가바이트가량을 차지한다. 은휘의 컴퓨터에 들어 있는 파일들은 파티션마다 알 수 없는 기준으로 널려 있긴 하지만 주로 워드 문서나 엑셀, 파워포인트 등에서 생성된 저용량의 파일들이기 때문에 총 4기가바이트 정도다. 용량만으론 USB에 담기에 무리가 없겠으나 몇천 개에 이르는 파일을 복사하는 데에 시간이 얼마나 오래 걸릴 것이며, 도중에 은휘가 돌아온다면……. 그다음 장면은 상상하고 싶지 않았다.

여-기-서-달-아-나

인터뷰 때 남긴 그 의도 불명의 암호에 대해 은휘는 이후 한 번도 언급하지 않았고 마 또한 장난인지 진지한 충고인지 캐묻지 않왔다. 그러나 박이 보낸 메일을 받고 진지함 쪽으로 마음은 기울어져 있다. 그렇다면 은휘가 기대하는 바는 마가 단지 촬영을 서둘러 마친 다음 아무것도 알려 들지 않은 채로 그대로 철수해 가는 것인지, 아니면…….

그 애는 고의로 컴퓨터를 켜 놓고 갔는지도 몰라.

더 이상 지체하지 않고 마는 메모리 디스크를 USB 포트에 꽂는다. 하드 드라이브 파티션 세 개를 각각 열고 과감하게 전체 폴더 복사를 시도한다. 아무리 은휘가 일부러 화면을 열어 놓고 갔으며 마로 하여금 폴더 복사를 할 시간을 주었다고 가정해도, 문 안쪽이나 바깥에서 갑자기 교장이 들어오기라도 하면 낭패다.

그러나 복사 명령을 내리고 난 즉시 마는 자신이 실수했다는 걸 깨닫는다. 똑같은 4기가바이트 용량이라 해도 동영상 4개와 문서 파일 4천 개의 복사 속도를 비교하면 후자가 당연히 늦다. 화면에 표시된 복사 시간은 16시간 25분 48초다. 컴퓨터 속도에 따라 복사가 진행될수록 화면에 표시되는 시간은 눈에 띄게 떨어지기 때문에 유의미한 지표는 아니지만, 늦는 건 둘째 치고 하드 돌아가는 소리가 심상치 않더니 작업 과부하를 견디지 못하고 그대로 화면이 멈춰 버린다. 파일은 채 스무 개나 옮겨졌을까? 마는 메모리를 잡아 뽑고 강제 종료 단축키를 네댓 번 눌러 보지만 응용 프로그램 작업 관리자 화면이 나타나지 않을 뿐 아니라 어떤 반응도 없다. 완전히 다운되어 버린 모양이다.

본체의 리셋 버튼을 누르고 재부팅 되기를 초조하게 기다리며 마는 도리질한다. 은휘가 컴퓨터를 일부러 켜 놓고 나갔다는 가정이야말로 지나친 기대일지 모른다. 마가 자료를 복사해 가길 바랐다면 적어도 어느 한 폴더는 알아보기 쉬운 이름으로 따로 저장해 놓지 않았을까. 그러기 이전에 마가 촬영 외에 무슨 의도로 어떤 물밑 작업을 하고 있는지 은휘가 눈치챘다고 확신할 수가 없다.

미시라미시. 운영 체제 시작을 알리는 음악이 크게 울려 퍼진다. 스피커가 켜져 있다! 마는 안쪽 문에 귀를 대고 인기척을 살핀다. 다행히 교장은 없는 모양이다. 아니면 이 쪽방에서 으레 은휘가 근무 중이겠거니 생각하거나. 마는 시동이 완료되기를 기다리지 않고 메모리를 다시 본체에 꽂는다. 너무 느려!

곽이 그동안 이 학교에서 만나 본 고압적이며 속을 알 수 없는 인간들과는 달리, 미용 실습 담당 교사 민은 친근한 미소를 띠며 머리를 커트해 드리겠다고 의자에 앉기를 권했다. 곽은 겸연쩍은 웃음과 손사래로 대답했지만,

"마뜩 같지만 한번 도와주시면 아이들한테도 좋은 경험이 될 겁니다."

이 말에 넘어가 결국 카메라를 고정시켜 놓고 의자에 앉았다. 방송 관계자의 머리를 손질하는 모습을 화면에 담아도 나쁠 것 없겠다는 판단이었다. 그동안 다른 교사들의 사무적이고 딱딱거리는

모습만 보아 와서 그런지 민의 친화적인 태도에는 온몸과 마음이 스펀지에 흡수되듯이 편안해졌다. 역시 머리를 만지는 사람이어서 예술가 감성과 서비스직 특유의 감각이 있는 것 같았다. 이 섬에도 로봇 같거나 신경증 환자가 아닌 이런 평범한 사람이 있다는 사실에 곽은 촬영 중인 것도 잠깐 잊었다.

학생 가운데 한 명이 나와 곽의 뒤에 서서 실습하는 동안 다른 아이들은 둘러앉아 참관했다. 그 아이는 중간중간 동작을 멈추었고 민이 가위 잡는 자세와 머리를 다루는 요령을 설명했다. 아직 실습 초보인 데다 외부인의 머리를 자르기는 처음이어서 긴장한 듯, 거울을 통해 바라보니 스타일에 문외한인 곽이 보기에도 양쪽 길이를 맞추지 못해서 계속 번갈아 깎아 나가는 것이 느껴졌지만, 그쯤이야 수업료로 생각하고 이해할 수 있었다. 집에 돌아가면 지영이는 얼굴을 일그러뜨리고 예린이는 아빠인지 몰라 낯설어하겠지. 그러나 가끔가끔 귓불을 스치고 지나가는 가윗날만은 아슬아슬하고 섬뜩했다. 야, 잘 좀 해! 농으로라도 핀잔을 주고 싶었지만, 학생에게 함부로 말을 걸었다가는 그 전까지 화기애애하게 굴던 교사의 태도가 돌변할지 몰라 꾹 참고 있었다.

마가 복사 재시도를 마치고 메모리를 뽑기가 무섭게 바깥쪽에서 문 열리는 소리가 들렸다. 들어온 사람이 은휘라는 게 확인됐을 때 마는 태연하게 수화기를 들고 곽의 집 전화번호를 누르고 있었으며, 자연스럽게 전화를 내려놓는 동작까지 이어 갔다.

"일 보세요."

마는 입 밖으로 튀어나올 듯한 심장을 되삼키며 심상하게 고개를 저었다.

"아니, 상대가 전화를 안 받아서. 다음에 다시 하지."

은휘는 들고 온 자료 뭉치를 책상에 내려놓다가 혼잣말했다.

"어, 내가 켜 놓고 갔네."

마는 가슴이 철렁했다. 이 아이는 화면 보호기가 돌아가지 않는 컴퓨터를 보고 이상한 점을 느낄까? 마가 작업을 종료한 지 얼마 되지 않았기 때문에 모니터는 윈도 바탕 화면이 훤히 드러나 있는 채였다. 그러나 은휘는 아무것도 묻지 않고 마를 의미심장한 눈으로 한번 흘겨보지도 않았기에 마는 주머니 속의 메모리를 꼭 쥐며 돌아섰다.

"그럼 수고."

"네, 들어가세요."

문을 열다가 마는 잠깐 돌아섰다. 은휘는 책상 서랍에서 무언가 찾느라 부산해 보였고, 자리에도 앉지 않는 걸로 보아 얼마 있다 다시 나갈 모양이었다.

"계속 신호가 오면 대답해 주는 게 맞겠지?"

앞뒤를 잘라먹은 말에 의도를 모르겠다는 듯 은휘는 고개를 갸우뚱했다.

"……어떤 신호인지 그 내용과, 자기가 놓인 상황이 어떤가에 따라 다르겠죠? 혹시 제가 아저씨의 호출에 그때그때 대답을 못 드리는 부분이 불편하시다면……."

"아냐. 은휘는 아주 잘하고 있어. 그럼 조금만 더 부탁해."

"그럼요. 그게 제 일인걸요."

마는 복도로 나와 문을 닫았다.

눈빛뿐만 아니라 말과 태도 어디서도 특이점이 드러나지 않고 심상하게 대꾸하는 은휘를 임의로 '우리 편'이라고 간주해도 좋을까? 마는 복도를 걸어가며 자기가 조금 전 저지른 서툰 스파이 짓에 대해 생각했다. 우리 편이라니, 어제까지만 해도 표현조차 부적절하다고 생각했을 일이다. 그건 어쨌든 마와 곽이 적진에 뛰어들었다는 걸 전제로 해야 했다. 그러나 박이 보낸 장문의 메일로 마는 자신의 의구심이 점점 구체적으로 형상화되고 있음을 알았고, 최초 의도가 어쨌든 이제 와서는 이곳을 적진이라 불러도 지나치지 않은 것 같았다. 이런 상태에서 적진의 참모쯤 되는 위치의 은휘와 마음이 통했다고 간주할 만큼 마는 어리석지 않았지만, 적어도 이 아이는 마가 하려는 일을 어느 정도 눈치채고서 도움이나 최소한의 힌트를 주었다고 믿고 싶었다. 한 번 더 대담해지고 싶었지만 이미 한 차례 실패를 겪어서 시간상 도저히 하드 전체를 복사할 수 없었던 마는 드라이브 파티션을 각각 열어 놓고 보다가 은휘가 데려가라고 표시해 놓았다고 생각되는 폴더만 긁어 온 터였다. 그 아홉 개의 폴더는 윈도 기본 제공 색상인 노란색이 아닌 별색 지정이 되어 있었고, 다른 폴더들처럼 단어가 아니라 tgpown 등 무작위 영문으로 이름이 지정되어 있었지만, 다른 폴더들과 구별되는 점이라면 영문 이름 앞에 각각 1부터 9까지 숫자가 매겨져 있어서 '이름순으로 정렬' 옵션을 선택해도 폴더의 배열 차례가 바뀌지 않는다는 것이었는데, 숫자를 제외하고서 그것들의 파일명 첫 글자만 따서 합쳐 보니 'takemeout'이라는 말이 나왔다. 마는 이 아이가 하는 말이나 일들 가운데 더 이상 어느 것도 우연이 아니라고 확신했다.

곽이 촬영을 마치기로 한 때까지 아직 삼십 분가량 남아 있었다. 마는 기숙사로 돌아와 노트북에 디스크를 꽂았다.

*

잘한 일일까?

은휘는 자리에 앉지 않은 채로 데스크톱 모니터를 내려다보고 있다. 시선은 모니터에서 책상 위의 연필꽂이와 서류철, 전화기 같은 사소한 물건들로 차례로 옮겨 간다. 모두 조금씩 손댄 흔적이 있고 무엇보다 마우스가 놓인 위치가 바뀌어 있다.

참 잘했어요. 장신의 한 남자를 기절시키고 두 명의 교사가 끌고 나간 뒤, 일이 이렇게 될 것을 전혀 예상하지 못한 은휘의 떨리는 어깨를 토닥이며 교장이 한 말이었다. 그때 은휘는 지금보다 훨씬 어렸고, 조금만 노력하면 칭찬을 받는 생활을 시작한 지 얼마 안 되는 때였으며, 일찍이 느껴 본 적 없는 보람과 자존감과 황홀감이 온몸으로 넘쳐흐르던 시절이었다. 그분이 왜 그러시는지 모르겠지만 '그런 내용'으로 '어떤 분'과 통화를 하시던데요……. 네, 휴대 전화로요. 아, 그리고 이건 그분이 떨어뜨린 수첩을 주운 건데 직접 돌려 드릴까요……. 은휘가 한 말은 이게 다였다. 그런데 그 수첩의 주인은 사지가 들린 채 끌려 나갔고, 은휘는 어린 나이였지만 그 상황이 자신이 한 말과 관계가 있음을 직감했다. 이제 저 분은 어떻게 되나요? 배에 태워 돌려보내 드려야지. 그런데 왜 재워서 보내요? 그건 네가 신경 쓸 일이 아니란다. 너는 잘해 주었지. 앞으로도 그렇게만 하면 된다.

피디라는 사람을 처음 만나고 그의 말과 행동이 내내 교장이 원치 않는 방향으로 노선을 타는 걸 지켜보는 동안, 은휘는 자신이 결코 두 번 다시는 그 말을 들을 수 없으리란 것을 서서히 예감했다.

참 잘했어요.

*

교사를 한 바퀴 돌아 기숙사로 돌아가면서 곽은 속으로 투덜거렸다. 처음 실습생이 머뭇거리며 머리 양쪽 길이를 어떻게든 맞춰 보려고 시도하다가 결국 보다 못한 민 교사가 다른 아이를 지목했는데 그 아이는 마네킹을 많이 손질해 보아 경험이 쌓인 듯 신속한 가위질로 마무리 지었으나 머리 모양은 이미 내일모레 다시 군대 갈 사람 같았고, 게다가 어느 정도 숙련미를 보이는 듯했던 두 번째 아이가 사실은 뭘 그리 서둘렀는지 또는 초조했는지 결국 곽의 귀를 가윗날로 살짝 베고 말았다. 가느다란 혈관이 많이 분포한 곳이어서 눈썹만 한 상처인데도 피는 금방 멎지 않았다. 지금도 곽은 한 손으로는 카메라를 들고 다른 한 손으로는 휴지로 귀를 눌러 막은 채 걸어가는 중이다.

아무래도 미련하게 틀어막고 있기보다는 보건실에 가 보는 게 낫겠다. 곽은 기숙사로 가려던 걸음을 돌려 교사 후문으로 다시 들어섰다. 넓은 복도를 가로지르며 1층 중앙 현관 옆에 있는 보건실을 찾아가는데 어디선가 퉁— 퉁— 하고 둔탁한 소리가 났다. 캉, 캉이 아니다. 쇠붙이끼리 마찰하는 날카로운 소리라면 어디선가 정비반 아이들이 실습 중이겠거니 생각하겠지만, 지금 들리는 소리는 그보다 깊고 무거워서 두꺼운 고무 같은 것으로 금속을 두드리는 것에 가까웠으며, 뭔가 정밀한 작업 중이라기에는 소리 간격이 길었고…… 확실히 말할 수는 없지만 육체노동이 일으키는 최소한의 활기가 아닌 무거운 절망 같은 것이 느껴졌다.

바깥에서 들리는 소리가 아니다. 곽은 멈춰 서서 복도 양쪽을 둘러보았다. 어느 교실에서 울리는 소리라기에는 너무나 감이 멀었

다. 정적이 흐르는 복도에 선 채로 소리의 행방을 찾다가 곽은 중
앙 계단 오른쪽에 붙어 있는 철문을 발견했다. 그 철문은 작고 폭
이 좁아 배선실(配線室) 문으로 보였는데, 통제 구역이라는 표지판
은 없었지만 문고리가 빨랫줄로 묶인 상태였다. 보통 건물의 배선
실을 이렇게 끈으로 묶어 두는 경우는 없었다. 곽이 그 철문에 손
을 대고 가만히 있자 얼마 뒤에 진동이 느껴졌는데 짧게 세 번, 길
게 세 번 다시 짧게 세 번이 하나의 패턴을 이루었다. 또다시 다음
번 소리가 나기까지 간격이 벌어졌다. 곽의 짐작대로라면 이 진동
은 SOS를 뜻하는 모스 부호였고, 소리의 진원지는 철문 너머였다.

　곽이 가지고 있던 라이터로 불을 붙여 빨랫줄을 끊어 내자 별다
른 추가 장치 없이 손잡이가 돌아가고 문이 열렸다. 열쇠나 자물쇠
가 따로 없어서 급한 대로 줄로 얽어 두었던 모양이다. 문 크기로
보아 잘해야 창고 정도 되겠다고 생각했던 공간은 알고 보니 계단
실이어서, 그 아래 폭이 좁은 나선형 시멘트 계단이 이어져 있었
다. 철문을 여니 소리가 좀 더 선명하게 들려왔다. 곽이 다시 라이
터 불을 밝혀 보자 계단은 생각보다 더 깊이 뻗어 있었다. 소리는
그 아래 어딘가에서 들려오는 게 확실했다.

　곽은 카메라를 켜고 촬영 환경 설정에서 자체 밝기를 최대한으
로 올렸다. 녹화 단추를 누르고 어깨에는 카메라를 올려 메었다.
다른 한 손으로는 발밑을 더듬기 위해 라이터를 켠 채로였다. 무슨
용도의 지하실인지 알 수 없지만 알전구 하나 없는 것으로 보아

아무래도 제대로 된 공간은 아닐 터였다. 무엇보다 거기서 소리가 들려오지 않는가. 곽이 계단을 따라 천천히 내려가자 소리는 점점 가까워지고 분명해졌다.

마침내 곽은 소리의 진원지인 또 다른 철문 앞에 다다랐다. 최대한 발소리를 죽였는데도 철문 너머에서는 인기척을 알아챈 듯, 구조 신호가 멎은 대신 문 아래 뚫린 구멍으로 한 소년의 목소리가 새어 나왔다.

"누구 있어요?"

그건 내가 묻고 싶은 말이다! 곽은 그때까지 참고 있던 숨을 몰아쉬며 대답했다.

"거기 누구세요? 학생인가요?"

"아, 방송 아저씨다……."

몸속에서 구동 가능한 모든 장치를 다 써 버린 듯, 그 소리는 피와 살을 가진 사람의 음성이 아니라 꺼지기 직전의 연기 같았다.

"거기서 뭐 해요?"

"듣고 오신 거 아니에요? 운동화를 벗어다가 문을 계속 두드리고 있었죠."

"아니, 그러니까 문이……."

말하다가 곽이 라이터로 문손잡이를 비춰 보니 철문 밖으로 검은 자물쇠가 채워져 있었다.

"아저씨, 지금 며칠이에요?"

“27일인데.”

“이틀 지났네. 엊그제 싸움 장면 찍다가 지우셨죠?”

“아, 그 학생이에요? 그런데 이게 웬일이에요?”

“저도 모르겠어요. 잠들었다가 깨어나 보니 여기예요. 창문도 없고 깜깜해서 얼마큼 시간이 지났는지도 모르겠더라고요. 얼마나 깊은 지하인지 감도 안 잡히고, 소리가 바깥 어디까지 닿을까 싶어서 계속 두드려 본 거예요. 아저씨, 여기 지하 몇 층이에요?”

곽은 그때의 난투극과는 별개로 이 아이가 왕따를 당해서 못된 애들이 골탕 먹이느라 이런 데다 가둬 놓은 줄로 알았다.

“나도 몰라요, 간이식 계단 같은 걸 두어 바퀴 돌아서 내려온 터라……. 이거 쇠로 채워져서 못 열겠네. 가서 아무 선생님이라도 불러올까요?”

“아…… 아직, 아직이에요, 아저씨, 잠깐만 기다려 주세요. 제가 지금 머릿속이 뒤죽박죽이라서 판단이 안 서요.”

곽은 그 아이가 겪는 혼란을 이해할 수 있었다. 빛이 전혀 들지 않는 공간에 혼자 갇혀 있으면 시간 개념이 없어지고 감각이 둔해져서 사태를 장악하기는커녕 제대로 파악조차 할 수 없게 마련이며, 지금 이렇게 정상적으로 대화를 한다는 사실부터가 놀라울 만큼의 침착성을 증명한다. 그러나 당장 도움을 청해야 하는 상황에서 망설이는 건 이해하기 어려웠다. 뭘 판단까지 해 가면서 미적대는 거야? 여기서 일단 나오고 보는 게 당연하잖아?

"제가요…… 아무래도 이게…… 선생님이 한 짓인 것 같아서
요."

"무슨 헛소리를 하는 거야. 선생님이 이런 짓을 할 리 없잖아. 너
와 싸운 아이가 이래 놓은 게 아니었어?"

곽은 초조해진 데다 어이가 없어져서 이제 말도 짧게 나갔다. 그
는 평소 마와 달리 나이 어린 학생들한테라도 어른과 마찬가지로
예를 갖추고 대하는 게 도리라며 선배의 거침없고 단도직입적인
인터뷰 태도를 비판하곤 했더랬다.

"아니 그게…… 사실 처음부터 선생님 짓이라고 어렴풋이 짐작
하긴 했는데, 그래도 혹시나 해서요. 뭔가 잘못된 거라면 누군가
소리를 듣고 도와주지 않을까 했는데, 이 학교 건물에 대해 전혀
아는 바 없는 아저씨가 찾아 내려왔을 정도면, 선생님들은 듣고서
도 가만있는 것 같아서요. 그렇다면 아저씨가 지금 나가서 뭐라고
한들 들은 척이나 하실까, 아니면 아저씨도 모종의 불이익을 당하
지 않을까 싶어요."

"그런 말이 어디 있어. 어둠 속에 오래 갇혀 있어서 엉뚱한 생각
이 드는 거야."

곽은 카메라를 내려놓고 자물쇠를 잡아당겨 보았다. 물론 자물
쇠 고리는 꿈쩍도 하지 않고 그의 손에 잡혀 이리저리 찰캉거리기
만 했다.

"도와줄게. 누구라도 불러올게. 네 말처럼 선생님이 한 짓이라

쳐도 내가 가만히 안 있을 거야. 사람이 이런 법은 없어."

곽은 철문 너머 아이의 머리가 점점 돌아 버리는 중인 것 같아 평소의 자신답지 않게 필요 이상으로 말을 건넸다. 그러나 머릿속 혼란은 이 아이 못지않았다. 녀석이 정신 나가서 하는 소리겠지만, 설마 만에 하나라도 정말 이 녀석 말대로라면 그다음은 어떤 일이 벌어질까? 나는 도와주겠다는 말에 책임질 수 있나? 아니면 학교에서 하는 일이니 손을 떼고 관망할 건가?

"이런 법은…… 있어요. 우리 학교니까 충분히 가능한 일이에요."

나도 알아, 알겠어! 곽은 화가 치밀어 올라 애꿎은 자물쇠만 계속 쥐고 흔들었다. 머릿속에 스쳐 간 몇몇 장면들, 지금까지 지나쳐 온 그 어느 학교보다도 폐쇄적이고 음울하고 이루 말할 수 없을 만큼 총체적으로 비일상적이었지. 이러고도 남을 인간들이 한둘이 아니지, 여기는! 대체 잘못한 아이를 며칠이나 가둬 놓고 교정이 된다고 생각하는 건가! 그나저나 다른 한 녀석은 어디 다른 데다 갖다 놓았나? 곽은 마가 그동안 무엇을 불편하게 여기는지, 그 자신도 확실치 않다는 표정으로 일관했기에 다만 관망하는 입장이었다. 그보다도 곽은 설령 눈치챘던들 관여하고 싶지 않았다. 살갗을 타고 오르는 가닐거리는 감각이 뇌 주름까지 스며들었지만, 이 섬에서 나가 예린이를 두 팔 가득 안으면 금방 잊히는 종류의 것이라고 믿었다. 정말이지 아무것도 알고 싶지 않았고 참견하고 싶지 않았다⋯⋯. 직접 눈앞에서 이 일을 보기 전까지는.

선배 생각이 맞았어요.

곽은 지옥 너머를 탐색하는 심정으로 굳게 잠긴 문손잡이를 힘주어 잡았다.

"잘 들어. 방법이 있어. 너를 당장 여기서 꺼내지 않으면 지금까지 내가 내려오면서 찍은 이 동영상을 어디든 제보하겠다고 할 거야."

그렇게 말하면서도 곽은 지금까지 있었던 일련의 일들로 보아서는 그런 어린애 떼쓰는 수준의 엄포가 통할지 확신할 수 없었다. 바로 이틀 전에 카메라를 부숴 버리겠다는 경고까지 받지 않았던가.

"그래 주시면 고맙지만 그랬다가는 아저씨한테 무슨 일이 있을지 저도 장담 못 하겠네요. 나는 다만 이 징계가 며칠이나 계속되는지 알고 싶었을 뿐인데. 정말로 가둬 놓고 잊어버린 건지, 처음부터 날 죽일 작정이었던 건지, 아니면 내일쯤은 꺼내 줄 예정이었는데 괜히 아저씨를 끌어들여서 긁어 부스럼을 만든 건지."

어둠 속에 이틀을 갇혀 있던 아이가 오히려 곽보다 사고가 명료했다. 어쨌든 이 학교의 입장이나 방침, 상황에 대해서는 그 아이가 더 잘 알 터였다.

"알았다. 그러면 일단 가서 사실 관계부터 확인해 볼게."

이게 누군가의 짓궂은 장난인지, 정식 징계인지. 학생을 어떻게 선처해 달라는 말보다는 단지 걱정스러워하면서 몇 마디 물어보는 시늉을 해야겠다. 징계가 맞는다면 관식은 넣어 주고 있는지, 하루 몇 번이나 대화로 교화를 시도하는지, 교내에서 학생 간 폭력을 휘두를 시 이렇게 된다는 본때를 보여 주는 게 목적이라면 대체 며칠 뒤에 아이를 꺼내 줄 예정인지. 그러자면 일단 지하로 몸소 내려왔다는 사실을 숨길 수가 없을 테고—곽은 철문에서 조금씩 뒷걸음치며 생각했다—일단 모르는 척, 뭔가 이상한 소리가 계속 들리던데요……부터 시작해 볼까. 그러면 이 인간들이 사실대로 얘기해 주기는 하려나. 나가서 그들을 만나기 전에 언제 빼앗겨 밟힐지 모를 카메라부터 숨겨 두는 게 우선이겠다.

그렇게 생각하며 계단을 오르기 위해 몸을 돌렸을 때 곽은 눈앞에 서 있는 교사 정을 보았다. 뭐라고 변명하거나 주워섬길 말을 찾기도 전에 곽은 눈앞에 바람을 일으키는 몽치의 끝 부분을 보았다.

8장

마지막으로 보건의는 마의 입속을 들여다보고 나서 청진기를 내려놓았다.

"열은 없고 가슴 소리 괜찮으시고, 목도 붓지 않았는데 말입니다. 뭐 일상적인 알레르기 환자가 환경이 바뀌면 스트레스를 받아서 지금처럼 괜히 마른기침이 나기도 하니까요……. 그 왜, 외국 처음 나가는 사람들이 물갈이하고 그러지 않습니까. 도시 먼지를 익숙하게 마시고 살아오신 피디 선생께는 어쩌면 섬 바람이 맞지 않는지도 모르겠습니다."

마는 역지로 쥐어 짜낸 기침을 거푸 두 번 하며 고개를 가볍게 끄덕이는 시늉을 했다. 극적인 연기를 필요로 하는 기침 감기보다는 차라리 인상만 제대로 쓰면 웬만큼 그럴듯하게 보이는 두통이나 복통이라고 말할 걸 그랬다.

아닌 게 아니라 마는 정말로 숨이 차올라 목구멍을 압박할 지경이었다. 비서실에서 기숙사로, 다시 보건실로 이어지는 경로 자체도 숨 가빴지만 훔쳐 온 파일을 노트북에 옮기고 내용물을 확인하는 긴장 때문이 더 컸다. 이 많은 파일을 한 번에 박에게 보내서 검토해 달라고 부탁할 수는 없었다. 얼굴에 철판을 깔자면야 못 할 일도 아니지만 그가 귀찮아하면서 대용량 파일을 내려받기조차 하지 않을 수도 있을 테니까. 신문사로서도 좋은 기삿거리가 될지 모른다는 말로 꾀는 데에도 한계가 있었다. 시간이 걸리더라도 직접 확인 및 분류해서 임팩트가 강한 몇 개의 파일만 보내고 나머지는 추가로 전송하는 게 나을 것 같았다. 결국 마는 파일을 옮기는 데까지만 마치고 보건의를 탐색하러 돌아 나온 길이었다. 오늘 중으로 보건의까지 캐내지 않으면 촬영 마감일도 촉박할뿐더러 교장에게 꼬리를 밟힐 수 있었다. 마가 입은 카고 바지 주머니에는 은휘와 메시지를 주고받는 호출기 외에도 언제든 몸에 밀착하여 소지하지 않으면 불안한 USB 메모리와 꼭 그만한 크기의 녹음기가 들어 있었는데, 마는 녹음기 배터리가 얼마나 남았는지 몰랐으나 일단 레코딩 버튼을 누른 상태였다.

보건의는 캡슐약과 알약 몇 개를 서랍에서 꺼내 내밀었다.

"지난번에도 잠깐 말씀드렸습니다만 저는 자연환경이 사람에게 약이라고 생각하기 때문에, 급한 불을 꺼야 하거나 위중한 증세가 아니면 약을 처방하지 않습니다. 그래도 피디 선생은 이미 도시에서 만들어진 몸바탕이 있으니 이틀 치만 드리겠습니다. 하루 세번, 과용은 하지 마시고.”

“고맙습니다.”

약을 받아 일어나다가 마는 아까 보건실로 들어왔을 때부터 곁눈질했던 은색 트레이를 한 번 더 바라보았다. 똑같은 색과 크기의 알약이 반투명 유산지에 낱개로 싸여 트레이에 10열 종대로 담겨 있었다.

“말씀처럼 되도록 약을 쓰지 않는 게 바람직하다는 데에는 저도 동의합니다. 같이 온 친구 있죠, 그 친구 부인은 아이가 열이 펄펄 끓는데도 물수건으로 찜질하는 것 외에 최소한의 해열제마저 쓰지 않을 정도라 합니다. 부작용은 물론이고 몸의 자연적인 회복력을 떨어뜨린다나요.”

“일리 있는 얘기입니다. 어디까지나 사람 체질 나름이고 잘못될 경우 뇌병변이 생길 수 있어 특별히 주의해야 하지만요……. 혹 더 하실 말씀이 있으십니까?”

“그런데 어째서 저 쟁반에는 누구더러 복용하라고 똑같은 약이 저렇게 많이 준비되어 있나 해서요.”

“아, 저거요.”

보건의는 일어나더니 무심한 듯이 트레이를 집어다가 높은 선

반에 올려놓았는데 사실상 그건 상대의 눈에 안 닿게 치워 버리는 동작이었다.

"이게 말이죠, 뭐냐…… 아이들한테 제공되는 그냥 비타민입니다. 한창 잘 먹고 자랄 나이의 아이들이 조금이라도 영양 불균형이 되어서 몸에 문제가 생기면 제가 면목이 없어서, 예방 차원입니다."

"아…… 비타민이군요. 저도 계속 눈이 침침하고 몸이 처지는데 비싸지 않으면 하나 얻을 수 있을까요?"

"하하, 피디 선생은 나중에 돌아가셔서 더 좋은 걸로 드시죠. 저기, 그, 십 대 아이들 체질에 맞춰진 거라 선생께서는 드셔도 소용없으십니다."

약에 관해 일반인이 알 까닭이 없으니 꽤 그럴듯한 거짓말이 될 수 있음에도 불구하고 보건의는 연기가 영 서툴러 보였다. 보건의한테서 별다른 미심쩍은 이야기가 나오지 않자 마는 지금이라도 녹음 명령을 취소하고 싶었으나 주머니에 손을 넣는 사소한 행위마저 수상하게 보일까 하여 꾹 참았다. 어차피 불필요한 내용이라면 나중에 기숙사로 돌아가 지워 버리면 될 일이다. 지금은 보건의한테서 유의미한 대답을 끌어내는 일보다 문제의 약을 빼돌리는 게 중요했다. 성분 검사를 의뢰하려면 넉넉잡고 약봉지 두 개는 확보해야겠는데 보건의의 경계 태세로는 그건 힘들 것 같다.

"그런데 말입니다. 정식 조리사와 영양사가 제대로 근무하고 있

다면 아이들의 영양 불균형을 굳이 걱정할 필요 없을 텐데요. 이중
으로 예산이 소비되는 일도 없을 거고요."

"무슨 말씀을 하고 싶으신지."

"전문 인력 없이 학생들이 조리와 배식을 모두 담당하고 있지
않습니까. 1회 50인 이상에게 식사를 제공하는 단체 급식소에서 영
양사를 두지 않는 것은 식품위생관리법 위반이 아니냐는 겁니다."

사실 마가 궁금한 것은 따로 있었지만 일부러 보건의의 주의를
다른 데로 돌려 보았다. 트레이에 놓인 약을 어떻게든 얻어 내거나
집어 빼돌릴 생각이었다.

"흠. 분명 그런 법률은 있기는 하겠습니다만 그게 제 전문 분야
는 아니어서 말입니다. 그런데 말이죠, 그 뭐냐. 그렇게 따지자면
군대 취사병도 영양사 자격증 취득자에 한합니까?"

"군대는 군대 나름의 고질적인 문제가 이루 헤아릴 수 없이 많
지만, 군대와 학교를 같은 맥락으로 놓는 사고방식이 지금 시대에
도 통한다고 생각하시면 곤란하죠."

다른 교사들처럼 정색하고 산뜻하게 무시해 버려도 그만인 것
을 보건의는 자꾸만 최선을 다해 쓸 만한 말을 찾다 보니 점점 대
답이 궁해지는 모습이 눈에 보였다.

그런 보건의를 난국에서 구해 낸 건 그때 보건실로 들이닥친 윤
과 정이었다.

"피디님. 잠깐 의논을 드릴 일이 생겼습니다. 교장 선생님께서

호출하셨으니 같이 가 주시겠습니까.”

 마는 그동안 여러 교사들에게 삐딱한 태도를 보여서 트집거리를 제공하기는 했지만, 지금처럼 ‘전달자 1인’이 아니라 만일의 경우 힘으로라도 끌고 가겠다는 의지가 엿보이는 ‘연행자 2인’이 나타난 상황을 두고 초연하게 ‘올 것이 왔군.’이라고는 도저히 생각할 수 없었다. 단지 교장실로 오라는 전갈 같으면 은휘가 메시지를 보냈을 일인데 지금은 교사들이 몸소 모시러 온 게 심상치 않았다.

 그나저나 마로서는 교장이 자신을 어떻게 보고, 조금이라도 더 풍채가 좋아서 효율적인 압박을 가할 수 있는 교사들을 놔두고 이 마른 꼬챙이와 단식 1개월 차 수도승을 보냈는지 모를 일이었다. 목례를 하고 돌아서는데 마는 등 뒤에서 보건실 문이 닫히기 전에 살았다는 듯이 토해 내는 보건의의 작고 가벼운 한숨 소리를 들을 수 있었다.

 순순히 따라나서는 마의 양팔을 윤과 정이 각각 팔짱 끼듯 붙들었다. 이미 피의자를 끌고 가는 자세였다. 양팔에 실린 힘으로 마는 파일을 복사한 걸 들켰음을 짐작할 수 있었고, 이들 두 사람이 겉보기와 달리 보통 장정 네댓 명 몫을 하겠다는 판단도 들었지만 짐짓 웃어넘기며 몸을 틀었다.

 “아이고, 선생님들 무슨 일이세요. 이렇게 친근하게 대하시니 제가 어찌할 바를 모르겠네요.”

 “두 발만 움직여서 가만히 따라오세요.”

윤이 차갑게 대꾸하며 팔을 낀 손에 조금 더 힘을 넣었고, 마는 어깨 혈관이 부풀어 오르며 뻐근해지는 걸 느낄 수 있었다.

"무슨 일이신지는 몰라도 이런 방식은 좀 그런데요. 혹시 평소 아이들을 이런 식으로 범죄자처럼 끌고 다니셔서 습관이 되어 버리셨는지."

"매번 이러지는 않습니다."

"그럼 지금은 무슨 경우인지 여쭤 봐도 되겠습니까?"

"가시면 알게 됩니다."

그러나 그들이 마를 이끌고 간 방향은 교장실이 아닌 기숙사 방향이었다. 마는 더 이상 아무것도 묻지 않았지만 설마설마했는데 기숙사에 들어선 순간 일이 어찌 되어 가는지를 알아차렸다. 활짝 열린 205호 문과 밖으로 끌어내어진 곽의 가방들, 널브러진 옷가지들이 보였다. 205호 안에는 교장과 은휘가 서 있었는데, 은휘는 마침 마의 가방 지퍼를 닫다가 고개를 들었다. 마와 마주친 두 눈동자는 조금 흔들리는 듯했지만, 그것이 두려움이나 원망 또는 비난 가운데 어떤 종류의 떨림인지 마는 알 수 없었다.

"이게 지금 다 뭡니까? 신은휘 씨. 남의 가방을 왜 막 뒤지고 있어요?"

은휘는 자기 옆에 선 교장을 돌아보는 것으로 대답을 대신했다. 이제 그들이 파일 복사본 때문에 이런 짓을 하고 있음이 확실해졌지만 마는 섣불리 입을 열지 않았다. 그나저나 곽은 이미 촬영을 마치고도 남았을 텐데, 기숙사가 이렇게 들쑤셔지도록 어디서 뭘 하고 있는지 모를 일이었다.

뒷짐을 지고 서 있던 교장이 한 발 앞으로 나섰다.

"규정을 어겼으니 촬영은 중단해 주시고, 촬영한 데이터는 모두 빼서 저희에게 주십시오."

"무슨 규정을 어겼다는 겁니까? 신은휘 씨에게 설명 들은 대로 따랐는데요."

"데이터는 여기만 들었나? 다른 데는 없던가?"

교장은 마가 하는 말을 못 들은 척 무시하면서 은휘에게 물었고, 은휘는 고개를 끄덕였다. 마는 그 순간 뒷머리로 피가 쏠렸는데, 새삼 교장의 악의 가득한 태도 때문이 아니라 그가 손에 쥐고 흔들고 있는 게 분명 곽이 늘 들고 다니는 카메라였기 때문이다.

"전문가들이시니 분명 사본이 어딘가 있겠지. 노트북은 봤나? 따로 챙기지그래."

"노트북은 한 대뿐이었습니다. 그것만 갖고 가서 확인하면 될 것 같아요."

교장과 은휘의 대화를 듣다가 마는 그때까지도 자신의 양팔을 붙들고 있던 윤과 정의 손을 내던지듯 뿌리쳤다.

"이봐들. 누구 노트북을 맘대로 갖고 간다 열어 본다 지랄들이십니까? 그 카메라 주인한테 허락은 받고 만지작들 대십니까?"

"허락이라고요?"

교장은 코웃음을 치다가 사레가 들렸는지 잔기침을 여러 번 했다.

"착각에도 정도가 있습니다. 지금 돌아가는 상황을 잘 모르시나 본데, 대여가 아니고 압수입니다. 우리가 원하는 데이터가 모두 삭제될 때까지 카메라도 노트북도 우리가 갖고 검토하겠습니다. 그러니 시간 끌지 마시고 촬영 데이터 추가분이나 사본이 있다면 그것도 내주시지요. 많이 봐 드리는 겁니다."

사본이라는 말에 마는 자기도 모르게 바지 주머니에 손을 넣을 뻔했다. 주머니에 USB 메모리가 있다는 걸 저들에게 들켜서는 안 된다. 그 와중에 다른 쪽 주머니에서는 아직도 녹음 진행 중이었는데, 녹음기의 여분 공간이나 배터리 잔량이 얼마나 되는지 마는 짐작할 수 없었다.

"저희가 뭐 잘못된 거라도 찍었습니까? 카메라 주인은 지금 어디 있습니까?"

"저희가 안전한 곳에 편안히 모셔 두었으니 염려 마시고, 원본과 사본 다 내주시면 얘기 안 해도 만나게 해 드립니다."

아무리 들어 봐도 그건 감금을 부드럽게 돌려 하는 말이었다. 곽을 인질로 잡았다는 것과 반복해서 촬영 데이터만을 요구하는 것으로 미루어 볼 때 마가 복사한 엑셀 파일들과는 무관한 상황 같았다.

"영 이해를 못 하시는 것 같아서 간략하게 말씀드리자면, 그 카메라 감독님께서 들어가서는 안 될 구역에 발을 들여놓으셨고 찍</p>

어서는 안 될 걸 찍었습니다. 금지 사항을 이렇게 예사로 어길 정도니 기존 촬영분이 어떤 방식으로 편집될지 도무지 예측이 안 가서 방송을 하게 놔둘 수가 없습니다."

"금지 구역이라니 어디 말씀입니까?"

"그건 밝힐 수 없습니다. 자, 어떻게 하시겠습니까. 촬영한 사본 모두 내놓고 안전하게 도시로 돌아가시든지, 아니면 계속 버티다가 카메라 감독님의 처지까지 곤란하게 만드실 건지."

"……둘 다 생각을 좀 해 봐야겠습니다."

그 말은 상대방의 간을 보아 가며 비아냥거리는 게 아니라 마의 진심이었다. 그로선 데이터와 무사 귀가 가운데 어느 쪽도 포기할 수 없었고 무엇보다 곽이 지금 어디에 어떤 상태로 있는지 모르는 채로 섣불리 데이터를 넘겼다가 뒤통수를 맞지 않으리라는 보장도 없었다.

"여유 부리고 계실 동안 카메라 감독님이 어떻게 되어도 상관없으시다면요. 거기 정 선생, 신은휘가 이걸 다 혼자 들고 가기 힘드니 좀 도와주세요. 신은휘, 너는 그 노트북이랑 나머지를 교장실에 갖다 놓고 대기해라."

은휘는 고개를 꾸벅하고는 곽의 트렁크를 끌고 앞서 나갔다. 정이 노트북과 자질구레한 물건을 챙겨서 그 뒤를 따랐다. 비좁은 방을 가로질러 마의 어깨에 거의 닿을 듯 스쳐 지나가면서도 은휘는 눈짓이나 인사 따위 없이 철저한 외면으로 일관했는데, 이 순간 그것은 교장의 충실한 비서로서 의무를 다하는 모습이었다.

마는 최대한 움직임을 자중하고서 윤을 곁눈질했다. 윤은 아까보다는 헐거운 자세를 취하고 있었지만 여전히 찌를 만한 빈틈은 보이지 않았다. 아무리 나머지 한 사람이 무방비 상태의 칠십 노인이라고 해도 만만한 상황이 아니었다. 게다가 지금까지 접해 온 이 학교 인간들 특성상 보건의를 제외하곤 그 누구의 무력도 얕볼 수 없었다.

어떻게 이 난국을 넘기고 곽의 안위를 확보할지 고민하는 마의 머리에는 과부하가 걸렸는데 아이러니하게도 그 들끓는 문제 중 가장 비중이 큰 것은 바로 직업병, 곽이 과연 무엇을 보았는지에 대한 참을 수 없는 궁금증이었다.

"그 녀석이 무얼 찍었기에 교장 선생님 심기를 건드리고 이렇게까지 특단의 조치를 내리시기에 이르렀는지, 잘 모르겠습니다만……."

마는 뒤에 서서 언제 공격할지 모르는 윤을 의식하며 말을 이었다. 윤이 갑자기 다가와 주머니에 손을 찌르기라도 하면 그걸로 끝이었지만, 그렇다고 마 자신이 주머니에 손을 댈 수도 안 댈 수도 없는 상황이었다.

"보나마나 제대로 된 장면은 아니겠습니다. 보통 금지 구역이 있다는 건 어딘가 구리거나 위험하다는 뜻이니까요. 녀석은 그걸 제대로 간파했나 보네요."

바람 빠지는 듯한 소리를 내는 교장의 웃음은 분명 조소였지만 표정만은 개운치 않았다.

"위험하다……고 해도 틀린 말은 아닙니다. 하지만 우리가 흔히 잊고 있는 게 있지요. 금지가 그 안의 위험하거나 더러운 것으로부터 바깥의 것을 지키기 위한 수단이라고만 생각해서야, 문제가 있지 않겠습니까. 오히려 그 안의 소중한 내용물을 보호하기 위한 장치라는 생각은 해 보셨는지요."

간단히 말해 카메라와 마이크를 든 바깥의 불순물로부터 내부의 신성을 지키겠다는 의지였다. 교장은 정말로 자신의 왕국이 순수와 결백과 질서로 이루어져 있다고 믿는 모양이었다. 그동안만큼은 자신이 그저 관리자에 지나지 않는다는 현실을 망각할 수 있기라도 한 걸까.

"하나만 여쭤 봐도 되겠습니까."

"데이터 반납을 해 주신다면 뭐든지 물어보셔도 좋습니다. 대답을 해 드릴지 여부는 봐야겠습니다만."

어쩌면 처음부터 열쇠를 전혀 엉뚱한 데다 꽂고 비틀어 댔는지도 모른다는 생각과 함께 양쪽 카고 바지 주머니에 든 증거 자료 때문에 엄청난 무게의 중력을 견디며 마는 천천히 입을 열었다.

"처음에 저는 이 학교 이름처럼, 자라 온 환경과 무관하게 아이들의 잠재력을 믿고 밀어주는 게 기본 원칙이라고 생각했습니다.

수업 형식에서는 그런 점도 없잖아 눈에 띄었고요. 하지만 제가 지금까지 본 바에 따르면 입으로는 아이들에게 무한한 가능성을 얘기하면서 실제로 수업 내용에 있어서는 전문성을 담보하기보다는 기초적인 수준을 반복 답습하는 것처럼 보였습니다. 물론 모든 일에서 기초의 중요성을 무시할 수는 없지만, 좀 더 명확하게 말하자면 기초를 다지는 작업 이하, 그러니까 어느 한계 이상의 머리를 쓸 필요가 없는 단순 노동에 가까운 커리큘럼이 아닌가 생각이 들었습니다. 그런 의아한 부분들이 무의식중 저희가 찍은 필름에 반영되었을 수도 있습니다. 하지만…….”

교장이 자신의 행적을 어디까지 알고 있는지 확신할 수 없는 상태이니 마는 이메일로 박이 전달한 내용 가운데 어느 하나도 언급해서는 안 된다고 생각했다.

“제가 오해를 하는 거라면 죄송합니다만, 저는 교장 선생님과 이 학교가 여기 있는 아이들을 발전시키기보다는 어느 정도 수준에서 선을 긋거나 심지어는 돋은 싹을 잘라 버리고 싶어 한다는 느낌을 받았습니다. 간혹 집구석은 수많은 문제로 미어터지는데 자식새끼들은 계속 팔에 끼고 제 손안에서 놀게 하고 싶어 하는 비뚤어진 부모들을 보았는데요, 교장 선생님한테서도 그런 모습이 엿보였다는 겁니다. 뭐가 그렇게, 신문부터 모임까지 아이들에게 제한할 것이 많고 금지된 일투성이입니까. 일선 학교에서 흔한 폭력적이고 비효율적인 통제도 이보단 훨씬 낫습니다.”

교장은 불편한 심기를 감추지 않았는데, 마는 이전에 그런 표정을 많이 본 적 있었다. 내가(우리가) 도대체 뭐가 잘못됐다는 겁니까? 여기서 뭘 더 어떻게 했어야 한다는 말입니까? 마가 입시 지옥을 진단하는 프로그램을 만들었을 때, 우울증으로 자살을 시도한 청소년들이 정신과에서 치료를 받다 보면 거의 정해진 코스로 부모를 호출했는데 그 부모들의 표정이 하나같이 그랬다. 우린 최선을 다했고 우리에겐 아무 문제 없으며 이 자리에 나온 게 매우 불쾌하지만 정말로 문제없음을 증명하기 위해 온 것뿐이라는, 연소자를 지배하는 자기만의 방식이 몸에 배어 있고 자기 확신으로 가득 찬 표정들. 그들은 대개 방송 막바지에 이르면 눈물을 흘리며 자녀를 포옹했지만 대체로 그 눈물의 의미는 참회보다는 억울함이나 자존심에 입은 상처였다.

"……모든 일에는 일장일단이 있고, 한 가지 일이 반드시 하나의 목적만을 가지라는 법은 없습니다."

교장은 아까보다 편안해진 자세로 침대에 걸터앉으며 말했다.

"우리 학교 시설을 지금까지 죽 둘러보셨으면 아실 테지만, 이렇게 생활 환경이 제대로 갖춰진 곳은 흔치 않을 겁니다."

"그건 인정합니다. 환경이 더할 나위 없이 깨끗하지요. 빈틈없는 일정에 딴생각할 틈 없고 공기는 맑고 특히 식생활에 관한 한 지금껏 보아 온 어떤 학교보다 낫다고 생각합니다. 하지만 그러면 뭐합니까, 그……."

그 밥값은 대체 어디서 충당하고 있습니까? 기타 운영비를 위해 졸업생들의 피와 살을 쥐어짜고 있지는 않습니까? 정말로 나라에서 땡전 한 푼 지원받지 않는 게 맞습니까? 혹시 모기업에서는 지원 예산을 삭감하지 않았습니까? 이런 건 물어볼 수 없었다.

"……그 아이들이 이토록 훌륭한 환경에서 서로 원활하게 의사소통하지 못하고 결국 폭력 시비가 붙는 데에는 뭔가 이유가 있습니다. 멀쩡한 사람을 무균실에 가둬 버리면 세균이 아닌 다른 이유로 앓다 나자빠지지 않겠습니까."

"보통 사람이라면 그렇겠지요. 하지만 우리 학교는 나름의 논리에 따라 움직입니다. 결코 이 아이들을 그대로 놔둬도 되는 멀쩡한 아이들이라고 생각하시면 안 됩니다. 방치했을 경우 미래의 범죄자가 될 확률이 높은 아이들을 데려다가 우리는 최선의 교육을 실시하고 있습니다. 최상,이라고는 감히 말씀드리지 않겠습니다. 무엇이 최상인지는 견해차가 있을 테니까요. 그러나 분명한 건 이 아이들은 약육강식의 사회에서는 최선조차 경험해 보지 못하고 열외로 밀려났을 가능성이 농후하다는 점입니다. 어째서 우리가, 소각되지 않는 구제 불능의 잔여물을 그나마 재활용이 가능한 형태로 복구하는 데 힘쓰고 있다는 자부심마저 가져서는 안 된다는 말입니까? 이미 알아보신 바와 마찬가지로 아이들에게 양질의 교육을 받게 하고 긍정심을 고취하는 게 우리의 일차 목표입니다. 사회가 버린 아이들을 사회에 다시 쓰이게 만드는 게, 그 방법상 모두의 동의를 얻기 힘들더라도 칭찬받지는 못할망정 잘못된 일이라고는 생각하지 않습니다.”

“그 부분에 대해서는 다른 선생님들께 이미 마르고 닳도록 들었습니다. 하지만 교장 선생님이 더 신경 쓰고 계신 건 역시 기존의 사회 아닌가요. 쓰레기를 거둬 가는 분들의 임무는 결국 주민들을 쓰레기 옆에서 살지 않게 하는 거니까요. 그렇죠?”

“제 얘기를 중간에 자르지 마세요. 피디님은 그렇게 성격이 다급하셔서 지금까지 사회생활을 어찌 해 오셨는지. 저는 쓰레기라고까지는 말 안 했습니다.”

“제 사회생활까지 걱정 안 해 주셔도 됩니다. 그 말이 그 말 아닙니까? 재활용이라니, 상대를 쓰레기로 간주하지 않고선 할 수 없는 말이죠. 게다가 진짜 쓰레기는 여기 있는, 부모 잘못 만나 힘없고 백 없는 애들이 아니라 보통 그 반대쪽에 많이 분포해 있죠.”

“패를 누가 쥐고 있는지 빤히 보이는 상태에서 괜한 허세를 부리고 있군요. 뭐 그 정도도 안 해서야 영 체면이 서지 않을 테니 그만한 건 봐 드리겠습니다. 한데 이렇게까지 물어보셨을 적에는 이미 웬만큼 짐작하고 계신 거 아닙니까? 우리는 저 아이들이 각자의 적절한 위치에서 사회에 쓰이도록 구제하고 있지만, 밀도 있는 지도를 그려 주고 앞에서 인솔자가 손짓한다 해서 모두가 따라올 수 있는 건 아닙니다. 필연적으로 낙오자가 생기지요. 그런데 여기서 중요한 건 이 섬에서의 낙오자란 여건 탓이 아니라 본인의 의지 부족이나 성향 때문이라는 사실입니다. 핑계의 여지가 없는 완벽한 환경을 일단 제공한 다음의 일은, 아이들이 우리의 기대에 부응하지 못하는 경우까지 완벽하게 관리가 되면 얼마나 좋을까마는, 현실적으로 힘들다고 하겠습니다……. 충분한 기반을 갖추지 못한 채 사회에서 버려진 아이들을 보듬는 일은, 이 아이들 자신의 역량 향상을 위해서이기도 하지만 결국 미래에 이 아이들이 악의를 품고 공격할지도 모르는 사회와 그 선량한 구성원들을 보호하기 위함입니다. 모든 가난한 아이들을 다 끌어안았으면 좋겠지만 아직 적절한 때가 오지 않았을 뿐입니다."

"끌어안아요? 우리끼리 말 그렇게 골라 하실 필요 없죠. 편안하게 그냥 격리라고 하시지요. 말로는 아이들의 잠재력을 믿고 끌어올린다고 노래를 부르지만 실제론 상한선을 두어 가면서 하겠다는 거 아닙니까, 이 아이들의 능력이 그 잘나신 사회 구성원들을 압도하지 못하도록 말입니다. 그러니까 요컨대 이 아이들이 사회에 충실히 부역하는 동시에 기득권, 그러니까 기존의 구성원들에게 덤비지 못하도록 모아 놓고 순한 양이 되게 잘 길들이는 임무를 수행 중이시라는 거잖아요."

"아이들에게 상한선이 있다면 그건 자신들이 그어 놓은 금이지요. 학교의 기본 커리큘럼에만 의지하지 않고 자기 한계를 넘어서려는 의지가 있는 아이라면 누구나 더 좋은 교육을 받을 수 있습니다. 하지만 이 아이들은 아무리 일깨워 줘도 자신의 출신 성분이 좋지 않으니 난 고작해야 여기까지라고 지레짐작하면서 그대로 굳게 믿어 버립니다. 그런 감정은 여기서 일해 보신 분만이 알지 피디님같이 잠깐 왔다 가는 분은 모르십니다."

"한계를 왜 못 넘어서는지 이유도 아실 텐데요. 지리적으로도 갇힌 아이들이 이것저것, 하다못해 개인 아이디 하나 만들 수 없게 통제받는 상황에서 더 넓은 세상을 보고 싶은 의지가 생기겠습니까? 아이들의 신념을 그 수준에서 고착화시키는 건 당신네들이에요. 그냥 아주 섬에다가 자기들만의 왕국을 만들고 싶다고 하세요. 말이 나왔으니 얘긴데, 그 좋은 환경을 제공해 주면서 그런 환경을 만드는 비용은 대체 어디서 나오는 겁니까? 모기업에서 그렇게 호화롭게 지원이 되나 보죠?"

마는 이제 분노를 조절하지 못하고 터뜨리는 시늉을 하기 시작했는데, 겉모습은 이판사판에 가까웠지만 실제로는 예산을 언급하여 슬쩍 흘리는 방식으로라도 교장의 입을 열게 할 수 있지 않을까 하는 기대가 있었다. 또한 격분으로 인해 자연스럽게 말이 빨라짐으로써 저장 공간이 얼마 남지 않았을 녹음기에 되도록 많은 내용을 집어넣으려는 의도였다.

그러나 교장은 그렇게 호락호락 속여 넘길 수 있는 사람이 아니었다. 십여 초에 이르는 침묵이 흐르고, 예리한 교장은 마가 손익을 계산하거나 주춤거릴 여유를 더 이상 주지 않았다. 교장은 가볍게 한숨을 쉬며 윤을 가리켰다.

"윤 선생하고 정 선생 두 분이 어째서 그렇게 기초적인 실수를 했는지 모르겠습니다. 요즘은 컴퓨터가 주머니에도 들어간다고 하던데요. 아니, 그…… 컴퓨터가 아니고 뭐더라. 어쨌든 여기 오기 전에 피디님 옷부터 뒤졌어야 하는 거 아닙니까."

"미처 생각 못 했습니다. 죄송합니다."

윤은 마의 앞쪽으로 돌아와 정중하게 고개를 숙였다.

"잠깐 실례하겠습니다."

이어서 주머니 쪽으로 손이 오자 마는 뒤로 슬쩍 물러섰다.

"속옷까지 뒤지겠다는 말입니까?"

"겉옷에서 안 나오면 속옷과 양말, 속옷에서 안 나오면…… 다시 보건실로 끌고 가서 엑스레이 정도는 찍어 보겠지요. 삼켰을 수도 있으니."

"이봐요, 당신들은 둘이고 나는 혼자인 상황에서 무방비 상태의 사람을 홀딱 벗겨 놓고 둘이서 스트립쇼를 감상하시겠다고요? 나는 당신네들 학생이 아니고, 몸수색은 일대일로 하는 게 원칙입니다. 마땅히 방을 옮겨 주셔야 하는 거 아닙니까?"

나는 당신들 학생이 아냐. 그 말에 윤이 순간 멈칫거렸고 교장은 조금 전보다 더 깊은 한숨을 쉬었는데 그 날숨은 거의 짜증스러운 신음에 가깝게 들렸다.

"피디님이 어찌나 까다로운지 제가 돌아앉아 있어야겠습니다. 이 정도는 양해하시겠지요. 저도 더 이상은 양보 못 합니다. 제 인내심이 어디까지인지 시험해 보시는 건 이걸로 그만두시죠."

교장이 마에게 등을 돌린 채 창문을 보고 앉았다. 뒤통수에 눈이 달리지 않은 이상 이제 저 일흔 노인도 일시적으로 무방비 상태였다.

"그럼 신발 속을 먼저 보시겠습니까."

마가 쭈그리고 앉아 신발 끈을 풀 것처럼 자세를 취하자 윤은 무심코 계속하라는 뜻으로 고개를 까딱했다. 이런 상황에서도 윤은 여차하면 두 손을 쓰기 위해 팔짱을 끼지 않고 손끝을 아래로 향하게 하여 자세를 풀고 있었는데 마로서는 거치적거리는 게 없어 오히려 고마운 일이었다.

마는 풀 듯하던 신발 끈을 단단히 묶은 다음 갑자기 몸을 세차게 일으켜 머리로 윤의 턱을 들이받았다. 윤은 혀를 깨물었는지 채 터져 나오지 못하는 비명을 잇새로 흘리며 순간적으로 얼굴을 가렸다. 보통 이런 상태에서 낮은 위치에 몸을 둔 약자가 바로 생각해 낼 수 있는 공격이라면 상대의 허리를 끌어안아 밀어 넘어뜨리는 유형인데 이 경우 좁은 방 안에서 그리 효과적이지도 않고 조금만 컨트롤을 잘못해도 둘이 함께 나동그라져 버리기 일쑤였다. 마가 윤의 얼굴이 다 가려지기 전에 머리로 코와 인중 사이를 들이받자 윤은 아찔해져 눈을 제대로 뜨지 못하면서도 손을 휘저어 마의 멱살을 단단히 붙들었고, 그 힘은 역시 보통이 아니어서 60킬로그램이 넘는 마의 발이 허공에서 대롱거릴 정도였다.

교장이 몸을 일으켰다. 이제 세 발짝만 움직이면 이리로 다가와 윤을 도울 수 있었다. 목이 죄어 눈앞이 부예지면서 출렁거릴 때마는 팔을 넓게 펼쳤다가 손바닥으로 윤의 양쪽 귀를 동시에 세차게 내리쳤다. 고막이 터지는 듯한 압력에 윤은 마를 떨어뜨렸고, 마는 그대로 윤의 가슴을 걷어차 다가오는 교장한테로 밀어 버렸다. 일흔 노인이 윤의 몸을 걷어 내려고 잠깐 허우적거리는 틈을 타 마는 방 밖으로 나가 문을 닫았다.

그가 머리 끈으로 문손잡이와 고리 사이를 재빨리 묶어 버린 것과 교장이 날렵하게 몸을 일으켜 문에 부딪쳐 온 것은 거의 동시였다. 교장이 뭐라고 소리치며 문손잡이를 흔들자 문이 덜컹거리며 곧 손잡이에서 머리끈이 튕겨 나가거나 끊어질 듯했다. 마는 달렸다.

*

정은 소파 옆에 트렁크를 부려 놓고 마의 노트북은 펼쳐서 교장의 책상에 올려놓은 다음 은휘에게 고개를 돌려 물었다.

"이게 끝이니? 더 없었어?"

은휘는 고개를 끄덕였다.

"처음부터 뭐 별로 짐이 많지도 않았어요."

교장실 문을 안쪽에서 잠그고 두 사람은 비서실로 나왔다. 은휘가 자기 책상으로 돌아와 서무과에서 넘겨받은 서류를 팔랑일 때까지도 정은 비서실 밖으로 나가지 않았고, 두 사람 사이에는 무의미하지만 어딘가 불편한 침묵이 흘러서 은휘는 입을 열었다.

"선생님, 차라도 타 드릴까요?"

그렇게 말하며 고개를 드는데 책상 건너편에 있던 정은 어느새 옆으로 다가와 있었고 그의 손이 은휘의 가슴을 난폭하게 움켜쥐었다. 그게 무슨 뜻인지 짐작하면서 은휘는 숨을 멈추고 정을 빤히 올려다보았다. 이어서 그 손이 배로 천천히 내려왔고 다음으로 엉덩이를 한 번 쓸어내리다가 떨어졌다.

"이상하단 말이지……."

은휘는 대꾸하지 않고 그 자리에 서 있었다. 이런 순간에 몸을 비틀거나 저항하면 어떻게 되는지 은휘는 종종 보아 왔다. 선생들은 비품이 없어지거나 하면 의심 가는 학생들을 꼭 이런 식으로 검사하곤 했다. 그리고 이어지는 날선 소리와 구타 내지는 제식 훈련. 알고 보면 분실된 물건은 꼭 엉뚱한 데에서 나왔고, 선생들은 고적한 섬에서 너희들의 정신 상태가 나태해질까 봐 일부러 그랬다고 자랑스럽게 얘기하곤 했다. 세상 어느 누가 이런 방식으로 정신을 통일하고 자세를 가다듬는다는 건지 아이들은 이해할 수 없었지만, 그럼에도 선생들을 따를 수밖에 없었던 이유는 하나였다. 선생들 아니더라도, 그 어디서라도 그 누군가라도 자신들에게 비숫한 일을 했거나 앞으로 하리라는 것을 아는 데에서 나오는 순응.

그때 휴대 전화의 문자 메시지 착신 알림이 울리는 바람에 신경이 분산되고 흥미를 잃은 정은 고개를 까딱하며 문을 나섰다.

"그럼 일 봐."

"네."

비서실 문이 닫히고 나서도 한참 지난 뒤에야 은휘는 참고 있던 숨을 토해 내고, 자기가 조금 전에 발끝으로 밀어 바퀴 달린 서랍장 밑에 숨겨 둔 마의 태블릿 피시를 끄집어냈다. 기숙사 방을 뒤지다가 교장이 다른 가방을 뒤엎느라 신경이 쏠린 틈에 헐렁한 작업복 아래 숨겨서 가져온 일종의 전리품이었다.

조금 전 정과 나란히 걸어올 때 배 부분을 팔로 받쳐 고정하며 온 것을 눈치채인 것 같았으나, 평소보다 한 치수 큰 옷을 입고 있던 은휘는 책상 너머로 돌아오는 동안 허벅지를 타고 흘러내린 문제의 피시를 바짓단 아래로 떨어뜨려서 밀었다. 얇고 작은 피시가 양탄자 바닥에 소리 없이 부드럽게 떨어지기가 무섭게 정이 몸을 더듬어 뒤졌으나, 그때는 이미 은휘가 발끝으로 사각지대에 밀어 보낸 뒤였다. 아슬아슬한 순간이었다.

일단 태블릿 피시는 확보했지만 은휘로서는 패턴 암호 때문에 초기 화면을 열 수 없었고, 아홉 개의 점으로 만들 수 있는 패턴의 경우의 수만 해도 몇만 가지는 넘을 것이므로 실은 교장이 이 피시를 손에 넣더라도 주목하지 않을 가능성이 있었다. 그러나 어떻게든 암호를 풀어내라는 명령을 교사들에게 내려 마침내 답을 찾아낼 가능성에 비해서는 터무니없이 작았다.

도망친 피디를 잡아 오라는 교내 방송이 나온 것은 그로부터 이십 분도 지나지 않아서였다. 은휘는 태블릿 피시를 서랍 깊숙이 숨겨 두고 자기 호출기를 꺼냈다. 버튼을 누르고 3단계의 하위 디렉터리로 들어가자 화면에 마의 현재 위치가 붉은 점으로 깜박거렸다. 화면이 작아 조금씩 이동을 하는 중인지 그대로 머물러 있는지까지는 확신할 수 없었으나, 웬만큼 산에 익숙한 사람이 아니면 당분간은 그 비슷한 지점에서 맴돌 것 같았다.

호명하는 학생들 운동장에 집합하라는 안내 방송을 들으며, 은휘는 필통에서 미니 드라이버를 뽑더니 호출기 뒷면을 열고 부속품 하나를 제거한 다음 원래대로 다시 덮었다. 간단한 기계의 작동에 꼭 필요하면서도 눈에 잘 띄지 않는 부속품을 뺐다가 제자리에 끼워 다시 살리는 정도는 꼭 공업 과목을 선택하지 않더라도 이 학교 학생이라면 대부분 할 수 있었다.

이런 미봉책으로 언제까지 버틸 수 있을지는 알 수 없었으나, 이로써 교장이나 다른 교사가 자신의 호출기를 빼앗아 피디의 위치를 추적하는 일은 당분간 막을 수 있을 터였다.

마지막으로 은휘는 주말에 산행할 때마다 가방에 챙기는 첼트자크를 꺼내서 고정 지지대 역할을 하는 철사를 뽑아 버리고는 작게 접어 작업복 가슴 안쪽에 구겨 넣었다.

원래 계획대로라면 마는, 등산 경험이 풍부하지 않은 데다 초행 길이라 성공할 자신은 없었지만 산 너머 인가로 가서 도움을 청할 생각이었다. 은휘가 건네고 간 첼트자크를 방공호 삼아 무사히 밤을 보내고 그사이 피도 멎은 것까지는 좋았지만 계속 그 자리에 머물러 봐야 될 일이 없었다.

물론 그 계획에도 무리수는 있었던 것이, 고립된 섬 안에 열 가구 남짓밖에 없으니 그들끼리 결속력이 강할 것이고 외부인을 환영하지 않거나 경계하는 정도를 넘어 적대시할 것이 충분히 예상되었다. 거기에 주민들은 의료나 교통 관련해서 수시로 학교의 도움을 받고 있다. 편의와 은혜를 베풀어 주는 학교가 무언가를 숨

기거나 잘못하고 있으리라는 상상은 꿈에도 하지 않을 테고, 봉두 난발에 피 묻은 옷과 같이 수상쩍어 보이기에 가장 적합한 조합의 몰골로 나타난 사내가 뜬금없이 들이닥쳐 뭐라고 호소한들 개풀 뜯어 먹는 소리로나 알겠지. 그들을 속여 넘길 수 있을까. 방송 촬영 도중에 산에서 낙오되었습니다. 전화 한 통만 쓰게 해 주세요. 대사는 대략 그 수준에서 준비되어 있다……. 그 이전에 이 산에서 무사히 건너편으로 내려갈 수 있을지도 미지수다. 마는 아직까지 정신이 맑았지만 산의 지형은 어디나 비슷비슷했고, 초행길에 혼자인 상태로는 건너편 인가인 줄 알고 내려갔는데 알고 보니 제자리에서만 맴돌아 결국 다시 학교가 나온다면 그보다 난감한 일은 없을 터였다.

그래도 가 보는 수밖에 없다고 생각하며 마는 몸을 일으켰다. 그리고 어젯밤 만일을 대비하여 꺼 두었던 호출기를 다시 켰다. 그 만일이란, 몸을 덮을 구호 수단을 가져다주긴 했으나 본질적으로는 교장 소속의 사람인 은휘가 마의 위치를 교장에게 보고했을지 모른다는 가능성과, 그렇지 않더라도 교사나 교장이 은휘의 호출기를 뒤늦게 빼앗아 뒤쫓을 경우였다.

신규 메시지가 네 건이나 도착해 있었다. 메시지 도착 시간은 7시 15분, 아이들이 아침 운동 나가기 직전이었다.

——15시부터 16시까지 북문 방향 출구에서 제2교사에 이르는 길이 비어

있음

　—제2교사 우측 문으로 들어가면 지하실로 연결되는 계단 나옴 / 지하 복도 통해서 직진 / 제일 끝 계단 통해 2층으로 올라가면 세탁실

　—세탁실 간이식 창문이 열려 있음 / 들어가서 이불 빨래 속에 숨어 계실 것 / 혼모랑 다른 애들이 협조할 것임

　—가능하다면 올라간 길 그대로 따라 내려오실 것

　이 말을 믿을 수 있을까? 마는 발끝으로 돌들과 나뭇잎들을 공연히 밀고 끌며 은휘에게 일어났을지 모르는 여러 가지 일이나 심적 변화 방향에 대해 생각해 보았다. 한 가지 의아한 점은 아무리 용건만 간단히 전하는 메시지라 해도, 세탁실에 사람을 숨겨 둔 다음의 계획에 대해 전혀 언급이 없다는 사실이다. 어떻게 수를 써서 새우잡이 배를 불러 보겠다든지, 아니면 교장과 다른 교사들의 분노가 일시적인 것이니 그동안 결을 삭이고 촬영을 마무리하도록 설득시켜 보자든지. 설득이 가능한 사람들이라면 애당초 마가 반발하지 않았을 테고 곽도 어딘가에 처박히지 않았을 테니 별로 현실적인 전개는 아니다. 설마 그대로 세탁실에 숨어서 평생을 살라는 건 아닐 테고. 은휘는 그다음에 어떻게 협조해 주겠다는 뜻일까? 정말 도울 마음이 있기는 한 걸까? 이게 함정이거나 여기 악의가 담겨 있을 가능성은? 지금까지 은휘가 보여 준 일련의 행동으로 미루어 보면 도와주려는 의지를 담은 메시지 같은데 어째서 그

다음 계획은 나와 있지 않을까. 은휘 자신도 당장 뾰족한 수가 없으니 일단 닥치고 숨어 있으라는 뜻으로 받아들이기엔, 지령이 너무나 구체적이었다. 그러나 올라간 길을 그대로 따라 내려오라니, 이건 대체 어떤 의미로 받아들이면 좋을까?

어쩌면 은휘는 거기까지 전송했다가 빡빡한 일과 시간에 맞춰 움직이느라 미처 그 이후를 입력하지 못했을지도 모른다. 그사이 교장 무리에게 호출기를 빼앗겼을 수도 있다. 현재 은휘의 호출기는 꺼진 듯, 그 애의 위치가 화면에 점으로 표시되어야 하는데 아무것도 나타나지 않았다. 마가 이 섬에 온 뒤로 은휘의 호출기가 꺼진 것은 처음 있는 일인데 이게 교장 무리가 쳐 놓은 함정인지 은휘의 진심인지 알려면 호출기를 계속 켜 놓고 수시로 들여다보면서 위치 표시가 산 쪽으로 가까워지는지를 살펴야 한다. 만일 그런 기미가 조금이라도 보인다면 호출기는 은휘가 아닌 그들 손에 넘어갔다는 뜻일 테고, 그러면 신호가 닿지 않는 산 너머로 도망가야 할 것이다……. 마는 문득 고개를 흔들었다. 어쩌다 내일모레 마흔을 바라보는 신체 건강한 성인 남성이, 고작 열여덟 살 먹은 가냘픈 소녀에게 안전을 의탁하게 되었는지 알 수 없었다.

그러나 최소한의 자존심 문제로 수렴시킬 때가 아니었다. 이곳에 대해 잘 아는 건 동료의 행방마저 짐작할 수 없는 자신이 아니라 그 미력한 소녀다. 마는 바위에 걸터앉아서 어제오늘 사이에 벌어진 일을 찬찬히 되짚어 보았다. 곽을 안전한 데 모셔 뒀다는 그들 애기부터가 사실인지, 어쩌면 그들도 곽이 어디 있는지 모르지 않을까. 또는 정말로 곽이 폭력적인 구금의 형태가 아닌 안전 모드로, 자신이 지금 어떤 상황에 놓였는지 모르는 채 다만 불안한 마음으로 마를 기다리고 있는 건 아닐까. 카메라를 빼앗기고도 상황을 파악하지 못할 만큼 곽이 둔하지는 않을 테지만 어쨌거나 지금 마의 반발과 도주로 곽의 안전을 보장하지 못하게 된 건 아닐까. 온갖 가정법이 급증하면서 마의 혈관이 부풀어 올랐다.

마는 문득 한 가지 사실을 떠올렸다. 이것이 정말로 은휘가 보낸 메시지가 아닐 수 있다는 근거. 은휘가 보냈다면 추후 계획은 관두고서라도 어젯밤 마가 한 부탁에 대해 한 줄이라도 언질이 있어야 마땅하다. '전리품'을 찾지 못했다든지, 찾았다면 이게 무엇이며 어디다 쓰는 물건인지 모르겠다든지. 또는 이미 교장 선생님 손에 들어가 자신도 빼내 올 수 없다는 식으로. 다행히 반대의 경우로 태블릿 피시 화면을 열고 확인해 봤다면 그 내용에 대해.

마는 일어섰다. 산 너머 인가에는 어떤 사람들이 있을지, 있다면 의사소통은 되는 사람들일지, 그들은 전화와 같은 문명의 이기를 가지고 있으며 외부인을 꺼려하지 않고 그것을 쓰게 해 줄지 모든 것이 미지수인 데다, 초행길의 산에서 조금 헤매는 일은 감수해야겠지만 실족하거나 방향 감각을 잃고 같은 자리를 맴도는 일 없이 마을까지 무사히 내려갈 수 있을지도 자신 없었다.

차디찼던 바위는 어느새 마의 체온으로 따뜻해져 있었다. 피가 돌고 숨을 쉬는 한, 어찌 됐든 목적지를 정하여 그곳으로 가는 수밖에 없다고 생각하며 마는 군데군데 쑤시는 뼈마디를 달래고 일어섰다.

*

"내가 너를 몇 년을 알아 왔는데……."

교장은 조금 전 다 깎은 손톱을 훅 불었다. 날아간 손톱 조각들은 책상 아래 웅송그린 은휘의 머리에 점점이 떨어졌다.

"너도 나를 몇 년을 알고 지냈는데, 내가 그런 조작에 속아 넘어갈 거라고 생각했냐? 그 염병할 놈의 호출기가 하필이면 지금 딱 맞춰 고장 났다고 하면, 그걸 나더러 믿으라는 거냐?"

정의 발이 무릎을 꿇고 앉은 은휘의 등을 밟아 누르고 있었고, 교장실 소파에는 뚜껑부터 분해된 호출기와 나사 두어 개가 드라이버와 함께 뒹굴고 있었다. 은휘는 부어오른 한쪽 눈을 깜박거리면서 가물거리다 사라지려는 시야를 붙들었으나 바닥의 양탄자 무늬가 자꾸만 이지러졌다.

그러니까 삼십 분쯤 전, 다짜고짜 교장이 호출기를 내놓으라고 했고 은휘는 올 것이 왔다고 생각하면서도 어제부터 액정이 나갔다며 교장 앞에서 작동해 보였다. 그 말이 끝나기도 전에 교장이 은휘 책상에서 집어 던진 사기 필통이 눈두덩을 맞히고 카펫 위를 굴렀고, 당장 뜯어서 고쳐 놓으라고 소리 지르는 교장의 팔을 윤이 잡아 말리며, 어제 진작 호출기 생각을 했어야 하는데 이제 와서 고쳐 봤자 피디가 아직까지 그걸 켜 두었거나 갖고 있으리라는 보장도 없으니 다른 방법을 생각해 보자고 했지만, 교장이 눈앞에서 피디를 놓친 일을 트집 잡는 순간 윤은 고온 난로에 얹어진 합성 피혁처럼 쪼그라들었다. 은휘는 침착하게 호출기의 뚜껑을 열었지만 오전에 메시지를 보내기 무섭게 다시 빼어 다른 서랍에 넣어 둔 조그만 부속품을 그들이 보는 앞에서 꺼낼 수가 없어서 계속 다른 부분을 조이고 푸는 시늉만 했고, 참다못한 교장이 호출기를 집어 내동댕이쳤다.

은휘가 고개를 들려고 하자 정의 발이 이번에는 뒷머리를 밟았다.

"내가 너희들만큼 기계를 못 다룬다고 해서 이렇게 대놓고 무시하면 섭섭하지. 그동안 키워 준 은혜를 이렇게 갚으면 어쩌자는 거냐. 말해 봐라, 네가 일부러 고장 낸 거 맞지? 다시 돌려놓을 수도 있고? ……너 말고 널린 게 학생들인데 아무나 불러다가 고쳐라 해도 그만이지만, 일부러 너한테 자백할 기회를 주는 거다. 너 이런 애 아니잖아. 그동안 네가 얼마나 새사람이 되기 위해 노력해 왔는지 내 다 아는데, 그걸 이런 식으로 한순간에 무너뜨리려 하냐. 피디한테 뭐라도 받아먹었니? 피디가 무슨 달콤한 말을 속살거렸는지, 아니면 그새 둘이 더 깊은 관계가 되기라도 했냐? ……내가 너한테 피디를 주시하라고 했을 적에는 그런 의미가 아니었을 텐데 말이다. 네가 감시 보고를 건성건성 해다 바쳤을 때부터 알아봤어야 하는 건데…… 뭐 다 지난 얘기고, 상관없다. 결국 너는 내 뜻대로 움직일 테니까.”

교장이 일어서서 드라이버를 집는 걸 보고 구석에 찌그러진 캐비닛처럼 서 있던 윤은 다음 상황을 예상하지 않을 수 없었다. 그가 달려들어 뜯어말릴 틈도 없이 긴 드라이버 날이 날카로운 빛과 함께 공기를 세로로 갈랐다. 윤은 이미 드라이버가 카펫에 놓인 은휘의 손을 찍은 줄 알았으나 다가와 보니 천만다행으로 둘째와 셋째 손가락 사이에 꽂혀 있었다. 은휘는 손가락 사이에서 여진을 일으키고 있는 드라이버를 곁눈질하며 가쁜 숨을 몰아쉬었다.

“너는 우리 학교에서 가장 오래된 학생이니, 각별히 존중해 주는 뜻에서 지하실에만은 처박지 않겠다만 딱 삼십 분 더 주겠다. 그때까지 고쳐 놓지 않으면 그다음은 알아서 해라.”

교장이 눈짓을 보내자 은휘 머리 위에 놓인 정의 발이 천천히 떨어졌다.

“윤 선생은 오늘 오전 일과가 끝나는 대로 산행 팀 꾸려 주세요. 정 선생은 마을 상회에 전화 걸어 주시고. 외부에서 온 거라면 그게 쥐새끼 한 마리라도 붙잡아 놓고 우리한테 곧바로 연락 달라고요. 우리 선장님한테도 귀띔해 두는 거 잊지 마세요. 무슨 전화를 받든 간에 학교 요청이 아니면 배 몰고 오지 말라고.”

어젯밤 발신자 이름을 보고도 박이 메일 열기를 미루었던 건 보통 아는 사람이 보내온 메일이라도 '제목 없음'으로 되어 있으면 고도의 낚시성 스팸 메일이나 바이러스를 의심할 텐데, 그러기 이전에 박은 후배 마를 평범하게 대하기가 영 껄끄럽기 때문이기도 했다. 메일함을 보자마자 든 생각이 '아, 왜 또! 이 자식아.'였고, 부탁받은 몇 가지 정보를 이미 보내 주었는데 뭘 더 요구하려나 싶어 부담스러웠다. 이미 받아 버린 금품도 문제였고 대학 때 이 래저래 마음의 빚을 진 후배라는 생각과 함께 여러모로 챙겨 주고 싶은, 같은 과 출신으로 몇 안 되는 언론 종사자라는 동질감도 없지는 않았으나 무엇보다도 겸사겸사 신문에 기획 기사로 써먹을 수 있을까 하여 발 벗고 조사했는데, 막상 건드리고 보니 최 사장이 한 손가락만 움직여도 보도를 막을 수 있을 귀찮은 문제인 듯 했고, 그런 위험을 감수하고 터뜨릴 만큼 반향이 큰 사안 같지 않았다. 교육 프로그램을 만드는 마에게는 다큐멘터리의 소비자층이 정해져 있고 교육 주제에 관한 한 그 무엇도 쓸모없는 일이란 없겠으나, 박은 신문 부수를 먼저 고려해야 했다. 그런 의미에서 로젠탈 스쿨은 이름마저 대다수 독자에게 낯설기 짝이 없어 그닥 매력적이지 못했다.

그래서 '미안하지만 넌 좀 찌그러져 있어라, 한가해지면 열어는 봐 주마.' 하고 중얼거리며 메일 창을 닫은 게 어젯밤 당직 때였다.

그런데 새벽녘에 마에게서 다시 한 번 메일이 왔다. 아무리 필요할 때 서로 이용해 먹는 게 인간관계의 본질이라지만 성질 급한 놈 다 봤다고 박은 투덜거렸다. 그런데 이번에는 메일 제목이 붙어 있었다.

피디 아저씨가 위험합니다 제발 도와주세요

발신자는 마 본인인데 제목은 다른 사람이 쓴 것 같은 말투였다. 제목을 클릭하자 뭔가 다급한 듯 간단하게 몇 줄만 적혀 있었다.

메일 수신 확인이 안 되어 다시 보냅니다 배터리가 모자라 길게 적지 못합니다 누구든 좋으니 와서 피디 아저씨를 좀 구해 주세요

그때에야 박은 간밤에 온 '제목 없음' 메일을 클릭해 보았다. '안녕하세요 저는 로젠탈 스쿨 학생입니다 피디 아저씨 부탁받고 가장 최근 발신자에게 메일 보냅니다……'로 시작하는 메일을 천천히 몇 번이고 재독했다.

박은 말없이 등받이에 머리를 기대고 눈을 감았다. 손가락은 습관처럼 자판 두드리듯 책상을 두드렸다. 손톱이 상판 유리를 긁는

소리가 계속되자 건너편 직원이 그를 걱정스럽게 넘겨다보았다.

"피곤하세요? 어제 당직이었죠?"

"괜찮습니다."

그러고도 박은 오랫동안 망설이다가, 출근 시각에 이르러 다른 직원들이 속속 편집실에 들어서고 층 전체가 소란스러워질 때쯤 자리에서 일어났다.

선배 알기를 개 콧구멍으로 아는 녀석의 일 따위 모르는 척해버리면 그만이었다. 그만인데……. 엘리베이터에서 내리며 박은 어느새 턱에 휴대 전화를 끼고 있었다.

"김 검사님, 저 박 기자입니다. 예, 안녕하시죠? 지금 잠깐 통화 괜찮으세요?"

10장

“진작 이럴 것이지.”

교장은 표시등에 선명하게 불이 들어오는 호출기를 만지작거리며 중얼거렸다. 그 모습을 바라보는 은휘의 표정은 체념과 분노도 간간이 섞여 있었지만 혼란이 가장 큰 비중으로 드리워져 있었다. 교장이 그렇게 말하니 자기가 정말로 잠깐 정신이 나갔는지도 모르겠다는 생각이 고개를 들었다. ‘너 원래 이런 애 아니었잖아…….’ 옳으신 말씀. 은휘는 교장이 그간 해 온 일 가운데 가끔씩 의아한 부분이 엿보여도 그때마다 얼굴마저 어렴풋한 아버지를 떠올리며, 교장이 무엇을 하든 아버지가 했던 일들보다는 어쨌거나 옳다고 믿어 왔다. 앞으로도 이 고마운 학교, 이 섬에 뼈를 묻을 생각마저 안 해 본 것도 아니었다……. 상징적인 의미에서가 아니라 정말로 누군가의 뼈가 이곳에 묻혔을지도 모른다는 생각에 사로잡히기 전까지는.

하위 디렉터리로 들어가서 마의 현재 위치를 보고 교장은 액정에 나타난 붉은 점을 톡톡 두드렸다.

"정 선생님, 윤 선생하고 애들 지금 어디만큼 갔는지 위치 확인하고 연락 보내세요. 이 친구 지금 마을 입구까지 거의 다 갔네. 산자락 끝 부분입니다."

은휘는 눈을 감았다. 붉은 점이 깜박이는 것을 보면 마는 호출기를 켠 모양인데, 이쪽이 보낸 문자 메시지를 미처 확인하지 못한 듯했다……. 아니면 메시지 자체를 함정이라고 판단했거나. 충분히 그럴 법한 상황이었다.

"알겠습니다. 바로 2조 꾸려서 뒤따라갈까요?"

"아뇨, 어딘지 알았으니 윤 선생네 팀으로 충분합니다. 이 부분은 특히 지형이 요란해서 뛰어내리지 않고는 마을로 직통은 불가능하니까요. 그러니 이 주위를 맴도는 것도 이해가 갑니다. 지금도 어디로 갈지 갈피가 안 잡히니까 그 자리에서 움직일 엄두를 못 내고 있잖습니까."

"어쩌면 그 자리에 호출기를 버렸을지도 모릅니다만."

"그 생각은 나도 하고 있습니다. 일부러 이걸 켜 놓고 이 자리로 사람들을 유인한 뒤 자기는 딴 데로 빠져서 시간을 번다. 초보자가

할 법한 생각이지요. 문제는 그래 봤자 멀리는 못 간다는 말입니다. 이미 여기까지 전진을 한 상태에서 버렸다 한들, 이대로 갈 곳은 마을밖에 없겠지요. 운 좋게 마을로 내려가는 길을 찾아서 들어갔으면 거기 주민들이 잡아 둘 테고, 찾지 못했다면 초조해져서 계속 이 부분을 중심으로 맴돌 겁니다. 무슨 뜻인지 알겠습니까? 놈이 길을 헤매든 실족사 하든 마을로 넘어가든, 어떤 경우라도 우리 손에 떨어지지 않을 수는 없다는 겁니다."

정이 허리를 숙인 후 교장실을 나가려 할 때였다.

"잠깐, 정 선생님. 가기 전에 신은휘 먼저 적당한 데에 데려다 놓으세요."

정은 교장의 말뜻을 이해하고 곧바로 은휘의 팔을 잡아끌었다. 그건 피디 놈부터 때려잡고 은휘는 나중에 집중 문책하겠다는 뜻으로, 그러기 전까지 다른 학생들과 떼어 놓을 필요가 있었다. 은휘는 무기력한 얼굴로 끌려갔으나 방을 떠나기 직전까지 교장과 마주친 눈을 피하지 않고 그대로 응시했다. 교장 또한 은휘의 눈 속에 담긴 성분이 다만 우울함이나 수치심 내지 반성과 후회를 겸비한 순종의 빛이 아니라 심히 못마땅하고 더럽다는 반항임을 알고서 그대로 빤히 그 눈을 들여다보았다.

팽팽하게 오가던 시선이 문 한 짝으로 차단되고 나자 교장은 비로소 책상으로 눈을 돌리고 한숨을 쉰다. 아아, 저 애도 결국은 실패작인가. 그렇게 오랫동안 믿고 곁에 그늘러 왔어도 소용이 없나.

하찮은 출신 성분의 아이를 순결하고 정직하며 고상하게 만들기
란 정말로 불가능한 것일까. 교장은 진심으로 한탄한다.

　사실 은휘라고 딱히 뾰족한 수가 있었을 리 없으나 은휘는 그동
안 교장의 지시가 있을 때마다 육지에서 배를 호출하는 전화를 걸
곤 했으며, 만일의 경우 교장의 요청이라는 거짓말로 배를 불러다
마 혼자만이라도 태워 보낼 생각이었는데, 그러자면 마와 소통이
되어야 했고 그가 가능한 한 학교 가까이 있어야 했다. 출혈 상태
로는 산속에서 오래 버틸 수 없을 터였고, 학생들 못지않게 교장을
섬의 주인으로 여기는 몇몇 사람들만 있는 마을로 내려가 도움을
구하기보다는 학교 어딘가에 숨어 있는 편이 차라리 안전하다고
판단했다.
　그러나 이제는 그런 메시지를 보낸 일도 소용없어진 모양으로,
아까 나타난 붉은 점의 위치가 사실이며 마가 마을로 무사히 내려
가 가겟집에라도 들어갔다면 이미 붙들렸을 것이다. 지금 기대할
수 있는 거라곤 그가 마을 근처까지 갔다가 뒤늦게라도 메시지를
보고 호출기를 그 자리에 버린 채 학교로 되돌아옴으로써 조금이
라도 시간을 버는 것이고, 그사이 간밤에 보낸 메일을 기자가 열어
본 뒤 도와주러 오는 거였다.
　그러나 기자는 과연 메일을 확인했을까? 기자가 쓰는 메일은 신
문사의 것으로, 아웃룩 프로그램으로 운영되는 시스템 환경의 특

징상 계속 '미확인' 표시만 떴다. 메일을 읽었다면 간단한 답장이라도 올 텐데 두 번째 메일을 보내고 나서도 답이 없었고, 태블릿 피시는 이제 방전되어 버렸다.

기자는 어쩌면 업무가 너무 바빠서 메일 같은 건 일일이 확인하지 않을 수도 있었다. 가장 최근에 마와 소식을 주고받았던 기자 말고 다른 사람들에게도 메일을 보냈어야 하는 게 아닐까? 그러나 그런 시도를 하기에는, 메일함의 몇 페이지 넘어서도 광고나 스팸으로 가득한 가운데 마와 가까워 보이는 사람을 찾아내기 어려웠고 무엇보다 교사들의 눈을 피해 틈틈이 메일을 보내야 하는 은휘로선 거기까지가 한계였다.

마가 은휘의 말을 믿고 학교로 돌아오기로 결심했다 해도 문제는 아직 남아 있었다. 그가 일찌감치 출발한 게 아니라면 학교로 오는 길에 윤이 이끄는 수색자들과 마주칠 가능성이 있었다. 물론 마는 익숙지 않은 길을 무작정 올라갔을 텐데 초보자로서 안전에 대한 욕구와 자기 보호 본능이 있다면 자연히 완만한 하이킹 코스를 이용했을 테고, 수색자들은 마의 현재 위치를 확인했으니 그가 갔을 법한 경로를 뒤밟아 가기보다는 평소 익숙한 지름길이면서 비교적 낮은 암벽을 타는 볼더링 코스를 이용하여 좀 더 빨리 목적지에 도착하는 방법을 취했을 터라, 마가 자신의 이동 경로를 그대로만 따라서 도로 내려와 준다면 두 팀이 맞닥뜨릴 확률은 줄어들 것이었다.

그러나 문제는 아무리 클라이밍이 아닌 하이킹이나 트레킹 코스라 해도 자신이 지나쳐 간 길을 마가 과연 기억하고 있겠느냐는 거였다. 그렇게 헤매다 조난당하느니 차라리 누군가 구하러 올 때까지 숲 속에 숨어 있는 편이 나을지도 몰랐다.

거기에 이르자 다시 한 번 기자가 메일을 보고 도와주러 올 것인지 아닌지 그 운을 고민하는 지점으로 생각의 갈고리는 도돌이표처럼 돌아가 걸렸고, 이제 은휘는 마가 메시지를 확인했어도 안 했어도 각각의 경우 모두가 걱정이었으며 자기가 메시지를 보낸 일이 잘한 판단인지도 알 수 없어졌는데, 그러거나 말거나 지금 자신은 옥외 창고에 갇혀 있는 처지였다. 아이들이 여러 가지 실습을 하고 처분이 마땅치 않은 폐기물이나 추후 재활용 가능성이 있는 잡동사니들을 몰아넣어 둔 이곳은 교사나 기숙사 어느 건물하고도 가까이 붙어 있지 않아서 여기서 손바닥만 한 창문을 깨고 소리쳐 보았자 아무도 듣지 못하거나 들어도 못 들은 척하리라 예상되었지만, 이런 장소마저도 어느 지하실에서 눈을 떴을지 모를 촬영 감독보다는 훨씬 나은 여건일 터였다.

은휘는 어둑어둑한 창고 바닥을 더듬어 나갔다. 발을 딛고 올라설 만한 걸 찾아야 했다. 창문은 의자를 딛고 올라가야 갈씬갈씬 손끝이 닿을 만한 데 있었고 바깥에 방범 철책마저 쳐져 있었지만, 상자나 뭐라도 높이 쌓아서 바깥 상황을 내다보는 일까지 포기할 수는 없었다.

무언가가 손에 닿았다. 나무 의자였다. 더듬어 보니 다리가 하나 부러져 있어서 도움이 안 되었다. 그 다리 하나를 받칠 만한 다른 걸 찾아야 했다. 뜀틀 1단, 충전재가 비어져 나온 매트, 바람 빠진 농구공들이 차례로 나타났다. 고장 난 전기 공구들도 있었다.

뜀틀 1단을 벽 가까이 밀어다 놓고 그 위로 매트를 끌어다 올렸다. 매트는 기우뚱거렸고 창문 높이까지는 턱도 없었다. 이제 무얼 더 쌓아 올릴 수 있을까? 적당한 나뭇조각이라도 나와서 의자 다리를 하나 더 붙일 수만 있다면. 그러나 폐지 재활용품을 담는 마대 자루에 손을 넣고 휘저어 보아도 적당한 길이와 양감을 가진 재료는 손에 닿지 않았다.

구석에 큰 나무 서랍장이 있어서 하나하나 열어 보았다. 손잡이가 나간 망치나 못, 나사, 자잘한 금속 재료와 비닐 끈 및 부속 따위가 있었다. 의자 다리로 쓸 만한 크기의 나무토막 없이 이걸로 뭘 할 수 있을까? 계속 더듬어 나가다가 작고 단단한 플라스틱 조각이 잡혔다. 끝 부분에 차가운 금속과 쇳조각이 만져지는 걸로 보아 라이터였다.

딸깍, 딸깍. 흔들어 보니 가스는 남아 있는 것 같은데 덮개도 떨어져 나간 데다 너무 오랫동안 사용하지 않아서인지 불이 붙지 않았다. 붙어라, 제발! 딱히 그걸로 뭘 어떻게 하겠다는 계획도 서지 않았으면서 은휘는 몇 번을 더 딸깍거리다 내려놓았다.

그러나 쓸 만한 물건 찾기를 포기하기는 아직 일렀다. 열지 않은 서랍은 아직도 여덟 개나 더 남아 있었다. 새로운 부속품 하나를 찾을 때마다 은휘는 자기가 지금 이 지경이 된 것이 정말로 교장 손바닥 안의 공깃돌이 되고 싶지 않아서인지를 생각해 보려 애썼지만 마땅한 답은 나오지 않았다.

삼십 명의 아이들을 앞세우고 윤은 맨 뒤에 서서 11시 방향으로 꺾어지라고 지시를 보냈다. 윤의 바로 앞에서 걸어가던 학생이 "11시!"라고 소리치고 그 소리는 앞으로 계속 전달되어 맨 앞에 선 학생이 지시에 따랐다.

평소라면 윤은 어제저녁처럼 아이들을 흩어 놓고 얼마쯤 시간을 주어 목표물을 찾아보게 시킨 다음 모이게 했을 테지만, 지금처럼 정의 연락을 받고 가야 할 지점이 확실해진 이상은 학생들의 체력을 낭비하지 않고 곧바로 이동할 필요가 있었다. 어제 세보가 물어 온 양말에 묻어 있던 피로 보아 상대는 이제 추위와 허기 때문에라도 쇠약해져 있을 테고 학생들 두세 명만 상대해도 끌고 가기는 어렵지 않을 터였다.

힘과 시간을 아낀다는 목적 말고도 윤이 학생들을 분산시키지 않는 이유는 또 하나 있었다. 안 그래도 피디가 나타나 이것저것 들쑤시는 바람에 조금씩 술렁이기 시작한 아이들이었다. 눈에 띌 만큼의 동요는 아니었지만 무엇보다도 교장의 손발이라 믿어 의심치 않았던 은휘까지 수상한 태도를 보이고 있었다.

이런 상황에서 모종의 충돌 끝에 피디가 도망쳤고 그걸 찾으러 학생들이 올라왔으니, 그중 누군가는 꼭 피디의 행동에 감응해서가 아니라 여러 가지 정황이 모여 일으키는 호르몬 분비와 감정적 상승 작용 때문에 자기도 모르게 산에서 종적을 감추는 돌발 행동을 일으킬 수 있었다. 그 행동으로 얻는 결과도 달리 갈 데가 없다는 현실도 잘 알 테지만 충동적으로 일탈 행위를 할 가능성만은 배제할 수 없었다. 그랬을 경우 실종자까지는 아니더라도 부상자는 필히 나올 터였다.

지금은 산길에 익숙지 않을 피디가 험한 길을 택했을 리 만무하며 정상 등반을 목적으로 오른 길은 더더욱 아닌 만큼 윤과 몇몇 학생을 제외한 나머지는 등산 장비 없이 산책 차림을 하고 맨손만을 이용하여 날듯이 가볍게 바위를 타는 정도였으니, 이 정도 인원의 산행에서 부상자가 나와서는 면이 서지 않았다.

평지에서 경사로로, 다시 평지로 이어지는 길이었다. 수색대는 걷는 동안 종종 멈춰 서서 주변 지형을 살폈다. 산책로 이상의 가파른 길이나, 연약한 나뭇가지 하나에 한 손을 의지하고 반드시 일렬 옆 맞춰 서기를 한 채 모로 걸어야 하는 위험한 길목도 있었지만 본격적인 암벽 등반 코스까지는 살필 이유가 없었다. 일반인이 장비도 없이 그리로 갔다면 이미 떨어져서 머리가 쪼개졌을 것이다. 평소 오르던 길에 비하면 이 정도는 학생들에게 미음완보하여 청류를 굽어보고 떠오는 도화를 눈으로 좇는 놀이 수준이었다.

마침내 정이 알려 준 지점에 도착했을 때, 윤이 어느 정도 예상했던 일이기는 하나 피디의 모습은 눈에 띄지 않았다. 당연히 이동해서 다른 데로 숨었거나, 자기 딴에는 무사히 마을로 내려가는 길을 찾았다는 뜻이다. 윤은 그 지점에서부터 세 명씩 조를 짜서 반경 100미터 안팎을 뒤지도록 학생들에게 지시를 내렸고, 그중 1개 조는 마을 상회에 문의해 보라고 산 아래로 내려보냈다.

그러면서도 마을 쪽에는 큰 기대를 하지 않았던 것이, 듬성듬성 떨어져 여남은 가구밖에 없는 마을에 외부인이 들어왔다면 사람들 눈에 띄지 않았을 리가 없고, 그 외부인이 어떻게든 구워삶아 마을 사람들이 단체로 교장을 배신하기로 작정한 게 아니라면 진작 연락을 해 왔을 것이다. 노인들이 대부분이어서 외부인을 완력으로 붙잡지는 못했더라도 최소한 어디쯤에서 목격했다는 제보를.

그렇다면 이 지점을 중심으로 어딘가에 숨어 있으리라는 예상이 정답에 가까울 터였다. 아이들이 흩어져 숲 사이를 나무 막대기로 쑤시고 다니는 동안 윤은 나름대로 주위 흔적을 살폈다. 이제 와서 피디가 항복 선언을 하러 학교로 다시 기어 들어갔을 것 같지는 않으나, 만일 그랬다면 일 처리는 생각보다 쉬워질 터였고 윤도 그러기를 바랐다. 이 고립 공간에서 결과가 뻔하며 턱도 없는 시위를 피디가 공연히 벌이지 않기를, 가능한 한 최소한의 사람만이 다치기를 바랐다. 이런 산속에서 고집 부리며 버티고 있다가 사고로 목숨이라도 잃는다면 피디 자신에게도 바보 같은 일이거니와 학교 입장에서도 뒷감당이 골치 아프다. 윤은 피를 만지거나 시체를 보는 일을 즐기지는 않았다.

지금이라도 피디가 돌아와 준다면 약간의 제재와 함께 이곳에서 있었던 일에 대해 함구시키고 그들의 작업물을 박탈하는 선에서 마무리 지을 수도 있었다. 오늘 내로 피디를 잡아들이지 못하면…… 단순한 농담이나 위협 차원을 넘어 그들이 육지로 무사히 돌아갈 수 있으리라는 보장이…….

그러게 처음부터 잠자코 데이터를 내주었더라면 이렇게 서로가 피곤한 일은…….

윤은 문득 멈춰 섰다. 바위와 그 아래 깔린 여린 잡풀 사이에 끼인 검은 플라스틱 상자를 발견했다. 마가 버리고 간 호출기였다. 배터리 잔량이 거의 바닥나 조금 있으면 꺼질 듯했다. 이대로 켜놓고 눈속임하느라 수고가 많았다, 입 속으로 중얼거리며 윤은 몇 개의 버튼을 눌러 하위 디렉터리로 들어갔다.

최근에 받은 메시지 목록을 살폈으나 그동안 은휘와 업무 때문에 주고받은 게 대부분인 듯 특별히 눈에 띄는 것은 없었다. 다음 인터뷰는 몇 시에? 총 촬영 시간은? 아이들이 당황하지 않도록 질문지를 미리 마련해 줄 수 있는가? 대본대로 가면 안 되나? 이런 내용이었다.

그러다 문득 가장 최근에 온 메시지를 선택해 '자세히 보기'를 눌렀다. 시간은 불과 오늘 아침이었다. 마가 저지른 또 하나의 패

착으로, 은휘에게서 온 메시지를 모두 지웠어야 하는데 미처 다 못하고 하나를 빼먹은 모양이었다. 남아 있는 내용은 '가능하다면 올라간 길 그대로 따라 내려오실 것'이었다. 이 내용만으로는 앞에 무언가 다른 대화가 오갔다는 사실 외에 짐작되는 것이 없었다.

설마 이 문장 앞에 '포기하고 내려오세요.'나 '항복하세요.'와 같은 설득이 있었을까? 어제오늘 사이 보여 준 은휘의 태도로 봐서는 그렇지 않을 것 같았다. 설령 그런 구슬림이라고 본인이 주장한들, 교장의 허락 없이는 문자를 보내는 사소한 행위라도 임의로 하지 않도록 훈련된 아이였다. 그러니 이 문자만으로도 처벌 사유가 충분했다.

전후 생략된 문맥을 짐작해 보자면 은휘는 아마 피디를 내려오게 하여 섬 바깥으로 빼내 줄 궁리를 한 모양인데, 다급한 김에 되는대로 쓰기도 했을 테고 어떻게 보면 순진한 아이다운 생각이긴 하지만 조금만 머리를 굴려 보면 가능성이 제로에 가까운 일이어서 윤은 코웃음이 절로 나왔다. 이 문자를 보낸 아이가 정말로 매주 산행을 같이해 온 은휘가 맞나 싶었다. 아무리 위험도가 낮은 저지대를 중심으로 맴돈다 한들 초보자가 자신이 지나쳐 온 산길의 세부를 기억할 수 있으리라고, 정말로 믿는단 말인가. 어느 길을 택하든 구절양장을 피할 수 없는데 거의 마을 경계에 근접한 이 산자락까지 일단 왔다는 사실만으로도 피디의 뛰어난 감각을 칭찬할 만한 일이었다. 설령 이 문자대로 이행했던들 그는 아직 엉뚱한 데에서 헤매고 있거나 지쳐서 숨어 있을 터였고, 이건 이것대로 은휘가 그에게 협조했다는 증거를 확보한 셈이니 됐다.

그러다 문득 윤은 무언가 이상한 느낌이 들어 발걸음을 천천히 앞으로 옮겼다. 10미터 앞에 있는 붓순나무의 맨 아래쪽 가지가 몇 개 꺾인 채 사나운 짐승이 할퀴고 지나간 듯이 서로 엉켜 있었고 거기 첼트자크의 일부로 보이는 두꺼운 헝겊이 묶여 있었다. 윤은 주위를 둘러보다가 몇 줄기로 난 갈림목 가운데 조금 더 완만해 보이는 길 쪽으로 내려갔다. 한 무더기의 숲이 거의 끝나고 너덜 지대가 나오는 쪽이었다 숲이 끝나는 부분, 50미터쯤 앞에 국수나무가 보였다. 국수나무의 얇고 낭창낭창한 가지가 누가 억지로 묶으려다 실패한 듯 꺾어져 있었는데 거기에도 같은 색 헝겊 조각이 보였다.

그 앞으로는 윤과 그들 일행이 왔던 길과는 전혀 다른 코스가 이어져 있었다. 그 코스대로만 간다면 나름대로 중급 직전의 초중급 정도 되는 난이도의 길로서 학교에 접근할 수 있었다. 윤은 속는 셈 치고 다시 3시 방향으로 꺾어서 50미터쯤 더 가 보았다. 이번에는 숲이 몸을 가려 주지 못하는 넓은 평지가 나왔고, 가지를 꺾어 표시를 남길 만한 나무도 없으며 야생화만 무성한 곳이었다. 여기서 조금만 더 가면 물소리가 들릴 판이었다.

그때 무언가 바닥에 뭉텅이가 눈에 띄어 다가가 보니, 민백미꽃이 서로 엉켜서 덩어리를 이루고 있었다. 그 무더기 속에서 세 번째 조각을 찾아 집어 들면서 윤은 이게 더 이상 우연이 아니라는 사실을 알았다.

윤은 백번 양보해서 피디가 우연히 다른 초중급 코스로 올라왔다 치더라도 그걸 그대로 되돌아가기는 쉽지 않을 거라 믿었다. 그러나 피디는 아마도 이 문자를 받은 시점부터 가능한 한 양껏 자신이 지나치는 길의 흔적을 남겨 둔 모양이었다. 이 짐작이 사실대로라면, 위치를 추적해 온 수색대를 엿 먹이기 위해 마을 직전까지 온 다음 표시해 둔 길을 따라 되돌아갔다는 뜻이 된다.

윤은 그 자리에 서서 길게 호루라기를 불었다. 길게 두 번, 짧게 세 번. 지금 바로 소리가 들리는 곳으로 집합하라는 신호였다.

뒷목과 관자놀이 부근에 통증을 느끼며 곽은 실눈을 떴다. 감벽색 어둠만이 눈꺼풀을 밀고 들어왔다. 상황을 이해하기까지 적잖은 시간이 걸렸지만 정신을 잃기 전에 본 마지막 얼굴이 교사 정이었다는 걸 기억했고, 이어서 자신의 이름과 소속과 아내와 딸을 차례로 떠올릴 수 있었다. 다행히 돌아 버린 것 같지는 않았다. 머리는 직전에 무언가로 맞아서 아픈 게 당연하다 치고 목 뒤는 지금까지 구부정한 자세로 어딘가에 구겨 박혀 있었기 때문인 듯했다.

곽은 비좁고 불편한 자세로 팔다리가 모아져 있었다. 고개를 들고 허리를 펴자 머리에 닿은 것은 곰팡이 냄새가 나는 천 무더기였다. 손을 뻗어 만져 보니 낡은 옷가지인 모양으로, 곽은 지금 옷장 안에 처박혀 있었다. 구부러진 무릎을 더 펼 만한 공간이 부족한 걸로 보아 크기는 장롱만 못하고 주니어장 정도 되는 것 같았다. 손을 내저어 좀 더 더듬어 보았지만 당연히 카메라 비슷한 것도 닿지 않았다.

옷장 문은 위아래가 각각 안쪽 자석에 달라붙어 닫혀 있었는데, 곽이 힘주어 팔꿈치로 문을 치자 살짝 들뜨기는 했다. 들뜬 문틈으로 빛이 보였다. 아까 갇혀 있던 녀석처럼 지하실은 아닌 모양이다.

아까? 곽은 문득 심장이 덜컹했다. 과연 아까일까, 지금 시간이 얼마나 흘렀으며 선배는 어떻게 됐을까. 곽은 힘을 더 넣어 문을 쳤다. 자석에서는 분명히 떨어졌는데 문이 활짝 열리지 않고 문틈만 드러났다. 그리로 노끈이 보였다. 양쪽 문고리끼리 묶어 둔 모양이었다. 문틈은 새끼손가락 하나 밀어 내보낼 만큼도 되지 않았다. 정신을 잃은 동안 바지 주머니까지 털렸는지 라이터도 없었지만, 설령 있어서 불을 켰다 한들 불꽃이 두꺼운 문밖까지 가 닿을 것 같지 않았다.

용도를 알 수 없는 지하실에 갇혀 있던 녀석은 지금쯤 어떻게 되었는지, 잘 풀려났는지 생각하다가 자신의 처지를 떠올리자 마음이 다급해졌다. 선배가 무사한지 어떤지 궁금했지만 궁금증은 곧 두려움으로 바뀌어, 온몸에 긴장을 풀지 않고 있었던 자신이 이 지경으로 당했으니 더구나 무방비 상태였던 선배에게는 틀림없이 일이 생겼을 것 같았다.

옷장 어느 구석을 더듬어 보아도 손에 걸리는 거라곤 먼지 날리는 옷가지뿐, 노끈을 끊을 만한 도구는커녕 벨트 버클만큼 작은 쇠붙이 하나 닿지 않았다. 곽은 주먹을 꽉 쥐었다. 그런대로 움직일 수는 있었지만 팔을 뒤로 길게 뻗어서 그 반동이나 압력으로 문을 칠 만큼의 여유 공간은 없었다. 곽은 옛날 본 미국 영화에서 이보다 더 좁은 나무 관에 갇혀 생매장된 여주인공이 누운 채 정권 자세를 갖추어 주먹 힘만으로 관 뚜껑을 부수고 탈출에 성공힌 장면을 떠올렸다. 그러나 영화 속 주인공은 인명 살상용 무술을 오랫동안 연마한 사람이었고 곽 자신은 기껏해야 동네 양아치들 패싸움에 꼽사리나 끼었을 뿐 그것도 십칠 년 전에 해 본 게 마지막이었다.

곽은 곁에 있던 헝겊 쪼가리를 집어 주먹에 감았다. 몸을 모로 비틀 수밖에 없어서 자세가 불편하고 힘의 방향도 직각이 아니라 얼마나 효과가 있을지는 몰랐지만 지금은 이 방법뿐이었다. 문틈으로는 여전히 자연광으로 짐작되는 빛이 보였고, 그렇다면 자신이 어떤 울림을 따라 지하로 내려갔던 것처럼 누군가가 이 소리를 듣고 와 줄지도 모른다는 한 올의 기대를 버릴 수 없었다. 그 누군가가 뜻밖에도 무사했던 선배라면 더 바랄 것 없이 그대로 카메라고 뭐고 던져두고 몸만 빠져나가자고 할 테지만, 지금 자신의 처지로 보아 문을 선배가 열어 주리라는 드라마틱한 꿈은 꿀 수 없을 것 같았다. 교직원은 모두 한패이리라는 짐작쯤 쉽게 갔고, 그렇다면 최소한 이 일에 대해 전혀 정보가 없는 학생이라도 옆을 지나갔으면!

첫 번째로 문짝을 치며 곽은 생각했다. 그런데 이 일을 모르는 학생이 과연 있을까? 모두 알고 있으면서 모른 척하는 게 아닐까. 문짝이 퉁겨지는 소리에는 울림이 없었다. 아무래도 이 옷장은, 창문이 하나 나 있기는 하되 짐이나 가구가 들어찬 밀폐 공간에 세워져 있는 것 같았다. 이대로 옷장을 바닥에 엎어 놓지 않은 게 그나마 다행이었다.

그러니까 누군가 와 줘, 누구라도!

북문 주위에는 지나다니는 사람 하나 없이 정적이 흘렀다. 간밤에 소란이 있었던 만큼 교사 몇 명이 사천왕처럼 지키고 서서 눈을 부릅뜨고 있을 줄 알았는데, 여기까지는 은휘의 말대로였다. 작정하고 감시 인원을 사방에 세워 둘 만큼 대단한 일은 아니라는 뜻인가. 어디를 가든 이 섬은 손바닥 안이니 느긋하다는 뜻도 되겠지. 그러나 미처 표시를 남겨 두지 않은 길목에 이르러서 마는 시간을 제법 지체했고, 간신히 북문을 발견하여 산에서 내려오기는 했으나 이제 손목시계를 보니 3시 55분이었으며, 오 분 뒤에는 실기 수업이 끝나서 사람 그림자가 어른거릴 터였다. 마는 심호흡을 한 번 하고 엄폐물이 전혀 없는 길을 가로질러 들이뛰었다. 창문은 모두 남쪽으로 나 있었으니 누군가 우연히 나와 보지만 않는다면 이대로 제2교사까지 가 닿을 수 있었다. 북문에서 제2교사의 비상 입구까지는 고작 80미터 정도였지만 마는 8천 미터를 질주하는 것처럼 느껴졌다.

비상구에 이르자마자 마는 외벽에 붙어 좌우를 돌아보았다. 아무도 눈에 띄지 않았지만 2층이나 3층 정도 낮은 층에 있는 교실에서는 이 정적 한가운데 울려 퍼졌을 필사적인 뜀박질 소리를 듣고 확인차 내려와 볼 수도 있다. 그러기 전에 교사 안으로 들어가 지하실로 통하는 계단을 찾아야 한다.

그러나 여기서 은휘의 예측이 빗나갔다. 밖에서 아무리 손잡이를 흔들어 보아도 문이 열리지 않는다. 빌어먹을! 다른 문을 찾아야 한다는 민첩한 의지보다 이젠 틀렸다는 절망과 혼란과 분노가 앞섰다. 이제 조금 있으면 휴식 시간 종이 울릴 것이고 다른 문을 찾아 나서다가는 틀림없이 누군가와 마주칠 터였다.

그때 문 안쪽에서부터 누군가가 손잡이를 마주 돌렸다. 마는 한순간의 착각 내지는 환청이라 믿고 싶었으나 레버 로크 풀어지는 소리가 선명히 들려왔다. 열과 압력과 미처 다 토해 내지 못한 날숨이 온몸을 뚫고 나올 듯했다. 서늘한 감각과 함께 식은땀이 한 줄 등을 타고 흘러내렸다. 누군가 문을 열고 나오면―남자 어른은 상대 불문 때려눕힌다, 여자나 학생이면 인질로 삼는다, 그러나 인질 대치극을 벌일 만한 변변한 무기조차 갖고 있지 않다, 그러면—

그러나 레버 로크가 풀어진 뒤에는 문이 살짝 밀려 틈을 드러내기만 했을 뿐, 누군가 그리로 나올 낌새가 도무지 보이지 않았다. 상대방도 안쪽 벽에 붙어서 이쪽이 먼저 들어오기를 기다렸다가 덮칠 생각인지도 몰랐다. 마는 그대로 몇 초를 더 문틈으로 드러난 허공만 노려보았다.

마의 정신을 명료하게 가다듬고 결심을 굳히게 해 준 것은 그때 온 교내에 청아하게 울리는 휴식종 소리였다. 누가 됐든 이판사판이다, 하며 문을 잡아 젖히자 무경의 얼굴과 딱 마주쳤다.

"아 씨, 놀라라. 쌀 뻔했네. 뭘 거기서 뭉그적거려요, 얼른 안 들어오고."

무경은 거의 속삭이듯이 볼멘소리를 냈는데 그 내용으로 보아 은휘가 말한 협조자 중의 한 명인 모양이었다. 마는 이게 어떻게 된 일이며 너는 어디까지 알고 있느냐고 물어볼 계제가 아니어서 무경이 손짓하는 대로 뒤따랐다.

비상구 바로 옆에 나 있는 층계로 내려가자 철문이 있었고, 무경은 문을 열더니 고갯짓했다.

"이 길 따라서 끝까지 죽 가세요. 가다 보면 층계가 나와요. 거기서 2층 위로⋯⋯."

"그건 알아."

"저 거기까진 같이 못 가 드려요. 화장실 간다고 잠깐 나온 거라서.”

“알아. 은휘는?”

“저도 몰라요. 어제부터 안 보였고 아까 산으로 출발한 팀 속에
도 없었어요.”

마는 산을 타고 내려오는 동안 가슴속에서 스멀거렸던 불길한
예감이 현실로 나타나는 걸 느꼈다.

“무슨 일 생긴 거 아닐까?”

“일이야 당연히 생겼을 테고 저도 지금 안심할 상황이 아니에
요. 틈나는 대로 찾아보려는데 지금 여유가 없네요. 얼른 가세요.”

마가 뭐라고 더 말하기 전에 무경은 다급하다는 듯 손사래 치곤
밖에서 문을 닫아 버렸다.

마는 일직선으로 뻗은 암흑 터널을 바라보았다. 한쪽 벽면으로
는 굳게 닫혀 문고리마다 자물쇠가 걸린 철문이 몇 미터 간격으로
하나씩 늘어서 있었다. 그 철문 너머에 있을 공간의 용도를 짐작
하지 않으려 애쓰며 마는 빠르게 걸었다. 확실한 거라곤 그 안에서
갑자기 사람이 튀어나오는 일은 없다는 것뿐이었고, 그래서 지하
실의 텅 빈 공간을 울리는 발소리 같은 건 신경 쓰지 않고 점차 걸
음을 빨리하다가 그대로 반대편 층계까지 달음박질했다.

단숨에 발을 쿵쾅거리며 2층으로 올라가는 대신 마는 철문에 귀
를 붙이고 섰다. 1층에서 발소리가 간간이 들려왔다. 섣불리 2층으
로 향하다 누군가와 마주치거나 등 뒤를 들킬 수도 있었다. 이대로

휴식 시간이 끝날 때까지 지하실에 머물러 있어야 할 모양이었다. 설마 이 짧은 시간 동안 누군가가 닫힌 문만이 즐비한 지하실에 볼일이 있을 것 같지는 않았다……. 그럼에도 마는 한 무리의 발소리가 일단 멀어지자마자 철문을 열고 두 층 위로 올라가는 모험을 감행했다. 은휘에게 무슨 일이 생긴 게 확실시되는 마당에 자신이 조금이라도 지체하면 더욱 도움이 안 될 것 같았다. 그가 두 번째 층계참을 돌기가 무섭게 또 하나의 발소리가 반 층 아래에서 아슬아슬하게 스쳐 갔다.

2층 복도로는 대형 세탁실을 시작으로 실습실1, 실습실2와 같은 숫자가 붙은 교실이 이어져 있었다. 휴식 시간이라 학생들은 자기 실습실을 벗어났을 텐데 누군가 남아 있는지 실습실 쪽에서 부스럭거리거나 두드리는 소리가 들려왔다. 그들이 복도에 나와 보기 전에 세탁실로 들어가야 하는데, 단지 몸통이 빠져나갈 수 있는 크기인지를 고민하면 되는 줄 알았던 창문은 생각보다 높이 붙어 있었다.

마는 두 발을 모두뜀하여 창턱을 붙들었지만 철봉이 아닌 벽을 상대로 하니 그대로 팔심을 받아 몸을 끌어 올리기가 쉽지 않을뿐더러 더 세차게 몸을 솟구기에는 천장이 방해되었다. 창턱에 매달린 채로 한 손을 들어 창문을 열기도 어림없었다. 첫 번째 시도에서 버티기에 실패하고 두 번째에는 뛰어올라 일단 창문부터 열었다. 단번에 매끄럽게 열리지 않고 창틀끼리의 마찰력이 강해서 마는 창문을 여는 데에만 네 번을 더 뛰어올랐다. 창문을 모두 열었는데도 그 크기는 아래에서 올려다보아 그런지 의심스럽기 이를 데 없었는데, 운이 좋아야 여학생 한 명쯤 들어갈 수 있을 것으로 보였다. 그러나 몇 번째 실습실인지 무언가 도구를 정리하거나 의자를 미는 소리가 더 잦게 들려왔고, 조금 있으면 누군가가 복도로 나올 것 같았다. 마는 도움닫기를 더 크게 하면서 천장에 머리를 살짝 부딪칠 만큼 고개를 숙였고, 그 반동으로 이번에는 창턱이 아니라 열린 창 안으로 한 팔을 반쯤 넣어 끼울 수 있었다. 그 낀 팔에 몸무게를 의지하고 벽에 몸을 비벼 가며 끌어 올렸다. 그의 발끝이 간신히 복도 쪽 창틀에 걸쳐지는 순간 어느 실습실 미닫이문이 열리는 소리가 나는 바람에 마는 흠칫 놀라 매끄러운 착지에 실패했다.

바닥에 부딪쳐 접질린 어깨를 감싸고 이를 악물며 전방을 노려보니, 유휴 상태의 커다란 세탁기가 다섯 대 나란히 놓여 있었고 중앙은 특정 오염을 제거하는 스포팅 보드가 한 대, 드라이클리닝기, 건조기와 스팀다리미 시스템 등으로 빽빽하게 들어차 있었다. 세탁실 안으로 별도의 작은 쪽방이 두 개 있었는데 한쪽은 다림질까지 끝난 세탁물을 개켜 내갈 때까지 잠시 보관해 두는 곳인 듯했고, 다른 쪽에는 걷어 온 세탁물들이 바구니마다 어수선하게 쌓여 있었다. 마는 그중 헌 이불 더미가 쌓인 상자를 보았다. 자신이 저만한 크기에 과연 들어갈 수 있을지를 가늠해 보다가, 문득 여기까지 오기는 했는데 그다음은 어찌할 것인지에 생각이 가닿았다. 지하실을 통과해 오는 동안에는 당장 눈앞에 닥친 긴장에 사로잡혀 미처 떠올리지 못했던 부분이다.

은휘한테 무슨 일이 생긴 이상 일은 이미 틀어져 버린 게 아닌가? 혼모가 사정을 잘 알아 세탁실 안에 숨겨 준다고 해도 어디까지나 임시방편으로, 중요한 건 곽을 찾아 이 섬에서 무사히 나가는 일이며 그 계획은 은휘의 머릿속에 대강 그림이 그려져 있었을 텐데 그 은휘가 어디 있는지 모른다…….

그때 밖에서 열쇠를 꽂는 금속음이 들려와 마는 쪽방 안으로 들어가 문을 반쯤 닫아 가리고 벽에 붙었다. 기다렸다가 누군가가 이 쪽방 안으로 들어오면 일단 덮칠 생각이었는데 문밖에서 먼저 혼모의 목소리가 들려왔다.

"거기 가만 계세요."

혼모가 혼자서 들어왔으리라는 보장이 없고 누구더러 하는 말인지도 모르기에 마는 입을 꾹 다문 채로 있었다.

"거기 이불 아무 테나 머리 안 보이게 들어가서 덮고 계세요."

말하는 내용으로 봐서는 혼모 혼자 들어온 게 맞는 모양이었다. 혼모는 바깥 동정과 인기척을 살피기 위해서인지 선뜻 쪽방 안으로 얼굴을 비치지 않고 그대로 문 앞에 머물러 있었다. 마는 지금까지 나눠서 쉬었던 한숨을 한꺼번에 길게 토해 내고 신음하듯이 물었다.

"은휘 어떻게 됐는지 아니?"

혼모는 간투사를 좀 넣어 가며 망설이더니 대답했다.

"확실치 않아요. 아무도 본 애가 없어요. 짐작하기로는 아저씨 숨겨 주려던 게 들통 나서 선생들한테 따로 붙들려 있는 것 같은데 코빼기도 안 보여요."

역시 그렇게 됐구나. 마는 마음이 흔들리기 시작했다. 이렇게 어린애들을 끌어들여서 피해를 보게 하느니 차라리 항복하고 교장이 원하는 대로 데이터를 내놓아야 할까 싶었다. 그 생각을 읽기라도 한 듯 문밖에서 혼모는 이어 말했다.

"이제 와서 동영상 내준다고 아저씨들 무사히 못 나가요. 시작한 이상 해 보는 데까지 해 볼 수밖에 없어요."

그야말로 엎지른 물에 진퇴양난이라는 소리였다. 혼모가 말하는 '무사히'의 범주가 어느 선인지 마는 문득 궁금했으나 왠지 알려 들면 안 될 것 같았고 다만 최악의 경우까지 상정해 볼 수밖에 없었다.

"오늘 밤까지 은휘가 안 보이면 제가 어떻게든 배를 뜨게 해 볼게요."

혼모가 그런 비중 있는 모험을 할 만한 인물로 보이지는 않았으나 마는 일단 시킨 대로 상자 안에 들어가 이불로 몸을 덮고 머리만 내놓았다. 혼모는 빨랫감이 들어 있던 세탁기 몇 대를 가동시켰다.

"이렇게 신세를 질 대로 져 놓고서 뜬금없는 얘기겠지만…… 너희들은 왜 우리를 도와주는 거지?"

물어보면서도 마는 지금 상황에서 퍽이나 느긋한 소리라는 걸 알고 있었다. 그럼에도 그것은 결코 무심코 던진 질문이 아니었다. 무엇이 이들의 마음을 움직였는지, 아니면 처음부터 이 아이들은 기계가 아니며 마음을 잃어버리지 않고 지켜 왔는데 단지 세상에 나가기 전까지 감추고 있었을 뿐인지, 이들이 섬을 전복할 힘이 없다면 최소한 섬에서 탈출하기를 원하는 것인지 알아야 했다. 경우와 이유에 따라서는 마 자신이 지금 손에 쥔 데이터를 어떻게든 끝까지 지키지 않으면 안 될 터였다. 이들이 궁극적으로 원하는 것이 탈출과 폐교라면, 헤엄쳐서라도 섬을 나가 데이터를 공개해야만 했다……. 마음이 남아 있는 소수의 아이들마저 잠식당하기 전에. 마는 사 년 전 그때 심장 어딘가에 숨어들어 웅크렸던 죄책감과 사명감과 책임감 같은 것들이 이제 와서 솟아나는 걸 느꼈고, 자신이 지금 이 상황에 이르기까지 필요 이상으로 만용을 부린 것은 그때 돕지 못했던 아이들에 대한 속죄에 가까울지도 모르겠다는 생각이 들었다.

"글쎄요."

피식 웃음을 터뜨리는 듯한 소리가 희미하게 들려왔는데, 언뜻 스팀다리미가 끓기 시작하는 소리와도 닮아 불분명했지만 마는 그것이 체념의 웃음소리라고 믿고 싶지 않았다.

"왜 이런 짓을 할까. 저도 잘 모르겠네요. 생각 안 해 봤어요."

모르겠다, 모르겠으나 일단 손대고 있다는 사실만큼 본성에 가까운 행위는 없었다. 그것이 전후 사정과 이익 관계를 재단하는 데 익숙했던 마와 다른 어른들과 다른 점이었다.

"은휘의 생각도 궁금하지만, 너는 아무리 은휘가 부탁을 했더라도 쉬운 결정이 아니었을 텐데. 둘이 많이 친해? 아니면 은휘한테 빚을 지거나 약점 잡힌 거라도 있어?"

"전혀 그런 거 없어요. 은휘한테 얘기 들은 것도 아침 운동 때 잠깐뿐이라 자세하게 뭘 물어보지도 못했는걸요. 물론 친하고 말고 할 것도 없고요, 이 안에서는. 밀착된 관계 같은 거 안 만드는 게 진리니까."

"네가 지금 '이 안'에 대해 그렇게 판단하고 말하는 것 자체가 아직 이성이 남아 있다는 증거야."

혼모는 일하는 중인지 대꾸가 없었다. 마는 상자 밖으로 목을 최대한 빼내고 한 마디씩 분명히 떼어 말했다.

"글쎄도 아니고 모르는 것도 아니야. 네가 움직이는 건 인간이기 때문이야."

다리미에서 스팀이 방출되는 소리가 한 톤 올라가 신경질적으로 방 안에 퍼져 나갔다.

"과대평가하지 마세요. 생각 안 해 봤다고 하잖아요. 여기서 멀쩡히 살아가려면 가능한 한 생각 같은 건 안 하는 편이 나아요. 참고로 난 지금 이렇게 대화하는 거 자체도 낯설고 부담스럽거든요."

건조로운 목소리였지만 어딘지 모르게 이를 악문 듯한 말투였고, 그 말속에서는 혼란과 묽은 후회의 감정을 비롯하여 이제 와서는 도리 없으니 이판사판이라는 자폭성 결의도 배어났다. 그러나 다만 인간이라서,를 말했을 뿐인데 과대평가라니, 이 아이들이 그동안 인간이 아니면 무엇으로 간주되고 있었을까.

"……혹시 카메라 감독은 본 적 있니?"

불편해하는 혼모를 위해 마는 화제를 돌렸다.

"아뇨. 어떻게 됐는지 몰라요. 하지만 은휘가 아저씨만이라도 섬 밖으로 빼내 주자고 한 걸로 봐서 그쪽은 이미 늦었을 가능성이 커요."

마는 자기도 모르게 상자 안에서 이불을 걷어 내고 몸을 일으켰다. 곽의 아내와 딸이 손을 흔들던 모습이 떠올랐다.

"그건 안 돼. 분명 어딘가 있을 거야. 내가 데이터를 갖고 있는 이상은 무사할 거라고……."

"그거야 아저씨 생각이죠. 둘 다는 못 나가요. 은휘가 있었더라도 둘 다 빼내기는 힘들었을 거예요. 도대체가 그게 가능할 리 없잖아요. 어디 있는지도 모르는 사람까지 찾아내서 함께 내보내는 것과, 잘 도망 나온 사람 하나만이라도 내보내는 것 중에, 어느 쪽이 더 쉬울 것 같아요? 우리 그만한 능력은 없어요."

"미안하다. 너희들한테 뭐라고 하거나 부담을 지우려는 게 아니다. 다만 일이 이렇게 된 마당이면…….”

“잠깐만요.”

혼모가 말하기 무섭게 세탁실 철문이 열리는 소리를 듣고서 마는 급히 다시 몸을 웅송그리고 머리 위로 이불을 덮었다. 헌 이불에 묻은 온갖 검부저기가 콧속을 간질였고 마는 순간 터져 나오는 재채기를 막느라 코를 손가락으로 잡았다. 귓속이 빵 터지는 듯 압력이 느껴졌지만 반사 운동 앞에는 코를 싸쥐는 것도 소용없어서 입천장과 혀가 떨어지며 나오는 작은 파열음까지 막지는 못했다. 마는 스팀다리미의 증기 소리에 재채기가 묻혔기만을 바랐다.

그러나 들어오면서 정은 이미 증기 배출 소음과는 성분이 다른 소리를 기민하게 알아채고 그 자리에 멈칫했다. 혼모는 모른 척 시침을 떼고 목례를 마친 뒤 허리를 숙이고 하던 일을 마저 하기 시작했다. 정은 세탁실 좌우를 둘러보다가 혼모에게 물었다.

“너 혼자니?”

“네.”

“다른 애들은 어쩌고 혼자 일하니?”

“대부분 산에 따라갔어요. 한 명은 지금 보건실에서 쉬는 중일 거예요.”

“그래. 수고해라.”

그대로 몸을 돌려 나갈 듯하던 정은 문득 세탁 준비실의 작은 문이 반쯤 열린 걸 보았다. 스팀다리미 손잡이를 쥔 혼모의 손에 땀이 배어났다.

"정말 너 혼자니? 정말."

"정말인데요."

혼모는 자기도 모르게 대답하고 나서 걸려들었다는 걸 깨달았다. 이런 식의 질문에는 약간 얼빠진 표정을 한 채로 '네?'라고 약간 끝을 올려 되물어야 했다. 그 한마디면 '지금 저 혼자 있는 거 빤히 보시면서 무슨 말씀이세요?'라는 뜻을 담아낼 수 있었고, 보통 때 같으면 그런 반응이 나오는 게 자연스럽다. 그러나 혼모는 이미 필요 이상의 강한 긍정을 해 버렸고, 정 또한 거기에 함축된 부정과 질겁을 알아차렸다.

"자, 우리 한번 잊어버린 것 좀 복습해 보자."

정은 나직한 목소리로 말하며 천천히 혼모에게 다가왔다. 그러면서도 간간이 쪽방 안쪽으로 시선을 돌리는 모습을 보여 줌으로써 혼모에게 정신적 압박을 주는 것을 잊지 않았다.

"너한테 가장 중요하면서 가장 모자란 게 뭐라고 했지?"

혼모는 굴욕으로 감쳐문 입술을 얼른 떼지 못한 채 서 있었다. 이 빤한 질문에 대한 대답을 강요받을 때 항상 느끼는 감정이었다. 그것이 중요하다는 윤리적 원칙은 인정할 수 있었지만 현재의 자신에게 모자라다는 낙인에만은 동의하고 싶지 않았으며, 그 대답을 할 때마다 혼모는 '나는 거짓말쟁이입니다.'라고 적힌 표지판을 목에 걸고 군중 앞에 서는 느낌이었다.

"대답은?"

"정직,입니다."

띄엄띄엄 대답하는 혼모의 목소리를 들으며 이불 속의 마는 눈을 감았다. 그 기운 없는 목소리에서, 분노의 성분은 쏙 빠진 채로 담백하기 이를 데 없는 우울과 체념과 바닥 모를 자기 비하가 느껴졌다. 어떻게 아이에게 저런 파렴치한 질문을 하고 대답을 강요할 수 있을까. 그러나 상황이 어떻게 되어 가는지, 상대방이 어디까지 확신하고 있으며 시선을 어디에 두고 살피는 중인지 알 수 없는 마는 일단 그 자리에 경직된 채로 무릎을 모으고 있었다.

"그렇지. 그리고 너는 모두의 앞에서 약속했지. 다시는 남의 것을 훔치지 않을 것이며 거짓말도 하지 않겠다고. 새사람으로 태어나겠다고, 설령 태어나기를 돌대가리로 태어나서 쓸 만한 거라곤 아무것도 배우지 못한다 쳐도, 여기서 그거 하나만은 바로잡아 나가겠다고 말이다."

정은 쪽방 안쪽에 있는 사람더러 들으라는 듯이 아예 거기다 얼굴을 돌려 댄 채로 소리를 바락 높였다.

"그런데!"

혼모는 흠칫 놀라 하마터면 다리미를 떨어뜨릴 뻔했다.

"그거 말고는 평생 가야 아무런 장점도 없을 놈이, 날 속이려 들어?"

"무, 무슨 말씀……."

"다리미 꺼, 내려놔!"

혼모는 시키는 대로 했고 스팀이 잦아들자 세탁실 안에는 물 한 방울 떨어지는 소리까지 메아리로 울릴 만큼 정적이 흘렀다. 이불을 덮어쓴 채로 마는 지금 바깥 상황이 어떻게 돌아가는 건지 짐작해 보려 애썼다. 구할 수 있을까, 저 아이를 내가. 구해 주지 못했던, 이름조차 기억나지 않는 아이. 역시 도움만 받고 지금은 행방조차 모르는 은휘의 얼굴이 차례로 스쳐 지나갔다.

정은 짐짓 딱하다는 듯 한숨을 쉬고 마지막으로 쪽방 안을 노려보며 말했다.

"옷 벗어."

"네?"

혼모는 이제 혼란에 정신을 잃고 쓰러지기 직전이었다.

"옷, 벗으라고. 안 들려?"

"저, 저는 여기다 뭐 감춘 거, 없는데요."

정이 말하는 바가 무슨 뜻인지 알면서도 혼모는 필사적으로 주위섰겼다. 자주 있는 일은 아니지만 교내에서 '심각한 일탈 행위'가 일어났을 때 적용되는 체벌로, 사람에게 무력감과 자괴감을 불러일으키는 데에는 강제 탈의만 한 게 없다는 걸 잘 아는 교사들의 제재였다. 여학생들에게는 속옷 착용이 허용되고 탈의 상태로 두어 시간가량을 서 있는 게 전부지만 최소한의 공격도 막을 수 없는 상태가 가져다주는 정신적 충격은 작지 않아서, 옷을 벗는 것만으로 절대복종이 이루어졌다.

"상황 파악이 안 돼? 쩨쩨하게 뭐 훔친 거 없나 뒤져 보려는 줄 알아? 벗어, 새끼야. 팬티까지 싹 다."

혼모는 작업복 멜빵의 단추를 벗겨 냈다. 멜빵이 어깨 뒤로 넘어가면서 올인원 형태의 작업복이 발목까지 떨어져 내렸고, 이제 남은 건 속에 받쳐 입은 반팔 티셔츠와 팬티뿐이었다. 그때 참다못한 마가 이불을 걷고 상자에서 나왔다.

"그 애 놔둬."

쪽방 문 앞에 나와 서서 마는 정을 마주 노려보았다. 정의 입가에 승리의 미소가 스쳤다.

"이제야 기어 나오셨군요. 이쯤 하면 나올 때 됐다고 생각했죠."

"너 교육자 맞아, 새끼야? 궁금하면 네놈이 들어와서 쑤셔 볼 일이지 치사하게 애를 욕보여?"

"우리 학교는 정직을 비롯해서 자수하여 광명 찾자는 게 교훈이거든요. 도대체 교정과 선도의 목적 외에 달리 뭘, 상상이라도 하셨습니까?"

"네놈들 하는 짓은 언제나 내 상상을 가뿐히 넘어서니까. 이제 내가 어떻게 하면 되겠나?"

마는 이제 자신이 가마솥에 든 고기 신세라는 사실을 잘 알고 있었고, 지금처럼 호전적인 태도로 배짱을 부리는 대신 당장이라도 그 앞에 기어 다니며 목숨을 구걸해야 할 판이었지만 지금은 그런 것이 눈에 들어오지 않았다. 구해 주지 못했던 아이들에 대한 슬픔과 분노가 괴어오를 뿐이었다.

"그러면 일단 두 손바닥을 펴서 머리 위로 들어 올리세요. 손에 쥔 거 없지요? 이제 천천히 이쪽으로 오시면 됩니다."

그때 정의 휴대 전화가 울렸다. 정은 마에게서 시선을 떼지 않은 채 그대로 멈추라고 손짓한 뒤 전화를 받았다.

"예. 윤 선생님. 예, 그런데요. 알아요. 여기 잡아 놨으니까 그냥 빨리 오시라고⋯⋯. 뭐? 해경이? 어디? 해경선이 왜?"

정은 전화를 끊고 한숨을 쉬었다.

"참 대단하십니다. 지금 속으로 만세 부르고 계시죠?"

마는 상대가 무슨 얘기를 하는 건지 알아차리지 못했지만, 적어도 뭔가 이변이 생겼고 시간을 벌었다는 사실만은 위험에 빠진 사람 특유의 본능으로 직감할 수 있었다.

"해경선이 이쪽으로 오고 있다고 그러네요. 무슨 수를 쓰신 거죠? 그것도 우리 애들 구워삶았나?"

정이 몸을 돌리면서 팔로 허공을 가르는 소리가 세탁실 안을 울렸다. 혼모는 정의 손날에 목덜미를 맞았을 뿐인데 그 자리에 낙엽처럼 힘없이 쓰러졌다.

"넌 나중에 보자. 개인 면담 좀 간만에⋯⋯."

그러나 그때를 놓치지 않고 스포팅 보드를 밟아 뛰어넘은 마가 스팀다리미를 집어 정의 머리를 내리쳤다. 정은 드라이클리닝기

에 팔을 걸치며 서 있으려고 버티는 듯하다가 이내 초점을 잃은
눈이 감기더니 바닥에 얼굴을 향한 채로 뻗어 버렸다. 이미 기절한
정의 등을 몇 차례나 내리밟으며 마는 헐떡거렸다.

"너나, 나중에, 보자."

12장

지시받은 대로 해경들은 배를 대 놓은 뒤 다른 움직임 없이 다만 수문장처럼 학교 주위를 지키고 서 있었으며, 박은 동행한 검사와 함께 교장실을 찾아들었다. 교장은 마음속으로 혀를 차면서 짐짓 모르는 척 그들을 맞아들였다.

"이거야 원, 어디서 오신 누구신지, 손님 맞을 준비도 미처 못 했는데 말입니다."

"됐고요, 나는 내 후배 놈 하나 찾으러 왔으니까 그놈 어디 있는지만 알려 주시라고요."

배를 타고 오는 동안 사정 이야기를 들은 검사는 신분증도 내보이지 않고 박이 하는 대로 내버려 두고 있었다. 중요하거나 위험한 순간에 나서기로 했으나, 박의 얘기만으로는 그렇게 위험해 보이는 상황도 아니었고 그 이전에 대체 어디부터 사실이라고 믿어야 할지 확신이 서지 않은 상태였다. 한편 교장은 사전에 학교로 요청이나 협조 공문 없이 해경선이 온 걸로 보아 일이 어떻게 되었는지 짐작이 갔고, 눈앞에서 깐죽대는 남자도 당연히 경찰이겠거니 생각했다.

"다짜고짜 후배 놈이라 하시면 제가 모르지요."

"아! 카메라 메고 두 명 안 왔단 말이에요? 그놈이 여기서 나한테 보낸 메일 보여 드러요?"

그새 무슨 방법을 써서든 메일까지 주고받았단 말이지. 교장은 끓는 화를 참으며 미소와 함께 고개를 끄덕였다.

"아, 그분들 말씀이시군요. 죄송하게도 두 분이 자유롭게 촬영하도록 허가했기 때문에 지금은 어디 있는지 알지 못합니다. 산에 들어간 지 좀 됐는데 무슨 일이나 안 생겼을지."

교장은 그 전에 산에 올라간 윤으로부터 피디가 학교로 다시 향한 것 같다는 보고를 들었고, 그 망할 피디가 지금쯤은 다른 교사에 의해 제압되었거나 아니면 아직 산속을 헤매고 있으리라는 데에 기대를 걸고 있었다.

박은 오장을 쏟아 낼 듯이 교장의 면전에서 길게 가래 뽑는 기침을 했고, 교장은 그 품위 없는 모습에 눈살을 찌푸렸다.

"좋습니다. 그러면 신은휘라는 학생을 먼저 만나게 해 주시죠."

"은휘를 어떻게 아시는지."

"어디 있느냐고요."

"아무 명분도 없이 수업받고 있는 학생을 이런 자리에 불러올 수는 없습니다. 명백히 학습권과 생활권 침해니까요."

"학습권이고 생활권 같은 소리 하고 있네. 이쪽은 생존권이 달려 있어. 알아? 이쪽이 직접 뒤져 볼까?"

"옆에 서 계신 분은 안 그런데, 경찰관께서는 예절과는 담을 쌓으셨군요. 기본 소양이 안 되어 계신 것도 같고. 설령 피의자한테라도 이런 식으로 대한다면 얼마든지 민원을 제기할 수 있지요. 거기다 이 학교장보다 연배가 한참 아래인 것 같습니다만."

"아이고, 헛다리 짚으셨네. 나 경찰 아니거든요. 가만 앉아 계세요. 지금 막 '아니면 당장 내 섬에서 나가.'라고 말하려고 했죠? 근데 이걸 어쩌나. 여기 계신 분은 검사고요, 이사장님 승인도 얻어 왔거든요. 저한테 온 이메일을 증거로 해서 공무 집행 관련 필요한 서류는 다 챙겨 왔으니 한가하면 넘겨보시든가."

이사장의 승인을 받았다는 건 박의 거짓말이었다. 이사장에게 먼저 문제의 메일과 의혹을 알렸다면 그는 보도로 인한 이미지 추락을 염려하여 무슨 수를 써서든 막았을 터였고, 박 또한 다른 때 같았으면 모르는 척 덮어 버렸을지도 모르는 일이었다. 그러나 지금은 사정이 달랐다. 비록 이제 와서 절친이라고 할 수는 없었지만 불과 지지난주에 얼굴을 마주한 후배가 아이를 통해 구조 신호를 보낼 만큼 위험한 상황에 놓여 있었다.

교장은 박이 내민 서류를 넘겨보는 둥 마는 둥 팔랑거리다가 책상 한쪽으로 밀어 둔 채 외면했다.

"그럼 피디와 그 친구 분은 직접 찾아보십시오. 관여하지 않겠습니다. 은휘는 곧 이리로 불러오도록 하지요."

교장은 정에게 전화를 걸어 창고에서 은휘를 꺼내 오라고 할 작정이었다. 데리고 오는 동안 정이 알아서 은휘에게 입단속을 시킬 것이다. 그러나 몇 번이나 신호가 울리는데도 정은 전화받을 생각을 하지 않았다.

그때였다.

"불이야—"

바깥에서 학생 가운데 누군가 소리치자 또 다른 학생이 평소 훈련받은 대로 비상벨을 눌러서 경보음이 교내 전체에 퍼져 나갔다. 교장은 창을 열고 내다보았다. 학교 건물과는 상당히 떨어져 있는, 학교 부지가 아니라면 학교 소유인지도 알기 힘들 만큼 어울리지 않는 구도로 뚝 떼어 버려진 거나 다름없는 목조 창고에서 불길이 치솟고 있었다. 학생들 예닐곱 명이 소화기를 들고 그쪽으로 달려가는 중이었다.

그렇구나. 결국 네가 이런 식으로 나를……. 차라리 거기서 질식해 버려라. 입도 벙긋하지 마라! 교장은 순간 판단력을 잃고 자기도 모르게 창밖으로 몸을 내밀어 소리쳤다.

"놔둬! 거기 놔두라고!"

교장의 목소리를 듣고 위쪽을 올려다본 학생들은 얼른 뛰어가라는 말인지 멈추라는 말인지 순간 알아듣지 못하고 멈칫거리며 이내 서로의 얼굴을 흘끔거렸다. 그러나 곧 박이 교장의 덜미를 끌어당겼다.

"놔둬? 불이 활활 타오르는데 놔둬? 저기 뭐 있나 보네. 김 검사님."

검사는 가서 학생들을 도와 불을 끄라고 해경 쪽에 무전기로 지시를 내렸다.

"우리 가서 진화가 잘되는지 봐야겠는데요."

그렇게 말하며 박은 검사와 함께 교장을 앞뒤로 둘러싸고 문제의 창고를 향해 내려갔다.

창고는 생각보다 컸는데 불길은 그보다 더 커서 거멓빛 화염이 한 번만 혀를 날름거리면 창고 하나쯤 통째로 집어삼킬 수 있을 것만 같았다. 몇몇 학생들이 소화기를 대고 뿌리기 시작했으나 오래되어 녹슨 것이 대부분으로, 핀이 떨어지고 작동이 안 되는 등 무용지물이나 다름없었다. 그동안 받은 훈련은 일부 화생방 훈련을 제외하고는 실상 기초적인 제식 훈련에 가까운 것으로, 가공된 위기 상황에서 소화기를 쏘아 보는 연습만 했을 뿐 정작 소화기는 낡거나 불량품인 것들을 방치해 왔던 것이다. 지금은 들고 온 예닐곱 대의 소화기 중에 겨우 한 대만 뜸지근하게 작동이 되었고, 거기서 분사되는 소화 가스의 크기는 코끼리를 향해 차례로 몸을 날리는 쥐 떼 같았다.

"안에 누가 있어."

학생 중 누군가가 소리쳤다. 그 말대로 작은 철책 너머에 가냘프게 나부끼는 손이 보였다.

"이거 문 안 열려!"

또 다른 학생이 문고리를 밖에서 채운 자물쇠를 발견했는데 자물쇠는 불길에 그을리긴 했으나 부수이지지는 않았다. 문을 이은 경첩은 보기보다 견고하여 그 쇠붙이들이 모두 녹아 끊어지거나 문이 다 타서 떨어져 내리는 것 가운데 어느 쪽이 빠를지 알 수 없었으나 어느 경우고 간에 그만큼 지체하면 안에 있는 사람은 무사하지 못할 터였다. 창가에서 흔들리던 손은 불길이 그쪽까지 번져서 그런지 또는 이미 질식해서 쓰러졌는지 어느새 보이지 않았다.

해경들이 도착하여 상황 파악에 들어갈 즈음, 어느 건물에선가 뛰어나온 마가 달려들어 문에 몸을 부딪쳤다. 마는 더럽고 찢어진 옷이며 갈기 같은 머리며 이미 꼴이 말이 아니었는데 거기에 불까지 옮겨 붙었다. 마는 머리카락과 옷자락을 태우는 불꽃을 대충 흔들어 끌 틈도 없이 거듭 문에 부딪쳤고, 해경들 몇이 달라붙어서 갑자기 난입한 마를 도와 발로 문을 차고 두드리자 이음매가 너덜거리던 문짝이 반쯤 부서져 불덩이와 함께 안쪽으로 무너졌다.

물에 젖은 옷가지 따위 챙겨 오지 못한 마는 숨을 참고 나머지 문을 부쉈다. 연기 속에서 고개를 돌려 보니 은휘가 뜀틀 옆에 엎드려 기어 나오기 위해 꿈틀거리고 있었다. 마가 팔을 내밀어 안아 올리자 그을음이 앉아 까매진 얼굴에 하얀 이가 보일 듯 말 듯 한 미소가 그려졌고, 그 순간 마는 코와 목구멍을 채우는 검은 연기에서 감미마저 도는 것 같았다.

교장을 끌고 현장에 다다른 박은 걷잡을 수 없이 타들어 가며 끄무레한 하늘에 검은 구름을 보태다 마침내 무너져 내리는 목조 건물을 지켜보았다. 꽃잎 같은 화염이 허공에 난분분하게 흩어지는 가운데 한 아이를 안고 나와 비틀거리다 함께 엎어져 버린 마의 모습이 보였다.

침묵으로 일관하는 교장과 윤 교사를 감시한 상태에서 다음 날까지 간단한 수색과 조사가 이어졌다. 간단한 조사라 하면 당일로 끝났어야 할 테지만 윤과 함께 산에서 내려온 아이들도 다 같이 그 산에 무엇 때문에 갔으며 그동안 무슨 일이 있었는지 입을 열지 않아서 일은 쉽지 않았다. 그러나 그 침묵에서 어떤 맹약이나 공모를 전제로 한 협동심 내지는 다부진 결기 같은 것은 느껴지지 않았고, 다만 서로 흘끔거리며 누가 나서서 이 총체적 난국에 총대를 메 줄 것인지 눈치를 보는 상황 같았다.

모든 일의 중심에 있었던 은휘와 마에게 묻는 게 빨랐겠지만 질

식사를 간신히 면한 두 사람이 또렷한 의식을 되찾는 데는 시간이 걸렸고, 검사와 그 일행으로선 나중에 안 사실이지만 무경이라는 학생은 이 일과 관계가 있었으면서도 적극적으로 행동을 함께하지 않았다는 이유로 뒤로 빠져서 그들이 떠날 때까지 내내 모른 척하고 있었다. 그나마 역시 실신 직전의 상태로 보이는—그보단 실신에서 막 깨어난 듯 비칠거리며 기어 나온 혼모라는 아이의 진술에 따라 가장 먼저 세탁실에서 기절한 교사 정을 끌어내어 확보했는데 이 사람도 깨어나려면 시간이 적잖이 걸릴 것 같았고 교장과 윤의 태도로 보아 역시 조사에 비협조적으로 나올 가능성이 컸다.

해경들이 온 학교 건물을 뒤진 끝에 먼저 기숙사의 한 빈방에서 그때까지도 옷장 문을 부수지 못한 채 손만 피투성이가 된 곽을 찾아냈고, 곽의 말에 따라 계단실 아래 용도 불명의 지하 방에 갇힌 아이를 꺼냈다. 생수병의 물을 조금씩 나눠 마시며 사흘째 어둠 속에 묶여 있던 아이는 이들 가운데 가장 상태가 좋지 않았으나, 탈진하여 혼곤한 의식을 놓기 전에 자기 말고 한 명이 어딘가 더 있을지 모른다고 말했다. 지하실에서 나온 아이를 보고 윤은 더 이상 도망칠 데가 없다고 느꼈는지 나머지 한 명의 소재도 실토했고, 일이 이렇게 되어 가는 동안 교장은 뜻밖에 평화로운 눈으로 학교 부지를 둘러보고 있었는데 그 옆모습하며 태도가 마치 이레째 보시기 좋았더라고 안식을 취하는 창조주 같아서 지켜보던 사람들은 아연실색했다.

솜사탕을 입에 문 예린이의 양 볼은 건조한 날씨 탓에 빨갛게
터 있었다. 벤치에 앉아 두 발을 흔들며 예린이는 연두색 솜사탕에
거의 얼굴을 파묻고 있었는데, 곽의 아내가 아이의 얼굴에 보습제
를 바르기 위해 솜사탕 막대를 뺏어 등받이를 마주 댄 뒤쪽 의자
에 앉은 곽에게 넘겨주었다.

아이는 영문도 모르고 눈앞에서 솜사탕이 사라지자 입술을 움
찔거리다가 곧 아빠에게 손을 내밀었는데, 로션을 바르는 데 끈적
거리는 설탕이 방해된다며 제지하는 엄마의 말소리에 멈칫했다.
그리고 로션을 얼굴에 다 바르면 다시 솜사탕을 돌려받을 거라고
나름대로 판단한 듯 가만히 앉아 엄마가 하는 대로 내버려 두었다

가 엄마가 너무나 오랫동안 정성스럽게 온 얼굴에 꼼꼼히 펴 바르
는 바람에 참지 못하고 울음을 터뜨려 버렸다.

　아이는 기다릴 줄 모르고 참을성이 없으며 제멋대로다. 그게 아
이다. 그게 정상이다. 어른이 하자는 대로 참는 건 아이가 아니다.
그런 아이가 있다면 그건 말 그대로 그저 참고 있을 뿐이다. 어째
서 아이한테 아무 설명도 없이 다짜고짜 솜사탕을 빼앗는 거야?
그리고 아이가 이토록 돌려주기를 기다리는데 그렇게까지 섬세
하게 구석구석 바를 필요 없잖아? 곽은 말하고 싶지만 가만히 아
내의 손길을 바라만 본다. 이진에도 비슷한 이야기를 했다가 도리
어 핀잔을 받은 적이 있다. 하루 종일, 심지어는 몇 날 며칠씩 밖
에 나가 일하는 당신은 모른다. 아이에게 옷 한번 갈아입히려고 해
도, 아침저녁으로 로션 바르는 것만도 일이다. 돌보는 자로서 어느
것 하나라도 대충대충 넘어갈 수 없다. 아이가 졸려서 곯아떨어졌
다고 하여 양치질시키는 것을 포기하고 재우는 등 한두 번의 예외
를 두는 순간 그 아이의 일상과 습관과 건강이 무너지고 병치레에
병원 단골이 되고 만다. 그런 경우 아이는 누가 책임질 건데? 결국
다 내 몫이잖아. 지금은 울어도 나중에 커서는 철저한 규율이 몸에
배게 되어서 '만족 지연 능력'을 함양하고 습관을 바로잡아 준 엄
마에게 감사할 거야. 곽은 두 손 들고 한마디만 더 보탰다. 아직 어
린아이한테 그렇게까지 기름을 짜지 않아도 될 텐데. 안 그래도 아
내는 구름 같은 솜사탕을 사서 아이 손에 덥석 쥐여 준 곽에게 아

빠로서 생각이 있네 없네 이미 한바탕한 다음이었고, 그 자리에서 빼앗아 휴지통에 던져 버리지 않은 것만도 많이 양보한 셈이었다.

아이는 즉물적인 데에 즉각 반응을 보이며 따뜻하고 밝은 것을 좋아하고 축축하거나 어두운 걸 싫어한다. 아이에게서 망고 맛 캔디를 빼앗고 인삼이나 계피 맛 비타민을 밀어 넣기란 거의 불가능하다. 그게 아이다. 그게 정상이다. 잠깐의 포근함이 혀끝에서 녹아 사라져 버릴 것을 알면서도 당장의 충동에 몸을 맡겨 보고, 이도 썩고, 아파서 눈물도 흘려 보고, 그러면 안 되나. 무엇이 옳은 걸까. 곽은 들고 있던 솜사탕을 예린이에게 내밀었다. 예린이는 볼에 눈물이 흘러 직전에 바른 로션과 섞여 엉망이 된 얼굴로 아빠한테 두 손을 내밀며 밝게 미소 지었다. 곽의 아내는 로션을 다시 발라야 하게 생겼다며 눈살을 찌푸렸다.

"이건 네 거야. 아무도 안 빼앗아 가. 하지만 조금만 더 기다려 주자. 엄마를 방해하면 더 늦어져."

아빠가 나지막한 목소리로 타일러도 두 돌이 채 되지 않은 아이가 인내심을 발휘할 리가 없었고, 다만 아빠를 향해 손을 뻗을 뿐이었다.

"이렇게 팔을 들어서 이쪽으로 줘 봐. 옳지, 네가 잡고 있어. 그러면 되겠지. 이제 기다릴 수 있지?"

곽의 아내는 못마땅한 모양이었으나 어쨌든 아이가 앙탈을 덜 부리니 안도의 한숨을 내쉬었다. 예린이는 등받이 너머로 팔을 뻗어 솜사탕 막대를 쥐고 나서야 비로소 안심한 듯 웃었다. 그러고도 완전히 안심되지 않는지 엄마가 얼굴을 이리저리 만지작거리는 동안에도 솜사탕을 곁눈질했다. 그런 아이의 머리 위로 바이킹 해적선이 긴 곡선을 그리며 치솟아 오르더니 탑승객들의 비명과 함께 그림자를 만들었다.

*

박과 검사가 한 무리의 해경을 끌고 거의 일망타진할 듯이 들이닥친 걸 생각하면—물론 해경들의 도움을 얻은 이유는 어딘가를 급습하거나 대량의 인원을 덮치기 위해서가 아니라 순전히 섬으로 건너오기 위해서였지만—그들에게 적용된 혐의는 싱거울 만큼 사소했다. 정과 윤을 비롯한 일부 교사들이 감금 및 폭력 혐의로 구속되었을 뿐으로, 그조차 섬이라는 한정된 공간에 있는 만큼 도주 우려가 없다며 불구속 입건으로 진행될 수도 있었던 것을, 장거리와 고립 문제 등으로 마가 이의를 제기하여 폭력에 직접 가담한 정과 윤만 동행하게 되었다. 감금과 폭력의 피해자는 외부인인 방송인 두 사람과 학생 세 명으로, 나머지 학생들은 그간 비슷한 방식으로 자행되어 왔을 것이 틀림없는 폭력에 대해 일언반구도 없었다. 정신을 차리고 사태를 파악한 마는 펄쩍 뛰었다.

　—검사님, 정말 모르시겠어요? 누가 책임자인지! 누구를 제일

먼저 끌고 나가야 하는지 모르시겠냐고요!

나머지 교사들과, 무엇보다도 교장과 함께 아이들을 이 섬에 두고 나가야 하는 상황이 되자 마는 온몸에 아드레날린이 솟구쳤다. 학생들 가운데 심각한 인명 피해가 나오지 않고 누구도 그에 대해 입을 열지 않는 이상은 교장의 교육 방식을 문제 삼아 즉시 구속 가능한 법은 없었다.

─저기, 저 보건실 의사도! 보건실 뒤져 보라고. 아이들이 아침저녁으로 먹는 이상한 약, 성분 조사하면 백 프로 뭔가 나온다니까! 이대로 애들을 사지에 몰아넣고 배 띄우자고? 지금 제정신들이에요?

그러나 바깥에서 온 사람들에게는 마의 말이 그럴듯하게 들렸지만 어디까지나 심증과 정황뿐으로, 실제로 현장에서 사망자가 나오지 않았기 때문에 사지에 몰아넣는다는 말 자체가 억측으로 간주되는 분위기였고, 몇 가지 약을 압수하여 성분 분석을 해 보아야 한다는 주장 역시 수긍이 가기는 했으나 그 결과가 나오기 전에 보건의를 무턱대고 체포하기엔 무리가 있었다. 또한 조사 과정에서 나온 각종 회계 내역에서는 박의 짐작과 같이 분기별로 지급 예산이 꾸준히 조금씩 삭감되어 온 것 외에는 업무상 배임 횡령과 같은 문제가 발견되지 않았을뿐더러, 졸업생들로부터 강제로 징수했다고 짐작되는 채무 역시 서류상으로는 '자발적 증여', 즉 후원금으로 분류되어 있었다. 내역을 낱낱이 까 보면 건수 잡힐 만한 게 나올지 모르겠지만 그 작업 분량은 방대하여 섬 안에서 하루 이틀 사이로 할 수 있는 게 아니었다. 그리하여 일단 지하실에서 나온 두 명의 학생과 외상을 입은 혼모가 지목한 두 명의 교사에 한해서만 적법한 절차가 적용된다는 것이었다. 나머지 사안에 대해서는 조사가 이루어지는 대로 차례로……. 검사의 설명이 끝나기 전에 마가 아이들의 멱살을 잡을 듯이 소리쳤다.

—너희들 정말 그것뿐이야? 더 할 말 없냐고! 이대로 이 섬에 처박혀 있으면 이 아저씨들 여기 다시는 못 올지도 모른다고! 지금 아니면 기회사…….

박이 마의 어깨를 두드리며 눈짓을 보냈다. 처음에는 이제 그만해라, 충분히 애썼다는 격려의 표시인 듯했는데 점점 손에 힘이 들어갔다. 지금 이렇게 소기의 목적을 달성하기까지 내가 얼마나 권한 밖의 일을 많이 저질렀으며 갖은 인맥을 동원했는지 알기나 하느냐는 뜻이 담겨 있었다. 기껏 네놈 하나 살려 주러 왔는데 일 크게 만들지 말고 떠나자, 응? 마지막에 가서는 거의 으름장이었다. 사실 박은 이 철딱서니 없는 후배가 기어이 일을 벌여서 행방불명 처리된 옛날 신문 기자의 일까지 들먹여 가며 산을 파 보자고 할까 봐 겁이 났다. 이렇게 소박한 인원의 해경을 동원하여 산을 까뒤집는다는 것도 불가능했고 만에 하나라도 그랬다가 아무것도 나오지 않는다면 그 뒷감당은 생각하기도 싫었다.

마는 어깨를 힘없이 축 늘어뜨렸다가 문득 침대에 간신히 등을 기대고 앉을 정도로 회복된 은휘를 돌아보았다.

—네가 나를 도와줬잖아. 나한테는 너를 구할 수 있는 기회 안 주니? 정말로 네가 원하는 게 여기 남아 있는 거야?

연기를 많이 마신 충격 탓인지, 아니면 그저 입을 다물기로 했을 뿐인지 희미하게 미소만 머금는 은휘의 반가 사유상 같은 얼굴을 보고 마는 뇌수가 끓어올랐다.

—도와달라고 한마디만 해. 왜 말을 못 해? 안 하는 거야? 여기서 데리고 나가 달라고! 너는 내 생각보다 많은 걸 알고 있을 거야. 네가 나와서 협조해 주면 여기 있는 아이들 풀려나는 거 시간문제야. 너는 왜! 여기서 뭘 더 기대할 게 있어서!

그때 교장이 자신의 완성품을 기특하게 바라보는 듯 그윽한 미소를 지으며 은휘의 병상으로 다가갔다.

—당신은 움직이지 마. 그 애한테 손대지 마! 젠장!

마의 절규는 공허하게 울려 퍼졌다. 교장에게는 당장 눈에 띄는 혐의가 없었고 그는 여전히 이 학교의 교장이었으며 은휘는 그의 학생이었다. 교장은 은휘의 어깨에 양손을 얹어 놓고는 박과 검사를 돌아보며 호소하듯이 말했다.

—생각해 보십시오. 그렇게 막무가내로 감상적인 그림을 그리는 게 이 아이들한테 도움이 되겠는지 말입니다. 여기 있는 이 은휘만 해도, 무턱대고 데리고 나가 주겠다면 그걸로 그만입니까? 이 아이 인생을 책임져 주실 만한 능력이 피디님한테 실제로 있는

지 어떤지는 관두고라도, 젊디젊은 피디님께서 이 아이를 양녀로라도 삼으시겠다는 겁니까. 아니면 애인?

—닥쳐, 더러운 입으로 말 같지도 않은 소리 주절대지 마.

마는 뒤에서 계속 박이 붙들고 있어서 교장의 얼굴에 주먹을 날리지 못하고 입술만 바르르 떨었다.

—그런 얘기를 하자는 게 아닙니다. 지금도 보세요. 피디님은 말도 안 된다고 펄펄 뛰기만 할 뿐 그렇게 흥분하는 데에 상응하는 대책은 없으시죠. 이 아이들은 모두 갈 데가 없습니다. 성인이 되고 자립하기까지, 여기가 집입니다. 뼛속 깊이 여기에 적응하고 있어요. 어느 쪽이 아이들을 위하는 길인지 생각해 보시지요, 어디가 풀려나는 곳이고 어디가 묶여 있는 곳인지를요. 다시 말하지만, 아무런 대안 없이 이 아이들을 길바닥에 풀어 놔 보았자 갈 곳은 없습니다……. 아이들은 여기서 자신들의 능력껏 아주 잘 지내고 있습니다. 가끔 기대에 어긋나는 행동을 하거나 기대 목표를 성취하지 못해서 일정 부분 제재를 가하는 일이 없지야 않겠지만 다른 학교라고 그러지 않겠습니까. 우리는 우리의 기준과 방식에 따라 생활하는데 당신들의 기준을 우리한테 갖다 끼워 맞추고서 그것이 폭력이니 아니니를 따진다는 건 무의미합니다.

교장의 그 말은 어쩐지 가정 폭력으로 신고를 받은 남자가 남의 집안일에 신경 끄라고 냉정하고도 우아하게 항의하며 현관문을 닫아 버리는 모습을 떠올리게 했다. 교장의 말에 동의하느냐고 묻기 위해 마는 은휘를 똑바로 바라보았는데, 은휘는 교장의 말에 고개를 끄덕이는 것도 아니고 그렇다고 확실히 부정하는 것도 아닌 모호한 몸짓을 하며 이 말을 마지막 대답으로 돌려주었다.

—아저씨, 이제 걱정하지 말고 가세요.

은휘는 처음부터 자신의 소임이 오지랖 떨다 위기에 놓인 외부인을 무사히 돌려보내는 데까지였다는 듯, 초월에 가까운 불가해한 표정을 지어 보였다. 수그린 마의 고개 위로 체념과 환멸이 몰려왔다. 큰소리쳤던 기세와는 달리 결국 단 한 명도 구할 수 없었고 손에 쥔 거라곤 그 자체로 어떤 결정적 단서가 되지 못하는 동영상 자료와, 전문가한테가 아니면 숫자 암호로밖에 안 보이는 엑셀 파일들뿐이었다.

마가 편집까지 마친 영상물은 윗선에서 방영 불가로 결정됐고 설상가상으로 원본 폐기 명령까지 내려졌다. 그게 대체 누구 결정인지는 안 봐도 알조였는데, 박의 메일에 따르면 최 이사장이 약물 성분 검사 결과도 발표 못 하게 막아 버렸으며 상장 회사이자 교육 기업의 이미지 문제도 있으니 더 이상 일을 크게 만들지 말아 달라고 당부했다는 거였다. 거기에는 이사장의 허가 없이 경찰을 끌고 섬에 들어간 박에 대한 경고 역시 포함되어 있었는데, 박은 자신이 정의의 사도도 아니고 나중에 총선 따위에 출마하겠다는 식의 정치적 야망도 없으며 상당히 흥미로운 자료이긴 했지만

기사화할 만큼의 가치가 있는 건 아니었다고 뒤로 한발 물러서서
는 그동안의 이메일과 첨부 파일을 모두 삭제했다고 전했다.

사본이 무한대로 만들어지는 시대에 원본 폐기 명령이란 그저
상징적인 엄포에 지나지 않았지만, 마는 편집 영상 디브이디만 자
료실 구석 안 보이는 데다 슬그머니 꽂아 두고 나머지 동영상과
녹취한 자료를 하드에서 지워 버리는 것으로 패배를 인정하는 경
건한 의식을 진행했다.

그 뒤로 로젠탈 스쿨은 다시 철저한 비공개 상태로 돌아갔기에
거기 있는 아이들이 어떻게 되었으며 교장과 보건의 이하 교사들
이 여전히 거기서 근무하고 있는지, 인사이동은 없었는지 등을 더
이상 알아볼 만한 경로가 마에게는 없었다. 무엇보다 섬세하고 내
밀한 키를 쥐고 있었던, 결국 해경의 도움을 얻는 데에 직접적인
역할을 한 은휘가 그 섬에서 아직 무사한지가 초조할 만큼 궁금했
고 윤과 정이 구속되는 데 한몫 보탠 혼모와 지하실의 아이들에
대해서도 마찬가지였다. 거기에 두 교사의 이후 조사 내역과 행적
은 역시 이사장이 비밀로 부쳐서 그들이 섬으로 돌아갔는지 여부
도 알 수 없었고 만일 귀가 조치되었다면 돌아가서 아이들에게 무
슨 짓을 했을지는 더욱 짐작조차 힘들었다.

그동안 마는 윗선의 의미심장한 배려로 이십오 분짜리 초등 교
육 관련 부모 상담 프로그램을 진행한 것 외에는 별다른 일을 맡

지 않았고 그러면서 천천히 일상으로 돌아오고 있었다.

오랜만에 한 고등학교를 방문하여 학생들의 자치 재판 현장을 촬영하다가 마는 맥락도 없이 가끔 떠오르는 어두운 기억들을 털어 내며 자기도 모르게 고개를 흔들었다. 재판 중이던 아이들은 그게 엔지 사인인 줄 알고 멈칫했고, 마는 미안하다는 손짓과 함께 큐를 보냈다.

한 편의 오락 영화였다면 차라리 나았을지도 모른다. 주인공은 위기와 불운에서 탈출하고 명예를 회복하며 진실은 만천하에 밝혀지고 암흑은 부서지는. 그러나 현실은 그렇지 않았고, 그가 암흑이라고 믿는 것조차 암흑인지 아닌지 긴가민가한 채로 그 자리에 견고히 버티고 있었으며 무엇이 진실인지 다퉈 볼 여지가 있음에도 공론화되지 못하고 논란의 대상에서 열외로 비켜나 신성불가침의 영역으로 남게 되었다.

그는 끝내 9부 능선을 넘지 못한 자신이 쓸데없는 일을 했다는 걸 인정하고 싶지 않았다. 사람을 소재로 방송을 만들면서 단 한 명의 사람조차 구하지 못하고 마음의 빚만 누적되었다는 사실에서 고개 돌리고 싶었다. 앞으로 남아 있는 삶 동안 몇 번이나 더 타인의 얼굴에 카메라를 들이댈 것이며 파인더 너머의 것을 끄집어내지 않은 채 묻어 두게 될지 그는 알 수 없었다.

그러나 자신보다 어리고 약한 아이들이 단 한 가지만은 알려 주었다. 그들이 아무것도 바라지 않고 다만 한 사람을 살리는 데에 어설프게나마 협동함으로써, 오히려 어설프기에 계산이나 의도가 담겨 있지 않은 순수한 마음을 보여 주었다. 그 도움을 본인들에게 돌려주지 못한다면 다른 이에게 줄 것이다. 누군가가 건져 준 삶으로 표면에 드러난 매끈한 피사체만을 찍는 일은 사양할 것이다. 그의 파인더가 포착해야 할 것은 뒷면에 웅크린, 불분명한 부피와 형체를 갖고 있음에도 육감이나 촉각으로 알 수 있는 어떤 음각이다. 그는 앞으로 몇 번을 땅에 구기박질리더라도 다시는 그 누구도 모른 척하지 않을 것이다.

다음 촬영을 오래도록 기다리던 학생이 지친 목소리로 불렀다.

"아저씨."

그리고 지금, 그게 누구든 간에 등 뒤에서 부르는 목소리에 귀를 기울이며 똑바로 돌아볼 것이다.

아무리 둘러봐도 세상에서 마음에 차는 인연을 발견할 수 없었던 한 남자가 상아로 여인을 조각한다. 완성된 조각은 만족스러웠고 남자는 거기에 갈라테이아라는 이름을 붙인다. 그녀는 남자가 만들어 낸 피조물로 남자의 취향을 충실히 반영한 이상형이며 자신이 옳고 바람직하다고 생각한 모든 것을 집결한 작품이기에 세상의 누구보다 완벽했다, 인간이 아니라는 점만 빼면. 이 남자 피그말리온은 신에게 간절히 기도하고 신은 그 바람을 들어주어 피조물은 어느 날 인간이 된다.

그러니까 이것은 고대의 맞춤 로봇 탄생기다. 내가 이상적이라고 생각하는 요소를 타인에게 갖다 붙이는 행위에 성공하는 순간 그는 더 이상 타인이 아니게 되고 나를 투사한, 내 뜻을 반영한 내 소유의 로봇이 된다. 그러나 보통은 그 일이 실패하기 때문에 그는 어디까지나 타인이고…… 무엇보다 사람인 것이다.

그래서 세상의 수많은 갈라테이아들은 오늘도 부모 또는 교사 또는 이 세상 모두일지 모르는 자기들의 피그말리온에게 말하고 싶다. 나는 당신 소유가 아니고 당신 뜻대로 움직이지 않아. 어디까지나, 말하고 싶다. 모두가 실제로 그리 말하지는 않는다, 못한다.

그럼에도 불구하고 무엇보다 이것은 우리 인생에 어림 반 푼어치 도움도 안 되는 한 어른의 정신적 변화에 대한 이야기다.

순전한 전산상의 오류로 날아간 줄 알았던 원고를 구제해 준 이지영 님께 고맙다는 인사를 전한다. 그녀의 정신적 지원이 없었다면 완성하기 힘들었을 책이다.

그런데 지금 이 순간 나는 누구의 갈라테이아일까, 어떤 형태의 지배 또는 착취에서 벗어나기를 꿈꾸고 있을까.

2012년 6월
구병모

창비청소년문학 45

피그말리온 아이들

초판 1쇄 발행 • 2012년 6월 28일
초판 14쇄 발행 • 2024년 8월 1일

지은이 • 구병모
펴낸이 • 염종선
책임편집 • 이지영
펴낸곳 • (주)창비
등록 • 1986년 8월 5일 제85호
주소 • 10881 경기도 파주시 회동길 184
전화 • 031-955-3333
팩시밀리 • 영업 031-955-3399 편집 031-955-3400
홈페이지 • www.changbi.com
전자우편 • ya@changbi.com

ⓒ 구병모 2012
ISBN 978-89-364-5645-0 43810